Matthias Zschokke

Der Mann mit den zwei Augen

Roman

WALLSTEIN VERLAG

Eine rumänische Pflegerin hob den Hörer ab und gab ihn weiter an die Frau im Liegestuhl. Die murmelte: »Io dormo, io dormo.« Der Mann mit den zwei Augen lachte und sagte: »Seit wann können Sie Italienisch? Ich bin's, hören Sie? Sie schlafen nicht, Sie telefonieren mit mir.« Daraufhin bekam sie einen Hustenanfall, und er verabschiedete sich. *Io dormo, io dormo* waren ihre letzten Worte gewesen. Am Abend starb sie. Einen Tag vorher war auch ihre einundzwanzigjährige Katze gestorben. Das hatte der Mann ihr eigentlich mitteilen wollen.

Die Katze war ihr als halbwüchsiges, verwildertes Tier zugelaufen und blieb bis zuletzt schmal und scheu. Sie hatte auffallend große, fast durchsichtige Ohren und machte nur selten, völlig unerwartet, zwei, drei Schritte auf Menschen zu, um sich dann ohne übertriebene Eile wieder von ihnen zu entfernen. Den Mann mit den zwei Augen hatte sie grundsätzlich nicht beachtet. Nur ein einziges Mal hatte sie sich ihm vorsichtig genähert, war ihm ums rechte Bein gestrichen und danach mit senkrecht erhobenem Schwanz davongegangen. Wie es dazu gekommen war, lässt sich nicht rekonstruieren. Er freute sich jedenfalls sehr darüber und dachte, nun hätte er sie für sich gewonnen.

Als junges Tier hatte sie eine porzellanzarte, rosarote Nase. Manchmal vergaß sie, die Zungenspitze ins Maul zurückzuziehen. Den Ausdruck ihres Gesichts hätte man dann als leicht besorgt umschreiben können. Sie erweckte ihr ganzes Leben lang den Eindruck, schwere Verantwortung zu tragen zu haben. Was für ein Ernst! Was für ein zierlicher Körper! Was für kühle, weiche

Pfoten! Wer keine Katzen mag, wird verständnislos den Kopf schütteln über diese Zeilen. Der Mann mit den zwei Augen konnte nicht anders, ihm gefielen Tiere. In deren Umgebung war ihm wohl, und die Freude, am Leben zu sein, flammte jeweils kurz in ihm auf. Von Pferden zum Beispiel wusste er, dass sie schlecht schlafen, wenn man sie nachts allein draußen lässt. Pferde bewachen wechselseitig ihren Schlaf. Dies zu wissen beglückte ihn.

Es ist am besten, das Boot nur dann auszuschöpfen, wenn es nötig ist. Das war die einzige Weisheit, welche die Frau, die im Liegestuhl verstorben war, gekannt hatte. Sie zitierte sie zu jeder passenden und unpassenden Gelegenheit, so oft, bis schließlich auch der Mann mit den zwei Augen anfing, sie zu zitieren. Er hatte sich mit den Jahren an die Frau gewöhnt. Er liebte es, an ihrer linken Seite durch die Straßen zu gehen und ihre Hand zu halten. Dann fiel ihm aber meistens nichts zum Sagen ein. Wie der Frieden und das Glück hatten sie beide nicht allzu viele Worte und Geschichten zu ihrer Verfügung. Wenn sie den Satz mit dem Boot sagte, dachte er jeweils für sich: Wie recht sie hat; am besten ist es, das Boot nur dann auszuschöpfen, wenn es nötig ist.

Nun war sie also tot. Freiwillig aus dem Leben geschieden, wie die offizielle Bezeichnung dafür lautete. Er wünschte sich nicht, Gottes Blitz möge in all jene fahren, die ihr das Leben verleidet hatten. Der Blitz war viel zu rein dazu. Würde er in sie fahren, würde er zeitlebens stinken, der Blitz, weil er mit diesem Bastardgezücht in Berührung gekommen wäre, mit diesen siechen Hämlingen, die alles niedermachen, was in die Höhe träumt.

Er wusste nicht genau, wen er meinte mit dem Wort *Bastardgezücht*. Alle halt. Er wusste nicht einmal, wo er das Wort herhatte. Auch *sieche Hämlinge* waren ihm unbekannt. Sie schossen nach der ersten Betäubung, die auf die Todesnachricht folgte, ohne jeden Zusammenhang in sein Hirn und verdunkelten ihm das Gemüt.

Die Katze lag, in eine weiße Tischdecke eingewickelt, in der Küche auf dem Fußboden. Nachdem er die Frau am Telefon nicht hatte fragen können, was er mit dem Leichnam machen solle, schob er ihn in einen blauen Müllsack aus Plastik und trug ihn in den Keller, wo in der hintersten linken Ecke, solange er hier wohnte, eine rostige Kohlenschaufel an der Wand lehnte, die ein Vormieter dort hatte stehen lassen. Die Schaufel steckte er zur Katze in den Sack und ging damit in den nahe gelegenen Stadtpark, einen kleinen Mischwald mit Lichtungen, Wegen, Grünflächen, Blumenbeeten, Kinderspiel- und Grillplätzen. Vormittags war dort meistens niemand unterwegs, außer in den Schulferien, im Hochsommer, die aber längst vorüber waren. Am Rand einer Rasenfläche grub er im Unterholz ein Loch – die Erde war dunkel, feucht und weich, das Graben ging leicht –, in welches er die in die Tischdecke eingewickelte Katze legte. Er schaufelte das Loch zu und schob Laub darüber. Dann stand er da, mit hängenden Armen, und schaute auf den kleinen Hügel. Leise sagte er: »Mach's gut, Bisibisi.« Er hatte keine Ahnung, wie er auf dieses *Bisibisi* gekommen war. Er überlegte, ob in einem Film oder im Fernseher vor kurzem mal eine Katze mit einem solchen Namen aufgetaucht sei, konnte sich aber an keine erinnern. Er schüttelte den Kopf, als umsirre ihn eine Mücke, steckte die Kohlenschaufel zurück in die blaue Plastiktüte und ging davon.

Nach Beerdigungen nimmt man normalerweise ein Leichenmahl zu sich, dachte er. Das würde die Frau, die am Telefon *io dormo, io dormo* gesagt hat, jetzt bestimmt vorschlagen. Er ging also in die Breite Straße zu Mario, um dort Nudeln mit Schinken und Speck zu essen. (Schließlich ahnte er zu diesem Zeitpunkt ja noch nichts vom Tod der Frau, der erst am späten Abend eintrat und ihm erst am folgenden Morgen mitgeteilt wurde.) Die Schaufel in der blauen Plastiktüte stellte er unterwegs neben einen Abfalleimer.

Das Restaurant war leer bis auf einen Gast, der mit dem Gesicht zur Eingangstür an der Fensterfront saß und ihm bekannt vorkam. Der Mann mit den zwei Augen hatte nicht die Größe, sich mit einer knappen Verbeugung von diesem ihm seiner Meinung nach Bekannten fernzuhalten und den Tisch in der Nische rechts neben der Eingangstür zu wählen, um dort in Ruhe über die Gerichtsreportage, an der er gerade arbeitete, und darüber, ob es überhaupt noch einen Sinn habe, solche Gerichtsreportagen zu verfassen, nachdenken und speisen zu können, so wie er sich das vorgenommen hatte. Er errötete, die Wut stieg kurz in ihm empor, die Wut darüber, nicht allein bleiben zu dürfen. Doch er konnte nicht anders: Als ob er magnetisch angezogen würde, ging er quer durch den Raum und fragte: »Ist dieser Platz noch frei?« Der fremde Gast schaute von seinem Teller auf, deutete mit vollem Mund auf die vielen freien Stühle im Restaurant und fragte, warum er sich ausgerechnet zu ihm an den Tisch setzen wolle. »Weil wir einander meines Erachtens kennen«, antwortete der vor ihm stehende Mann mit den zwei Augen. »Wenn man sich kennt, ist es doch beinahe eine Verpflichtung, sich in der Situation, in der wir uns hier befinden, zu begrüßen und zueinander an den Tisch zu setzen, oder etwa nicht?« – »Ich kenne Sie nicht. Aber bitteschön, setzen Sie sich. Sie scheinen das Bedürfnis nach Gesellschaft zu haben?« – »Aber sind Sie nicht der und der? Kennen wir einander nicht von da und da?« – »In der Tat, der und der bin ich, und da und da verkehre ich. Doch kann ich mich beim besten Willen nicht an Sie erinnern.« – »Das kann gut sein. Mir wurde schon oft gesagt, ich hätte einen sparsamen Gesichtsausdruck; meine Erscheinung sei nicht besonders einprägsam; man vergesse mich schnell. Aber haben Sie etwa nicht unlängst von einem, an den ich Sie erinnere, wenn Sie mich genau anschauen, behauptet, er sei ein Blender?! Und sind nicht Sie es, den ich umgekehrt für einen ebensolchen halte, einen Heuchler und Schmarotzer?! Deswegen war ich im ersten Moment ja auch versucht, mich nicht an Ihren Tisch zu setzen, aus Angst davor, von Ihnen zur Verstellung verführt und in den Sumpf hinuntergezogen zu werden.« – »In welchen Sumpf denn?« – »In den des höflichen Miteinander-Umgehens, um nicht zu sagen, in den der Schmeichelei und der Lüge. Gerade gestern Mittag habe ich beispielsweise wieder einmal in der Kantine des Chemiewerks, in der ich jeweils meine Kaffeepause mache, weil sie in der Nähe meines Büros liegt, ein paar Elemente beieinandersitzen sehen, über denen eine stinkende Wolke giftiger Gase dräute. Jeder von ihnen, für sich allein genommen, macht einen vernünftigen und erträglichen Eindruck. Zusammen jedoch sind sie unausstehlich dumm und laut und verführen einander zu übler Nachrede, blöder Häme und feiger Anbiederei. Ich muss eben feststellen: Mir ist bei Ihrem Anblick jeglicher Appetit vergangen; ich verspüre das dringende Bedürfnis, nach Hause zu gehen, mich hinzulegen und auszuruhen. Sie verzeihen.«

Er deutete eine knappe Verbeugung an, machte auf dem Absatz kehrt und verließ das Restaurant.

Ein Mädchen spielte mit seiner Freundin im Hof des Mietshauses, in dem der Mann mit den zwei Augen wohnte. Der Hof war ein enges asphaltiertes Quadrat mit einer rostigen Teppichstange mittendrin. Die Sonne, die seit mehreren Tagen schien – was in dieser Region im Spätherbst ungewöhnlich war –, fiel das ganze Jahr über niemals bis auf dessen Grund. In den Ecken war der Asphalt deswegen ewig feucht und dunkelgrün bemoost. Immer wenn das Tor zur Straße geöffnet wurde und jemand hereinkam oder hinausging, wurde es kurz hell im Hof, und eine Welle warmer Luft schwappte herein. Dann verharrten die Mädchen reglos und ließen ihre nackten Beine davon umspülen.

Die eine, sie hieß Filine, hätte ihrer Freundin Ulrike gern vorgeführt, wie wohlbekannt sie im Haus war und wie gut sie sich mit den Bewohnern verstand. Deswegen schaute sie jeden, der vorüberging, herausfordernd an, hob ihr Kleid und machte einen Knicks.

Filine ist ein seltener Name. Vielleicht ist es gar keiner, sondern eine Erfindung. Ihren Eltern wäre das zuzutrauen gewesen. Sie waren künstlerisch veranlagt, wohnten parterre und hatten sich ihre Räume romantisch eingerichtet. Als Filine zur Welt gekommen war, hatte ein frisch gemachtes Kinderzimmer mit blauen Möbelchen auf sie gewartet und eine himmelblaue Tapete voller weißer Schäfchenwolken. Das hatte man von der Straße aus durch die Fenster sehen können.

Filine schaute also jeden, der vorüberging, herausfordernd an, hob ihr Kleid und machte einen Knicks. Die Mieter und Mieterinnen erkannten das Mädchen zu dessen Leidwesen nicht. Es war schnell gewachsen. Das letzte Mal, als sie es gesehen hatten, lag es noch im Kinderwagen. Sie schauten irritiert hin, verzogen das Gesicht zu einem starren Lächeln und sagten: »Hallo ihr beiden, na?« Mehr fiel ihnen nicht ein. Sie gingen unsicher weiter, zögerten, überlegten, was sie sonst noch hätten sagen können, blickten zurück, wandten sich dann entschieden dem Ausgang zu und verließen das Haus, oder sie stiegen die Treppe empor und verschwanden rasch in ihren Wohnungen. Filine war enttäuscht. Sie hätte Ulrike zu gern gezeigt, auf welch sicherem Boden sie sich hier bewegte.

Endlich wurde sie von einem der Heimkehrenden gefragt, nachdem sie ihren Knicks gemacht hatte: »Kannst du tanzen?« Er hatte zwei Augen, mit denen er so schaute. Das war alles, an was sich Filine später, wenn sie nach ihm gefragt wurde, noch erinnern konnte.

Sie antwortete: »Ich gehe in den Ballettunterricht und kann einen Knicks machen, zum Verbeugen.« Der Mann mit den zwei Augen verstand nicht, was sie damit sagen wollte. Für seine Begriffe war sie verwirrend zart gebaut und zu klein für ihr Alter. Das ist so eine Redensart: zu klein für ihr Alter. Der Mann wusste nicht, wie alt sie war, aber er hielt sie eindeutig für zu klein dafür. Aus dem Keller kroch eiskalte Luft und strich um ihre Unterschenkel. Die Haut darauf zog sich zusammen und wurde grieselig. »Schau, du hast Haut wie Schmirgelpapier. Mit deinen Beinen könnte man eine ganze Kirchenbank glattpolieren.« Filine schaute den Mann an, dann ihre nackten Beine, dann rannte sie in den dunklen Hausflur, Ulrike hinter ihr her. Im Hausflur machten beide Pliers. Der Mann kniff die Augen zusammen und schaute ihnen nach. Er machte einen erschöpften Eindruck. In seinem Rücken war ein Nerv eingeklemmt. Den Kopf konnte er nur noch nach rechts drehen. Außerdem hatte er Hunger. Ich möchte auch wieder einmal hüpfen, dachte er, folgte den beiden in den dunklen Flur und fragte: »Könnte ich das wohl auch, was ihr da macht?« – »Nein«, sagte Filine. »Meine Mutter hört alles durchs offene Fenster. Wenn ich rufe, kommt sie sofort. In der

Wohnung ist es zu kalt zum Spielen, darum sind wir draußen im Hof. Gestern habe ich vor Leuten getanzt. Am Schluss hob ich die Hände über den Kopf, und dann habe ich mich verbeugt, so …« Sie machte vor, was sie gesagt hatte.

Dass dies keine Geschichte war, wussten alle drei sehr genau. Aber so fangen sie an, die Geschichten. Und plötzlich steckt man mittendrin in einer, und Blut fließt, oder weiße Kleidchen sind zerrissen. Er verdiente sein Geld als Gerichtsreporter und kannte das.

Filine hatte dünnes Haar, riesige Augen und zu große Ohren. Sie besaß einen Hamster, der Motte hieß, Motte oder Moppel oder so ähnlich. Der Mann sagte, sie solle ihre Mutter um einen zweiten Hamster bitten, weil der eine allein sonst traurig werde und sterbe. Dann stieg er die Treppe zu seiner Wohnung hinauf, nicht ohne zum Abschied gesagt zu haben: »Das ist schön, wie du tanzt. Was für mehlige, schlanke Beine«, wonach er sich räusperte, weil ihm seine Stimme belegt vorkam.

Ulrike schaute und hörte den beiden stumm zu. Sie wird sich daran gewöhnen müssen, nicht beachtet zu werden neben Filine, dachte der Mann, während er die Treppe hinaufstieg. Es ist angenehm, nicht beachtet zu werden. Man kann sich dabei ausruhen und träge werden wie Teig. Filine hingegen wird in ihrem Leben kaum jemals träge werden können wie Teig. Sie wird weitertanzen und weitertanzen, immer im Zentrum des Interesses, und bald wird sie zu Tode erschöpft sein davon. Dann kommt die eisige Kälte aus dem Keller gekrochen und setzt sich auf sie drauf.

Männer träumen davon, zum Aus-der-Haut-Platzen groß und stark zu sein. Meistens sind sie das aber nicht. Der Anblick von dünnen, zarten Kinderkörpern erinnert sie an ihre Träume. Manchmal gelingt es einem von ihnen dann nicht mehr, sich zu beherrschen, und er packt so einen kleinen Körper, um seine Größe und Stärke an diesem zu messen. Für einen kurzen Moment ist er dann tatsächlich zum Aus-der-Haut-Platzen groß und stark. Fast immer weinen die Kinder während der Beweisführung, wodurch dem Mann auffällt, dass es sich um solche handelt und dass der Größenunterschied naturgegeben ist. Das macht ihn traurig und gefährlich.

Am späteren Nachmittag ging er die Treppe wieder hinunter. Die beiden Mädchen spielten nicht mehr im Hof. Der Mann mit den zwei Augen spürte, wie sich angesichts des leeren Quadrats große Mattigkeit in ihm ausbreitete. Er fühlte sich zerschlagen, müde und verbraucht. Er empfand das dringende Bedürfnis, eine Weile an nichts mehr denken zu müssen. Das Büro und die Entscheidung darüber, ob er den ganzen Gerichtsreportagenbettel hinschmeißen wolle, konnten bis morgen warten.

Ein Frisör namens Türschmidt hatte vor ein paar Tagen drei Häuser weiter seinen Salon eröffnet. Er warb im Schaufenster mit besonders günstigen Einführungspreisen für seine Dienste. Der Mann mit den zwei Augen entschloss sich, ihn aufzusuchen. Er ging am benachbarten Feinschmeckerrestaurant vorüber, das immer erst abends öffnete, stellte sich vors Schaufenster des neuen Frisörs, studierte die Liste mit den Einführungspreisen und trat dann ein. Nach kurzem kam ein eleganter Herr aus dem hinteren Raum nach vorne. Seine Schritte waren kaum wahrzunehmen. Es sah aus, als ob er schwebte. Seine geraden, sandfarbenen Haare, die ihm millimetergenau sorgfältig geschnitten vom Kopf hingen, waren leicht und biegsam wie Spinnfäden. Sie reflektierten das einfallende Tageslicht und glänzten matt bei jeder Bewegung. Der Mann mit den zwei Augen fragte: »Herr Türschmidt?« – »Ja.« – »Haben Sie gerade Zeit für mich? Falls nicht, wäre das kein Unglück. Ich wohne nur ein paar Schritte weiter und kann ohne Probleme noch einmal nach Hause gehen und später wiederkommen.« – »Nein, nein«, sagte Herr Türschmidt. Er sprach angenehm leise und sanft. »Sie haben Glück. Genau in diesem Moment klafft eine Lücke in meinem Terminkalender. Verzeihen Sie meine Neugierde: Darf ich fragen, wie Sie auf mich gestoßen sind? Haben Sie meine Anzeige in der Tageszeitung gelesen? Es interessiert mich aus Marktforschungsgründen.« – »Ich sagte doch, ich wohne drei Häuser weiter. Ich laufe täglich mehrmals an diesen Fenstern vorbei und habe darin Ihre Werbung gesehen.« – »Ach so, Verzeihung, natürlich, das sagten Sie in der Tat. Sie müssen verstehen, bei so einer Geschäftseröffnung möchte man möglichst alles richtig machen und denkt von früh bis spät nur darüber nach, was man noch verbessern könnte. Dabei wird man unaufmerksam für das, was im Moment passiert und gesagt wird, weil man in Gedanken dauernd in der Zukunft oder in der Vergangenheit steckt. – Jetzt aber zu Ihnen. Wünschen Sie eine Typberatung? Ich habe einen Kurs besucht und bin von unserem Berufsverband legitimiert, jedem Kunden zu sagen, welche Frisur am besten zu ihm passt. Oder haben Sie möglicherweise klare eigene Vorstellungen, was Ihr Aussehen betrifft?« – »Eigentlich wollte ich bloß ein bisschen nachschneiden und den Nacken ausputzen lassen. Sie sehen ja, wie ich ausschaue. Ungefähr so möchte ich auch nach Ihrem Eingriff noch ausschauen, dann allerdings weniger mitgenommen und wieder mehr in mir selbst ruhend, abgeklärter. Nichts Auffälliges oder Gewolltes schwebt mir vor. Mein Kopf soll Ausgeglichenheit ausstrahlen, Vertrauenswürdigkeit, sodass niemand, der mich sieht, anfängt, sich Gedanken zu machen über mich oder darüber, wie es in mir drin ausschaut, am allerwenigsten ich selbst.« – »Gut, ich will's versuchen. Setzen Sie sich hier vors Waschbecken. Ich darf Ihnen die Haare doch bitte zuerst waschen? Nicht dass sie mir schmutzig vorkämen, im Gegenteil, es ist nur so, dass sich feuchte Haare besser schneiden lassen als trockene.« Der Mann mit den zwei Augen setzte sich auf den angewiesenen Stuhl, ließ den Kopf nach hinten ins Becken kippen und überließ sich Herrn Türschmidt, der mit angenehm kräftigem Druck anfing, die Haare zu waschen und den Haarboden zu massieren.

Der Mann mit den zwei Augen dachte an die Frau, die gemurmelt hatte, io dormo, io dormo. Er kannte sie nun schon sehr lange und wusste, wie gern sie schlief. Eine warme Welle überrollte ihn, und ein Lächeln breitete sich auf seinem Gesicht aus.

Herr Türschmidt fragte, ob es erlaubt sei zu erfahren, worüber er lächle. Der Mann mit den zwei Augen erklärte, dass er vormittags mit einer Frau telefoniert hätte, die gesagt habe, sie schlafe, dabei habe sie doch mit ihm gesprochen! Dazu müsse man wissen, dass die Frau nichts lieber tue in ihrem Leben, als zu schlafen. Er wisse das, weil er sie bereits seit Jahrzehnten kenne. Sie lebe mit ihm zusammen in derselben Wohnung. Herr Türschmidt lachte und sagte, das sei in der Tat lustig. Dann sagte er: »Wenn Sie sich jetzt bitte aufrichten und auf den Stuhl nebenan setzen möchten.« Nachdem er die tropfenden Haare kurz mit einem Frottiertuch durchgerubbelt hatte, begann er sie zu schneiden. Das tat er vorsichtig, Haar für Haar fast, während seine Wangen sich langsam röteten. Er sah aus wie ein alter Engel, so als hätte er nie gelebt. Die Haut in seinem Gesicht war ganz glatt, die dünnen Haare hingen pagenartig um das helle

Oval und schimmerten bei jeder Bewegung, die er machte, wie das Fell eines zwei Wochen alten Lamas. Draußen vor dem Fenster fielen die letzten Strahlen der untergehenden Sonne auf die gegenüberliegende Fassade. Herr Türschmidt schnitt ein Härchen nach dem anderen. Alles war ruhig und friedlich. Er atmete kaum hörbar und schaute konzentriert und liebevoll auf seine schneidenden Hände. Die abgeschnittenen Haarspitzen tanzten in den Lichtreflexen wie Goldstaub zu Boden.

Der Mann mit den zwei Augen schlief ein. Als er aufwachte, begriff er zuerst nicht, wen er im Spiegel vor sich sah. Er meinte, es sei Herr Türschmidt, und wollte sich schon bei ihm entschuldigen dafür, dass er kurz eingenickt sei. Da sah er, dass er selbst es war, der ihm in der Dämmerung entgegenblickte. Das Gesicht des Frisörs war über seinem eigenen zu erkennen. Mit einem fragenden Ausdruck schaute der Meister ihn an, einen kleinen, runden Spiegel in der Hand haltend, mit dem er ihm seinen Nacken zeigte. Der Mann mit den zwei Augen sagte: »Sehr schön, danke, sehr sauber. Jünger komme ich mir vor. Wie neu gekauft. Nicht mehr ganz ich selbst zwar. Eher wie Sie sehe ich nun aus. Schauen Sie uns beide im Spiegel an: wie Zwillinge. Offenbar mögen Sie Ihre eigene Frisur am allerliebsten und können die am besten schneiden?«

Herr Türschmidt verstand den in der Bemerkung verborgenen Sinn nicht. Er lachte verlegen und sagte: »Ja, ja … Ich hoffe, Sie sind zufrieden mit meiner Arbeit. Was für ein Coupe – so nennen wir einen Haarschnitt unter Kollegen – von Ihrem letzten Frisör gemeint gewesen war, konnte ich beim besten Willen nicht herausspüren. Ich vermute, Sie haben sich Ihre Haare seit längerem nicht mehr schneiden lassen oder gar selbst Hand an sie gelegt? Da Sie schliefen, mochte ich Sie nicht stören und nach Ihren Wünschen fragen, sondern folgte meiner Intuition und tat, was ich für richtig hielt. Ich finde, es ist gut herausgekommen; Sie sehen blendend aus. Es würde mich freuen, wenn Sie meinen Salon wieder beehren und ihn vielleicht sogar weiterempfehlen möchten.« – »Ich werde es mir durch den Kopf gehen lassen. Sie müssen mir aber schwören, dass Sie nicht nur diese eine Frisur beherrschen. Sonst laufen in unserer Straße demnächst lauter Türschmidts herum.«

Der Frisör lachte wieder verlegen und sagte ja, ja.

Kaum zu glauben, dass dies derselbe Mann sein soll wie jener, der vor mehreren Tagen bei Mario Nudeln mit Schinken und Speck essen wollte und sich danach die Haare hatte schneiden lassen, welcher nun, schlecht rasiert, übernächtigt und mit schwarzen Ringen unter den Augen, hier in der Dunkelheit stand und suchend um sich blickte. Doch er war es.

Die Frau, die auf dem Liegestuhl eingeschlafen und erstickt war, hatte ihm vor Jahren erklärt, falls er sich einmal erschöpft fühlen sollte, müsse er nach Harenberg fahren, dort in der Unterführung links gehen und dann die Treppe hinauf, da würden mehrere Hotels nebeneinander stehen, in denen man sich gut erholen könne. Er war dieser Anweisung gefolgt, doch die Straße, auf die er gelangte, war düster, und nirgends war ein Hotel zu sehen. Weil sein Koffer schwer wog, mochte er nicht umkehren und die Treppe wieder hinuntersteigen. Lieber glaubte er daran, dass die Auskunft richtig gewesen sei und er bloß ein paar Schritte weiterzugehen brauche, um die Hotels zu finden. Der Nieselregen verrichtete überdies sein entmutigendes Geschäft mit so großem Ernst, dass allein der Gedanke an eine Umkehr ihn zur Verzweiflung getrieben hätte.

Es war ein kalter Abend, der Himmel ganz schwarz und ohne Sterne. Zur Linken standen Häuser. Rechts zogen sich die Bahngeleise hin. Nirgends brannte ein Licht. Er kam an einem portugiesischen Club vorbei. Die Fenster waren zugehängt. Zwei Häuser weiter folgte ein italienischer Club; da war die Eingangstür verrammelt; sie machte den Eindruck, als sei sie seit längerem nicht mehr geöffnet worden. Unrat hatte sich davor angesammelt. Eine dunkle Gestalt trat aus dem nächsten Hausflur und versperrte ihm den Weg. Er erkannte nicht gleich, was es war, das sich ihm in den Weg schob, und erschrak. Die Umrisse ließen ein großes, massiges Wesen erahnen. Der Mann mit den zwei Augen glaubte etwas wie eine Livree zu erkennen. Zumindest schimmerten an der Kleidung fahl ein paar Knöpfe, und auf dem Kopf schien eine Uniformmütze zu sitzen. Es war zu dunkel, um die Details genau erkennen zu können, und das Wesen stand zu nah vor ihm. Es knipste eine Taschenlampe an und reichte dem Mann mit den zwei Augen einen Reklamezettel, den es beleuchtete, sodass dieser lesen konnte, was darauf stand. Nach dem ersten Schreck entschloss er sich, den Text zu entziffern: »Rosaura empfängt in privatem Ambiente. Belegte Brote. Unverfälschter Alkohol. Viel dünne, weiße Haut.« Die Taschenlampe wurde ausgeknipst. Eine schwere warme Hand legte sich dem Mann mit den zwei Augen auf den Rücken und schob ihn sanft in die Richtung, in die er sowieso gehen wollte.

Zwei Häuser weiter, um die Ecke, lag ein türkisches Vereinslokal. Hier brannten vier Neonröhren an der Decke. Drei schwarzhaarige junge Männer saßen rauchend um einen Tisch; ein vierter, älterer, stand etwas entfernt hinter einem Büffet. Wieder zwei Häuser weiter folgte ein Etablissement ohne Namen. In der Tür gab es nur ein schwach beleuchtetes Bullauge, durch das man weder hinein- noch herausschauen konnte. Er öffnete die Tür und trat ein. Am Tresen stand eine Frau mit ledrigem Gesicht und großen Brüsten. Das wird Rosaura sein, dachte er. Sie musterte misstrauisch seinen Koffer und fragte dann, was er trinken wolle. Er verlangte ein Bier. Sie füllte ein Glas, stellte es auf den Tresen und fragte, ob er etwa vorhabe, hier wieder einzuziehen; ob seine großen Pläne sich zerschlagen hätten; ob er mit abgesägten Hosen heimkehre. Er schaute sie verständnislos an und sagte, sie verwechsle ihn wohl, er habe noch nie hier gewohnt, und große Pläne habe er in seinem ganzen Leben nicht gehabt; er sei fremd in der Stadt und suche ein Hotel, das sei alles. Er stellte den nass gewordenen Koffer neben den Tresen. Sie sagte vieldeutig: »Aber sicher, aber sicher.« Er lachte über ihr *Abasicha, abasicha* und fragte, was sie damit meine; ob das Arabisch sei. Sie sagte, sie rufe dann mal 'n Kuddi oder so ähnlich, öffnete die Tür zur Straße und rief »Kutschiii!« oder so ähnlich, »da isser wieder«. Dann schloss sie die Tür und trat zurück hinter den Tresen. Er sagte: »Ich verstehe dieses *Wieder* nicht. Was genau wollen Sie damit andeuten? Wie ich schon sagte, bin ich zum ersten Mal hier. Ich habe mich am Bahnhof bloß im Ausgang geirrt, nehme ich an. Man hat mir gesagt, ich müsse in der Unterführung links und dann die Treppe hoch, da käme ich auf eine Straße, an der mehrere Hotels stehen würden. Doch man hat vergessen, mir zu sagen, ob ich in Fahrtrichtung oder in Gegenfahrtrichtung links gehen müsse. Ich fürchte, die Hotels stehen am anderen Ende der Unterführung?«

»Wir sind dem Herrn also nicht mehr gut genug?«

Während er überlegte, was sie damit wohl sagen wollte, öffnete sich die Tür zur Straße. Ein großer, breiter Mann mit einem runden, vom Nieselregen feuchten Gesicht und geröteten Wangen trat ein. Er trug eine

Mütze auf dem Kopf und einen Militärmantel mit metallenen Knöpfen. Er musterte den Mann mit den zwei Augen und fragte: »Aha. Da wären wir also wieder? War wohl nix mit der großen weiten Welt?« – »Ja, da haben Sie recht. Mit der ist nix. Zum Wohlsein.« – »Wenn du hier jemals wieder einen Fuß auf die Erde kriegen willst, dann wirst du dir schleunigst angewöhnen müssen, wieder so zu reden, wie wir hier reden. Das noble Zum-Wohlsein-Getue lässt bei uns schnell die Spinatzähne wachsen, wie du dich hoffentlich erinnern kannst. Du würdest also gern wiederkehren? Da muss ich dich leider enttäuschen: Wir haben uns die Freiheit herausgenommen, nicht auf dich zu warten. Dein Platz ist längst von einem anderen besetzt. Du bist hinausgezogen in die große weite Welt und hast hinter unserem Rücken über uns gelacht. Du hast geprasst und dich vergnügt da draußen, und jetzt, da gar nichts mehr läuft, jetzt kommst du angekrochen ...«

»Ich war nie hier, wie ich bereits der Dame hinter dem Tresen erklärt habe. Es muss sich um eine Verwechslung handeln. Das passiert mir immer mal wieder in meinem Leben, dass ich verwechselt werde. Mein Gesicht ist nicht besonders einprägsam. Halten Sie mich möglicherweise für einen Frisör namens Türschmidt? So einer hat in der Straße, in der ich mein bisheriges Leben verbracht habe, vor ein paar Wochen seinen Salon eröffnet. Ich ließ mir von ihm die Haare schneiden, bevor ich wegfuhr. Er verpasste mir diese eigenartige Pagenfrisur, genau die gleiche, die er auch selbst trägt. Im Spiegel sahen wir aus wie Zwillingsbrüder. Vielleicht kommt er von hier, und ich erinnere Sie an ihn? Türschmidt? Sagt Ihnen der Name etwas? Falls ja, der bin ich definitiv nicht. Ich bin zum ersten Mal hier und wollte mich bloß erholen. Ich habe bislang als Gerichtsreporter in der Hauptstadt gearbeitet und bin davon müde geworden. Die Frau, mit der ich dort viele Jahre lang zusammen in derselben Wohnung gelebt habe und die vor ein paar Tagen gestorben ist, hat immer behauptet, Harenberg sei erholsam. Man könne hinterm Bahnhof günstige Zimmer finden, große, mit guten Betten und anständigem Frühstück; Zimmer, deren Fenster man nachts offen stehen lassen könne. Die frische Nachtluft ströme herein, man höre den Fluss vorbeifließen und Wasservögel, die sich im Schlaf räuspern, man höre den Wind in den Weiden rauschen, man höre aus der Ferne Hunde bellen, man schlafe tief und fest und träume von sich als jungem Menschen, dem die Glieder noch nicht wehtun, der noch auf Berge steigen, über Pässe wandern mag, hinunter ans sonnenbeschienene Meer. Wenn ich mich eines Tages erschöpft fühlen sollte, soll ich hierherfahren und mich ausruhen.«

»Und wie heißt sie denn, deine famose Leiche? Isidora selig? Klymnostrata selig? Sei vernünftig. In Büchern wird zwar oft behauptet, Menschen würden sich verändern mit den Jahren. Da kann es dann durchaus vorkommen, dass ein Sohn nach dreißig Jahren zum ersten Mal wieder seine alte Mutter besucht, und die erkennt ihn nicht mehr wieder. Doch Papier ist geduldig. Im Leben ist das anders; das solltest du als Gerichtsreporter eigentlich wissen. Wir erkennen dich sehr wohl wieder. Selbst Kühe erkennen ihre Freundinnen nach Jahren der Trennung wieder, wie du aus deiner Jugend noch wissen müsstest. Du hast dieselben zwei Augen, du hast dieselbe gequetschte Stimme wie damals, wenn du die Hausaufgaben nicht gemacht hattest und von unserer Lehrerin, Fräulein Ammann, aufgerufen wurdest und dich herauszuwinden versuchtest. Du warst immer schon ein Lügner und Betrüger. Ich spendiere dir jetzt ein Bier und stoße mit dir an auf die alten Tage. Dann aber packst du dein schmuckes Köfferchen und machst dich vom Acker. Wir wollen dich hier nicht mehr sehen. Deine Finken stinken, wie wir früher zu singen pflegten, du erinnerst dich …«

»Jetzt seien Sie vernünftig. Ich war noch nie in dieser Stadt, die ich – das nebenbei – für eine höchst anmutige halte, wie ich aus dem Zugfenster feststellen durfte, bei der Einfahrt, während gerade die Sonne unterging. Was für erhabene Sakralbauten!, dachte ich. Was für ein schlanker, grauer Strom, in den man am liebsten auf der Stelle hineinspringen möchte, um sich von ihm forttragen zu lassen. Ich war auf Anhieb so entzückt vom Gesamteindruck, dass ich tatsächlich erwäge, mich hier niederzulassen. Das hat aber absolut nichts zu tun mit Heimkehr. Im Gegenteil, ich bin im Aufbruch begriffen.«

»Und warum bitteschön verwendest du denn dann unsere Sprachfiguren? Dieses *Jetzt seien Sie vernünftig* zum Beispiel? Habe ich das nicht eben erst auch benutzt? Habe ich nicht eben zu dir gesagt *sei vernünftig*? Ist das etwa nicht unsere ureigene, hiesige Art zu versuchen, den anderen zur Raison zu bringen? Du hast zwar deinen Stallgeruch verloren, sicher, ja. Du riechst ängstlich, fremd. Du stinkst für meine Begriffe. Wahrscheinlich ein Rasierwasser, das man dort, wo du dich die letzten Jahre herumgetrieben hast, verwendet. – Wir wollen jetzt ein Spiel machen: Du säufst so lange unser Bier, bis dir wieder einfällt, wie ich heiße. Sauf.«

»Kuddi heißen Sie, Kuddi oder Kutschi oder so ähnlich?«

»Siehst du! Jetzt hast du dich verraten. Rosaura, du bist Zeugin: Der Sauhund hat behauptet, er sei nicht er und er kenne uns nicht. Kaum habe ich ihm aber angedroht, ein paar Schlucke von unserem Bier mit mir zusammen trinken zu müssen, fiel ihm ein, dass ich Kuddi heiße. Wie soll einer herausfinden, dass ich Kuddi, für

Vertraute manchmal sogar Kutschi heiße, wo das hier doch ein absolut unüblicher Name ist? Hier heißt man Adrian, Zacki, Pierre, Melanie, Nino oder Alheidis, aber nicht Kuddi, und schon gar nicht Kutschi. Und doch hat er es herausgekriegt, ohne eine Sekunde zu zögern ... Du Sausack. Jetzt willst du also zurückkommen und uns die Kartoffeln vom Acker fressen? Ohne sie angepflanzt und ohne sie geerntet zu haben? Zwei, drei Sätze dahersäuseln von anmutiger Gegend, Sakralbauten und so weiter, und schon liegen wir dir wieder zu Füßen? So hast du dir das vorgestellt? Aber so einfach geht das nicht. Wir wissen selbst, wie schön es bei uns ist. Harenberg wird nicht zufällig als das Kiew des Westens bezeichnet, welches wiederum als das Jerusalem des Ostens gilt. Um das zu erfahren, brauchen wir solche wie dich nicht.«

»Jetzt ist aber genug. Schalten Sie das Deckenlicht ein, bitte. In dieser schummrigen Stube werden Sie sonst alle noch verrückt. Sie können doch nicht jeden Gast, der hier zufällig hereingeschneit kommt, für einen anderen halten und ihn beleidigen, nur weil Sie ihn in Ihrer funzeligen Stallbeleuchtung nicht richtig zu erkennen vermögen?! Ich komme mir vor wie eine Fliege, die sich auf klebriges Papier gesetzt hat. Und sitze nun da und propellere mit den Flügeln und komme nicht mehr los. Und die Flügel bleiben am Ende auch noch kleben.«

»Das werden wir zu verhindern wissen, dass du hier kleben bleibst. Trink dein Bier, und dann nimm deinen Koffer und geh.«

Kennengelernt hatte er die Frau, die auf dem Liegestuhl erstickt war, beim Singen. Der Mann mit den zwei Augen war früher Mitglied in einem Kirchenchor gewesen. Sich einer gemeinsamen Sache unterzuordnen hatte ihm wohlgetan. Er stand in der zweiten Reihe bei den Bässen und fühlte sich aufgehoben in der von allen angestrebten Harmonie. Eines Tages klang eine fremde Stimme über den homogenen Klang hinweg, jung, klar und frisch. Sie vergoldete den Gemeindesaal, in dem die Probe stattfand, ohne einen einzigen Ton richtig zu treffen oder sich wenigstens an den Takt zu halten. Die Stimme stieg und fiel so schön, so innig und so falsch. Der Chorleiter brach die Probe ab und beschied der jungen Frau, die die fremden Töne von sich gegeben hatte, dass er sie leider nicht in den Chor aufnehmen könne, sie sei wahrscheinlich eher eine solistische Begabung. Das vergällte dem Mann mit den zwei Augen sein Vergnügen am gemeinsamen Singen, und er trat aus dem Chor aus.

Nach der Probe ging er neben der jungen Frau, die so seltsam gesungen hatte, durch die Fußgängerzone und redete wie besessen auf sie ein, in der festen Überzeugung, ein Mann, der die Sympathie einer Frau erringen wolle, dürfe ihr gegenüber nie den Verdacht aufkommen lassen, dass es ihm an Gesprächsstoff mangle. Sie schwieg, da sie irgendwo aufgeschnappt hatte, Frauen würden geheimnisvoll wirken, wenn sie schweigen.

Sie arbeitete in einer Bar, wo sie den Zapfhahn bediente. Ihr Traumberuf war das nicht. Doch da sie jung und schlank war, bekam sie viel Trinkgeld, genug, um sich davon eine eigene Wohnung leisten zu können.

Er verdiente seinen Lebensunterhalt zu jener Zeit bei einer Gebäudereinigungsfirma als Fensterputzer.

Vor dem Mietshaus, in dem sie wohnte und das am äußersten westlichen Punkt einer achtspurigen Ringstraße stand, schloss er sie unvermittelt in die Arme und drückte sie an seinen Körper, wobei er darauf achtete, sie sein hartes Glied spüren zu lassen und gleichzeitig seinen Mund auf den ihren zu pressen.

Als Knabe war er von einem jungen Mann, den er verehrte, auf dem Motorfahrrad mitgenommen worden. Er stand barfuß auf dem warmen Motorgehäuse und hielt sich an der Lenkstange fest. Der junge Mann, der hinter ihm auf dem Sattel saß, trug kurze Hosen. Er klemmte den vor ihm stehenden Knaben wie ein Fohlen zwischen seine nackten Schenkel mit den blonden Haaren drauf, und so jagten sie in schwindelerregendem Tempo über einen Waldweg in die grüne Finsternis hinein. Der Knabe bebte vor Lust. Als sie über eine Baumwurzel fuhren, gab es einen heftigen Ruck. Der Knabe rutschte mit den nackten Füßen vom inzwischen heiß gewordenen Motorgehäuse und schlug mit seinem Kinn auf die Lenkstange, sodass sein linker oberer Schneidezahn abbrach. Seither trug er an dieser Stelle einen Stiftzahn, den er sich bereits zweimal hatte erneuern lassen müssen, weil die übrigen Zähne im Lauf der Jahre ihre Farbe und Stellung veränderten, sodass der Stiftzahn nach einiger Zeit jeweils fehlfarben und schief zwischen ihnen hervorragte. Aus Sorge um diesen Stiftzahn hielt er die Lippen beim Küssen geschlossen.

Sie war dankbar dafür. Die Vorstellung, fremden Speichel im eigenen Mund zu haben, war ihr unangenehm. Sie drückte ihren geschlossenen Mund fest gegen den seinen und wand sich in den fremden Armen wie ein Ferkel, das zurück auf den Boden will, in der Annahme, Leidenschaft äußere sich in solch heftigen, schwer zu zähmenden Bewegungen. Nachdem sie beide erschöpft waren und sich aneinander wund gerieben hatten, seufzten sie tief auf und wünschten sich gegenseitig eine gute Nacht. Sie schlüpfte erleichtert in den dunklen Hausflur, und er ging quer durch die Stadt zu seiner Einzimmerwohnung, die am östlichsten Punkt der Ringstraße lag.

Die Rendezvous wiederholten sich. Am Ende umklammerte er sie jedes Mal mit eisernem Griff und rieb sich an ihr, während sie sich in seinen Armen wand wie eine, die sich von ihm entfesseln wollte. Damit glaubten sie einander ihre Zuneigung zu beweisen. Er bekam jedes Mal, schon bevor er sie anfasste, ein schmerzhaft steifes Glied, was er als ein untrügliches Zeichen für die Echtheit seiner Gefühle nahm.

Als Heranwachsender wurde er eines Nachts auf dem Nachhauseweg von einem ihm unbekannten älteren Herrn unter einer Eisenbahnbrücke angesprochen und, ohne etwas antworten zu können, umarmt und auf den Mund geküsst. Damals passierte ihm das mit seinem Penis auch schon. Der ältere Herr schien es ebenfalls für ein untrügliches Zeichen seiner Zuneigung zu ihm zu halten. Er knöpfte sich und ihm deswegen in flatternder Hast die Hosen auf, riss sie nach unten und rammte sein hartes, heißes Glied von hinten in den Jüngling hinein. Dieser begann sofort zu wimmern, während vor ihm sein eigener, heller Penis steil in die Nacht hinausragte, weswegen der ältere Herr mehrmals wiederholte, was weinst du denn, du dummer Junge, es macht dir doch Spaß, sonst würde sich dein Schwanz bestimmt nicht so stramm in die Höhe recken. Der Jüngling sagte, das habe gar nichts zu bedeuten. Sein Glied schnelle immer in die Höhe, sobald es berührt, ja sogar schon nur wenn es von fremden Augen angeschaut werde. Er könne das nicht beeinflussen; es passiere automatisch; es sei wie eine Maschine, die auf Knopfdruck reagiere. Würde es nach seinem inneren Empfinden gehen, müsste das Glied traurig nach unten hängen, ja sich vor Scham geradezu in die Bauchhöhle verkriechen, denn »Sie tun mir Gewalt an«. – »Ach was«, keuchte der ältere Herr, »dir gefällt das, und überhaupt, es ist ja schon vorbei, es hat ja gar nicht wehgetan.« Der Jüngling schniefte noch ein wenig, zog seine Hose hoch und wollte, ohne Abschied zu nehmen, nach Hause eilen. Der ältere Herr schaute ihn aber so traurig an, mit einem Gesicht, das an eine alte Ziege erinnerte, die keine Tücken mehr kennt, dass der Jüngling stehen blieb, worauf ihn der Herr mit einer Stimme, die nun dunkel und samten klang, fragte, ob er ein Foto von ihm bekommen könne, zur Erinnerung. Nein, sagte der Jüngling. Ob denn wenigstens er eins von ihm haben möchte? Nein.

Jetzt stand er also mit der jungen Frau, die so fremdartig gesungen hatte, nachts auf dem westlichen Stadtring und rieb sich an ihr, während sie sich bis zur Erschöpfung in seiner Umklammerung wand.

In Broschüren, die in jenen Jahren kostenlos in den öffentlichen Verkehrsmitteln verteilt wurden, war jeweils die vorletzte Seite der Welt der Erotik vorbehalten. Dort erklärten Fachleute der männlichen Leserschaft, wo und wie sie Frauen anfassen sollten, damit diese beim Sexualakt Lust empfinden würden. Der junge Mann mit den zwei Augen weigerte sich, diese Seiten zu beachten. Er glaubte, körperliche Anziehung und sexuelle Erfüllung zwischen Mann und Frau würden von höheren Mächten gesteuert. Er empfand es geradezu als Ketzerei, den Liebesakt zu einem Handwerk herabzuwürdigen, und er hielt es für eine Ungeheuerlichkeit, so zu tun, als müsse man bei Frauen nur lange genug am Knie reiben, um sie auf den Gipfel der Lust zu befördern. (Es war zu jener Zeit viel die Rede von weiblichen Knien, an denen man reiben müsse.) Er scheute vor diesen Ratgeberseiten deswegen geradezu zurück. Er war überzeugt davon, sie würden ihn verderben und seine Instinkte abtöten. Er glaubte an etwas Animalisches in jedem Menschen, das sich bestimmt auch bei ihm zur rechten Zeit heraustrauen werde, wenn er es bloß nicht mit stumpfsinnig wiederholten mechanischen Exerzitien vorher abtöte. Er müsse nur empfindlich genug auf die Signale der Frau in seinen Armen achten, dann werde er schon herausfinden, was ihr Lust bereite. Denn jede einzelne unterscheide sich bestimmt von der anderen. Die eine sei vielleicht kitzlig hinter den Ohren, die andere unterm Kinn.

Vor lauter Abneigung gegen die praktischen Tipps, die – von Illustrationen begleitet – in den Broschüren gegeben wurden, überblätterte er die entsprechenden Seiten, so rasch er konnte. Da er aber nicht so schnell wegschauen konnte, wie sich ihm die Illustrationen aufdrängten, brannten sich ihm unbewusst doch zwei, drei Stellen ein, die am Körper einer Frau nach Expertenmeinung eine besondere Bedeutung hatten. Er wollte sich nun aber auf keinen Fall wie ein Lehrling vorkommen, der am Körper der jungen Frau seine Gesellenprüfung abzulegen hatte, deswegen verbot er sich, den drei Punkten, die sich ihm eingebrannt hatten, erhöhte Aufmerksamkeit zu schenken, ja er zwang sich geradezu dazu, sie zu ignorieren. Er beharrte darauf, die Welt der Sexualität auf eigene Faust entdecken zu wollen wie einen unerforschten Kontinent.

Die junge Frau weigerte sich ebenfalls, sich mit ihrem Körper oder demjenigen des Mannes theoretisch auseinanderzusetzen. Als Mädchen war sie in eine Nonnenschule geschickt worden, wo sie eindringlich gewarnt wurde vor heiklen Situationen, in die sie dereinst geraten konnte und in denen ein Mann es nicht gut mit ihr meinen, sondern alles daransetzen würde, ihr *ihre Blume zu rauben*. Um dem zuvorzukommen, könne es in so einem Moment durchaus angeraten sein, bis zum Äußersten zu gehen beispielsweise und aus dem Fenster zu springen. Denn wichtiger als alles in der Welt sei für eine Frau, sich so lange aufzubewahren, bis der Mann in ihr Leben trete, der ihr die alles entscheidende Frage stelle: Willst du die Mutter meiner Kinder werden.

Diese Sicht der Dinge lag zwar verschüttet zuunterst in ihrem Kopf, aber ein leichtes Misstrauen allem Geschlechtlichen gegenüber war geblieben, weswegen sie es vorzog, sich zu diesem Themenkomplex insgesamt keine weiteren Gedanken zu machen und darauf zu hoffen, dass sich zu gegebener Zeit alles irgendwie von selbst klären werde.

So turnten die beiden das Wenige, das sie unbewusst aufgeschnappt hatten, voller Skrupel nach, im festen Glauben daran, der große Rest würde sich ihnen eröffnen, sobald sie einander nur genug heftig liebten. Sie rieben sich aneinander und seufzten und waren irgendwann jeweils rechtschaffen müde, worauf sie sagte, nun müsse sie aber gehen, ihr Katze warte auf sie. Sie hatte schon als Kind eine Katze gehabt und konnte sich ein Leben ohne nicht vorstellen.

Nach mehreren Wochen, die auf diese Weise vergangen waren, schob er sie eines Abends in den dunklen Hausflur, hob ihr Kleid in die Höhe, zog ihr die Unterhose runter und rammte sein hartes, brennendes Glied in sie hinein. Sie hielt die Augen geschlossen, wimmerte ein wenig und fuhr sich mit der Zunge über die trockenen Zähne. Dazu flüsterte sie nein, nicht, ich bin verheiratet. Er hatte in den erwähnten Broschüren aufgeschnappt, das sei das Übliche, das würden alle Frauen sagen. Er keuchte, ach was, Sie wollen schon, Ihnen gefällt das, und überhaupt, es ist ja schon vorbei, es hat ja gar nicht wehgetan. Dann presste er sie wieder heftig an sich und drückte seine Lippen auf die ihren, so lange, bis sie taub wurden. Dann verabredeten sie sich für den nächsten Abend und gingen auseinander.

Wie sich herausstellte, war sie tatsächlich verheiratet. Obwohl die Hochzeit nicht allzulange her gewesen sein konnte – sie war zu jener Zeit fast noch ein Kind –, hatte sie jedoch bereits keine rechte Freude mehr an ihrem Gatten. Vor allem nicht an seinem Geruch. Er liebte es, dann und wann über die Stränge zu schlagen und zu viel Alkohol zu trinken, was dazu führte, dass er bisweilen besonders stark ausdünstete. In ihrer Wohnung hatte sie ihm deswegen ein eigenes, abschließbares Zimmer eingerichtet, mit einem dicken Stofflappen davor, so einer Art – wie heißen diese Teppiche in Schlössern? – Gobelin. Der hing vor der Tür und bildete eine Geruchsschranke. Wer die Wohnung betrat, sah nur diesen Teppich an der Wand und ahnte nicht, dass sich dahinter eine Tür und ein ganzes Zimmer verbargen.

Da ihr Ehemann in einer Stadt arbeitete, die Hunderte von Kilometern entfernt war, weswegen er nur selten, an Wochenenden manchmal, auf Besuch zu ihr kam, konnte der Jüngling mit den zwei Augen nichts davon ahnen, dass sie in festen Händen war. Hätte er es gewusst, hätte er sich bestimmt nicht getraut, sie auf offener Straße unaufgefordert zu küssen. Sie war so jung, dass wirklich keiner auf die Idee kommen konnte, in ihr eine verheiratete Frau zu vermuten. Außerdem sagte sie weder ja noch nein zu sämtlichen Dingen, die er äußerte oder tat. Sie war ein schweigsamer Charakter. Eigentlich weiß er bis heute nicht, ob sie all die Jahre, die seither vergangen waren, zusammen oder eher nebeneinander gelebt hatten. Sie verloren darüber keine Worte.

Manchmal stand sie in der Wohnung neben ihm am Fenster, und sie schauten gemeinsam hinaus. Dann sah er, dass die Scheiben schmutzig waren und dass er sie wieder einmal putzen sollte, vor allem im Frühling, wenn die weiße Sonne schräg darauf schien. Vielleicht war sie in solchen Momenten jeweils davon überzeugt, sie habe sich für ihn entschieden und meine ihn, obwohl sie gar nicht wissen konnte, wer er war, da sie von Anfang an darauf verzichtet hatte, ihn nach seinen Gewohnheiten, Empfindungen und Überzeugungen zu fragen. Neugierde war nichts, was man ihr vorwerfen konnte. Ihm kam es eher so vor, als ob sie neben ihm stehen würde wie neben einem Hund, zu dem sie Vertrauen gefasst hatte. Sie standen ganz ruhig nebeneinander und schauten nach draußen.

Er wollte auf keinen Fall noch einmal einen Hund besitzen in seinem Leben, seit ihm sein letzter von einem Auto überrollt worden war. Ein eigenartiges Wesen, von dem der Tierarzt behauptet hatte, es sei krank, es habe einen Defekt in seinen Genen, so etwas wie das Down-Syndrom, ja, es sei gewissermaßen mongoloid.

Es war ohne Frage ein seltsam kindlicher Hund, und das blieb er sein ganzes Leben lang. Er spielte bloß immer herum und bewegte sich bis zuletzt tollpatschig wie ein Welpe. Haare hatte er keine am Körper, oder nur ganz wenige, zarte, wie ein Kleinkind auf dem Kopf, eine Art Flaum, und an der Schwanzspitze eine Quaste wie ein Elefant.

Er hieß Morito und rannte, kaum ließ man ihn auf der Straße von der Leine, wie von der Tarantel gestochen los, überschlug sich, kam zurückgerannt, machte Purzelbäume, schnappte nach Luft, bellte, lachte, sprang an jedem Passanten hoch, der ihm entgegenkam, küsste ihn, stellte sich vor ihn hin und wedelte ihn an. Alle, die ihn kennenlernten, mochten ihn. Er legte sich vor wildfremden Menschen auf den Rücken und wälzte sich vor ihnen grunzend hin und her, weil er am Bauch gekrault werden wollte. Das tat er auch vor Autos und vor Fahrrädern. Das ganze Leben war ihm Spiel.

Ein Autofahrer verstand das nicht. Er fuhr vorsichtig auf ihn zu, in der Annahme, der Hund springe in letzter Sekunde auf und jage davon – also auch der Fahrer tat mehr zum Spaß, was er tat, ganz, ganz langsam nur. Als Morito den Reifen am Bauch spürte, hätte er wegrennen sollen, so war das Spiel gemeint, doch Morito ließ sich vom Reifen gewissermaßen massieren, lachte dazu und bellte in seinem Glück, ja, er schmiegte sich eher noch unter den Reifen, als dass er sich weggedreht hätte von ihm, was der Autofahrer aber nicht sehen konnte, da es außerhalb seines Blickwinkels geschah, schräg vorne unter der Motorhaube. Er streckte seinen Kopf weit zum Fenster hinaus und rollte Millimeter um Millimeter weiter, gespannt, wann der Hund wohl die Flucht ergreifen würde, ein Stückchen, noch ein Stückchen, und der Hund lachte und grunzte und wälzte sich japsend unter den Reifen. Der Fahrer konnte es kaum fassen. Er rollte noch ein Stückchen weiter, den Mann mit den zwei Augen, der am Straßenrand stand, fragend anschauend. Der wurde plötzlich blass und rief: »Nein, stopp, nicht weiter, zurück, zurück, Morito ist doch mongoloid, sind Sie wahnsinnig?!«, was der Fahrer natürlich nicht verstehen konnte. Im selben Moment knirschte es, so eine Art Knacken oder Krachen, welches von Moritos Brustkorb kam, der zerquetscht wurde. Moritos japsendes Lachen brach ab und kippte um in ein herzzerreißendes Jaulen und Winseln. Der Mann mit den zwei Augen rief, nun fahren Sie schon, fahren Sie drüber, jetzt ist es sowieso zu spät, hören Sie denn nicht, wie er leidet, fahren Sie endlich los, jetzt machen Sie ihn aber auch tot, den armen Kerl. »Sie haben das absichtlich getan, Sie Schwein«, warf er ihm vor in seinem Entsetzen, dabei hatte der Autofahrer es wirklich bloß im Scherz gemeint. Er hatte auch spielen wollen, wie Morito, er war noch jung, der Fahrer, und hatte gelacht und immer zum Fenster rausgeschaut und versucht zu sehen, wo der Hund gerade war und wie er reagierte. Vielleicht war der Fahrer ja auch noch ein wenig Kind geblieben im Geist, oder es war ein Versehen, er war vielleicht kurz von der Kupplung gerutscht mit dem Fuß, weil er sich zu weit aus dem Fenster gebeugt hatte. Man sollte als Autofahrer nie mit Hunden spielen. Er wurde furchtbar bleich, als er das Geschrei des Mannes und das Jaulen des Hundes hörte, und fuhr mit aufheulendem Motor rückwärts, aber es war zu spät. Morito lag winselnd da und wischte mit der wedelnden Schwanzquaste über den Asphalt, und der Mann mit den zwei Augen lief am Straßenrand auf und ab und rief immer nur, jetzt fahren Sie schon drüber, beenden Sie Ihr famoses Werk, Sie Mörder, machen Sie ihn tot, Sie Feigling. Doch der junge, schneeweiß gewordene Fahrer machte eine weite Kurve um den daliegenden Hund und raste mit quietschenden Reifen davon. Er war ein Fremder, der in der Stadt eingekauft hatte am verkaufsoffenen Samstag.

Das zur Erklärung, warum der Mann mit den zwei Augen seit Moritos Tod keinen Hund mehr haben wollte. Das sagte er auch der Frau, die mit ihm zusammen in derselben Wohnung lebte. (Sie waren irgendwann zusammengezogen. Hätte man sie gefragt, wann genau und aus welchem Grund das geschehen war, hätten beide verlegen geschwiegen und mit den Schultern gezuckt. Sie konnten sich an den Vorgang nicht erinnern; es hatte sich einfach so ergeben.)

Zum Glück starb Morito nach wenigen Minuten, oder waren es Sekunden? Das Winseln wurde leiser und leiser, der Schwanz pinselte schwächer und schwächer über den Asphalt, und dann trat Stille ein. Der Mann mit den zwei Augen weinte hemmungslos und ging nach Hause. Bald sind wir glücklicherweise sowieso alle tot, sagte er.

Seither mochte er niemanden mehr allzu nah an sich heranlassen. Weil es wehtut, wenn einem etwas weggenommen wird, das man liebt. Es hält fest wie angewachsen.

Aus Angst davor, dass sie ihm weggenommen werden könnten, hatte er deswegen auch keine Freunde. Er verkehrte nur mit einem einzigen Mann, von dem er sich angewöhnt hatte, ihn Freund zu nennen. Der wohnte inzwischen allerdings nicht mehr in der Stadt, sondern weit entfernt, jenseits der Grenze, in einem Dorf namens Contamine oder so ähnlich. Der Mann mit den zwei Augen hatte den Namen des Orts vergessen, weil sie miteinander nur noch per Mail verkehrten. Zuerst schrieben sie sich regelmäßig Briefe. Damals musste er jeweils auf den Umschlag die Postleitzahl und den Ortsnamen schreiben, was er auswendig konnte. Doch das ist lange her. Mailen war kostengünstiger, und beide hatten nicht allzu viel Geld. Beim Freund hatte der Geldmangel solche Ausmaße angenommen, dass er sich das Leben in der Stadt nicht länger meinte leisten zu können, weswegen er aufs Land gezogen war. Das Dorf, in dem er jetzt wohnte, hielt er allerdings für so scheußlich, dass ihn dort niemand besuchen durfte.

Einmal im Jahr trafen sie sich in Straßburg. Dort feierten sie im Restaurant *Crocodile* ihre Geburtstage. Das heißt: sie feierten denjenigen des Freundes. Der Einfachheit halber hatte der Mann mit den zwei Augen behauptet, er sei einen Tag später geboren worden. So konnten sie immer zuerst den Geburtstag des Freundes feiern, und kurz vor zwölf bestellten sie eine Flasche Champagner und stießen um Mitternacht dann auf den zweiten an.

Der Wirt vom Crocodile war inzwischen alt. Seit einigen Jahren hätte er sein Restaurant jeweils lieber schon vor Mitternacht geschlossen. Die Stimmung war ab elf nicht mehr besonders. Das Personal räumte auf, stellte die Stühle auf die Tische, löschte die Lampen, die nicht mehr gebraucht wurden, verabschiedete sich und ging nach Hause. Dazu kam, dass auch sein Freund und er sich nur noch mit Mühe bis zwölf aufrecht halten konnten, denn auch sie waren in die Jahre gekommen.

Der Freund hörte nicht mehr gut. Da er allein lebte, störte ihn das nicht. Vielleicht wusste er es nicht einmal. Der Mann mit den zwei Augen traute sich nicht, es ihm zu sagen und ihm zu raten, einen Akustikspezialisten aufzusuchen. Er fürchtete, sein Freund würde ihm sonst an den Kopf werfen, sich in letzter Zeit sprachlich gehenzulassen und undeutlich zu artikulieren; das sei ihm schon seit längerem aufgefallen. Anstatt ihm einen Akustiker zu empfehlen, solle er sich lieber nach einem Sprecherzieher erkundigen. Um diesem Vorwurf nicht ausgesetzt zu werden, bemühte sich der Mann mit den zwei Augen, laut und deutlich zu sprechen, was ihn zusätzlich erschöpfte. Seine Stimme dröhnte durch den leeren, dunklen Speisesaal. Aber es war nun mal eine Tradition, bis in den anbrechenden nächsten Morgen hineinzufeiern. Sie sparten beide das Jahr über, um sich die zwei Tage Straßburg und das Essen leisten zu können.

Als der Freund noch in der Stadt wohnte, hatte sich der Mann mit den zwei Augen konsequent geweigert, ihn bei sich zu Hause zu empfangen, weil ihm dort alles zu eng vorkam. Das sollte der Freund nicht sehen. Außerdem wusste er nicht, was er an dem Abend mit der Frau und der Katze hätte anstellen sollen, die in derselben Wohnung lebten. Er konnte sie schließlich nicht vor die Tür setzen. Deswegen wusste sein Freund von ihm bis zuletzt nicht, wo und wie er wohnte. Umgekehrt wusste auch er es von seinem Freund nicht. Als der sich die Stadt noch leisten mochte, lebte er wahrscheinlich in einer ähnlich bescheidenen Unterkunft und ertrug die Vorstellung ebenfalls nicht, dass jemand Fremdes das sah. Nachdem seine Mutter gestorben war – die er in einem Altersheim untergebracht hatte –, hielt ihn nichts mehr in der Stadt, und er zog über die Grenze nach Frankreich, in eine öde, von Abwanderung ausgezehrte Gegend, wo die Mieten offenbar noch erschwinglich waren. Dort lebte er über einer Autogarage im ersten Stockwerk. Der Inhaber der Garage reparierte vor allem Landwirtschaftsmaschinen. Wenn der Freund in die nahe Kreisstadt musste, zum Einkaufen oder zum Arzt, nahm ihn der Mechaniker mit. Er bot seine Dienste in der Region offiziell als Chauffeur an. Die Taxis aus der Kreisstadt waren teurer.

Der Mann mit den zwei Augen und sein Freund sahen sich inzwischen ähnlich. Das fiel ihnen in Straßburg jeweils auf. Sie waren beide dick geworden. Beim Freund war der Wein schuld daran, der im Discountmarkt der französischen Kreisstadt, in dem er einkaufte, günstig zu kriegen war und dem er deswegen kräftig zusprach. Beim Mann mit den zwei Augen lag es an den Süßigkeiten, die er gerne aß.

Ein einziges Mal hatte ihn sein Freund, als er noch in der Hauptstadt lebte, zu sich nach Hause eingeladen, und zwar an einem Silvesterabend. Er rief um fünf Uhr an und bat den Mann mit den zwei Augen, gegen neun zu ihm zu kommen. Andernfalls sei er allein in seiner Wohnung. Das würden die Nachbarn bemerken und dann würden sie aus einer Anwandlung von Mitleid heraus um Mitternacht bei ihm klingeln und mit ihm aufs neue Jahr anstoßen wollen. Er kenne das von früher und ertrage es nicht länger. Er würde deswegen diesmal lieber vorgeben, einen Freund zu haben, mit dem zusammen er den Jahreswechsel feiere.

Der Mann mit den zwei Augen hatte an jenem einunddreißigsten Dezember seine Nase jedoch dermaßen voll von jeglicher Geselligkeit, dass er antwortete, er könne seinem Freund diesen Dienst leider nicht erweisen. Er habe nun wieder dreihundertvierundsechzig Tage lang ohne Unterbrechung Sekunde für Sekunde umgänglich sein müssen und sich dabei so sehr verausgabt, dass er den Jahreswechsel dringend brauche, um früh ins Bett zu gehen und bar jeder Verpflichtung tief und fest zu schlafen, während das alte Jahr ins neue überklappe. Auch die Frau, die in derselben Wohnung lebe wie er, habe sich das angewöhnt. Er finde es unvergleichlich erholsam, in dieser Nacht neben ihr im Bett zu liegen, die Decke übers Ohr gezogen, um Mitternacht von der Knallerei, dem Glockengeläut und den heulenden Raketen kurz aufzuwachen, schlaftrunken vor sich hin zu murmeln Prost Neujahr, sich auf die andere Seite zu wälzen und weiterzuschlafen. Ein unüberbietbarer Genuss sei es für ihn jeweils, sich in der kurzen Halbschlafphase vorzustellen, wie seine Bekannten nun in geselligen Runden zusammenstehen und Champagner trinken würden, vielleicht bei geöffneten Fenstern fröstelnd, einander alles Gute wünschend, sich umarmend, mit Sorgen ans neue Jahr denkend, melancholisch das vergangene verabschiedend – während er im warmen Bett liegen dürfe und nichts trinken, nichts sagen, nicht lachen und fröhlich sein müsse. Sein Freund solle es damit auch einmal versuchen. Er brauche keine Angst zu haben davor. Er werde sehen, so eine durchgeschlafene Silvesternacht wirke wie das Bad in einem Jungbrunnen.

Der Freund sagte, das schaffe er nicht. Er sei anders erzogen worden. Ein allein verbrachter Silvesterabend versetze ihn in Panik. Das sei für ihn der Inbegriff der Einsamkeit, der Verlassenheit, des Unglücks. Nicht dass er selbst es so empfinde, aber in der Außenwirkung stelle es sich für ihn so dar. Wenn der Mann mit den zwei Augen ein Herz habe und wirklich sein Freund sei, so spüre er die Not und erkenne die Verpflichtung, zu ihm zu kommen. Man schlage eine solche Bitte nicht aus. Er könne sich ja auch bei ihm ins Bett legen und schlafen, nur allein lassen, das dürfe er ihn nicht.

»Dann sind wir von Stund an halt keine Freunde mehr. Ich lasse mich nicht erpressen. Ich will nicht mehr aus dem Haus gehen, Schluss. Ich bin am Ende, ich halte das alles nicht mehr aus, ich will ins Bett, ins Bett. Ich ertrage mein eigenes Grinsen keine Sekunde länger. Mein dummes Gequatsche nicht. Ich schaffe es keine Sekunde länger, gewitzt zu sein, was ich dann ja doch nie bin; und dumm sein, das darf ich nicht. Lass mich schlafen.«

»Bring mich nicht in die demütigende Lage, vor dir telefonisch auf die Knie zu gehen und dich anzuflehen.«

»Das tue ich nicht«, sagte der Mann mit den zwei Augen. Seine Stimme war belegt. »Ich verbiete es dir geradezu, mich anzuflehen, denn es hätte keinen Sinn. Du würdest dich damit lächerlich machen, was ich nur schwer ertragen würde. Sei ein Mann. Ich werde dich heute Nacht allein lassen. Du wirst es überleben. Und wenn ich schon dabei bin, kann ich dir auch gleich gestehen, dass ich mir vorgenommen habe, im neuen Jahr überhaupt niemals wieder jemanden zu treffen. Auch dich nicht. Je seltener ich nämlich mit Menschen zusammentreffe, desto vernünftiger komme ich mir vor und desto ausgeglichener fühle ich mich. Doch kaum treffe ich jemanden und beginne mit ihm zu reden, ist der Stumpfsinn, der aus meinem Maul quillt, je älter ich werde, desto unerträglicher. Deswegen will ich Menschen in Zukunft ausweichen, wo immer ich kann. Und siehe da, meine Gedanken werden sich bündeln und geordnet nebeneinander hergehen – mindestens werde ich diesen Eindruck haben –, bis mir wieder einer meiner vermaledeiten Bekannten über den Weg läuft, der alles durcheinanderbringen wird. Ich halte nicht mehr aus, was ich sage, was ich denke, wie ich mich benehme, bewege und äußere, sobald ich in Gesellschaft gerate. Ich komme mir dann vor wie ein Kretin. Wäre Dorothy Parker anwesend in einer solchen Situation, würde sie mich bestimmt fragen, wie geht es Ihrem kleinen Bruder mit den zwei Köpfen; so weit ist es mit mir gekommen.«

»Was glaubst du denn, wie ich mich fühle? Wie sich die ganze restliche Menschheit fühlt? Wir alle reden dummes Zeug. Was ist daran schlimm? Bist du zu eitel, um dir das zuzugestehen? Willst du dich verstecken, weil du überall, wo du auftauchst, genauso banal bist wie die anderen? Das erträgst du nicht? Möchtest du dich herausheben, und es gelingt dir nicht? Also weichst du den Leuten aus und zählst sogar mich zu ihnen? Du kommst heute Abend allen Ernstes nicht einmal zu mir? Aus Angst davor, mit mir zusammen im Mittelmaß zu ertrinken, im Durchschnitt, in der Masse? Was bist du für ein verabscheuungswürdiger Egoist?!«

Die ersten Monate des folgenden Jahres gingen sie einander erfolgreich aus dem Weg und fühlten sich einigermaßen mit sich selbst im Reinen. Bald darauf zog der

Freund dann nach Contamine, und sie verkehrten bis auf die Geburtstage nur noch schriftlich miteinander, wodurch sie sich ihren Gleichmut während des restlichen Jahres einigermaßen bewahren konnten.

Post, die der Mann mit den zwei Augen bekam, ließ ihm so lange keine Ruhe, bis er sie beantwortet hatte. So ist er erzogen worden: Antworte, wenn du angesprochen wirst. Dazu schüttelte man ihn heftig, sodass diese Order sich in ihm senken und festsetzen konnte. Wer immer ihn ansprach, kriegte eine Antwort. Er hatte den Verdacht, die Leute nützten seine Erziehung aus und würden von Tag zu Tag gerissener. Sie warfen ihm seiner Meinung nach immer häufiger nur noch gedankenlose Korrespondenzkrümel zu, in der Gewissheit, darauf gehaltvolle Antworten zu bekommen. Einige wandten sich wenigstens auf künstlerisch anregenden Postkarten an ihn. Das stimmte ihn versöhnlich. Sie schrieben zwei, drei Belanglosigkeiten – heute ist der Elfte, es regnet, unser Sohn ist elf Jahre alt geworden, ich habe auf der Nase einen Sonnenbrand –, fragmentarische Botschaften solcher Art, zum Teil unleserlich, darunter setzten sie ihre Unterschrift. Und schon fing er an, sich Gedanken zu machen über Regen, Elfjährige und Sonnenschutzfaktor elf, was er in korrekte Sätze verpackte und zurückschickte. Im vorliegenden Fall zum Beispiel: In seiner Nähe stehe ein Zirkuszelt, in das Elfjährige gehen könnten, wann immer sie Lust dazu hätten, um sich dort etwas Artistisches beibringen zu lassen, Akrobatik, Jonglieren, Lustigsein, Tanzen. Für empfindliche Haut gebe es inzwischen Sonnenschutzfaktor fünfzig. Als er jung gewesen sei, habe es das Wort Sonnenschutzfaktor noch gar nicht gegeben usw.

Weil er sich ärgerte über sich und seine ausführlichen Antworten, hatte er sich angewöhnt, ebenfalls nur noch Postkarten zu versenden, zumal das Porto dafür günstiger war als für Briefe. Doch reute es ihn, Geld auszugeben für Kunstpostkarten, von denen nur die teuersten ästhetisch befriedigend waren. Er ging deswegen alle paar Wochen zu einer Trödlerin, die ihre Waren in einer Baracke unter einer Eisenbahnbrücke anbot, und kaufte stapelweise unbenutzte Ansichtskarten aus Wohnungsauflösungen, die er zu einem Spottpreis kriegte. Meistens waren die Motive nichtssagend – vergilbte Erinnerungsstücke fremder Menschen, ein *Herkules mit Schloss Wilhelmshöhe* oder *Karlštejn, The Gothic Castle founded by Charles IV in 1348*. Nur mit vielen Worten gelang es ihm, den Karten einen im Zusammenhang mit dem Inhalt, den er mitteilen wollte, passenden Sinn zu verleihen. Er musste komplizierte gedankliche Verrenkungen vollführen, was ihn dazu zwang, sehr klein zu schreiben. Das, was er eigentlich sagen wollte, hatte dann meist trotzdem keinen Platz mehr. Also musste er auf den ausgesparten Adressraum ausweichen und die vollgeschriebene Karte dann in ein Kuvert stecken und als Brief verschicken, wodurch die Portoeinsparung entfiel. Und was er an Geld im Einkauf sparte, verlor er beim Schreiben doppelt und dreifach an Zeit.

Ein Jugendfreund, der von Beruf Dichter geworden war, fragte beispielsweise eines Tages auf einer Kunstpostkarte, auf der eine nackte, gefesselte Japanerin in Schwarz-Weiß zu sehen war, ob er Lust habe, sich mit ihm zu treffen. Er besuche für ein paar Tage die Stadt und würde gern mit ihm zusammen einen Kaffee trinken. Zwar verstand der Mann mit den zwei Augen nicht, warum man sich mit ehemaligen Schulkameraden zu einem Kaffee verabreden sollte, war aber der Letzte, der einem solchen Vorhaben im Weg stehen wollte. Also sagte er zu und schlug als Treffpunkt ein Café neben dem Gericht vor, das *Zur letzten Instanz* hieß. Während er dort auf seinen Jugendfreund wartete, erzählte ihm der einzige Gast, der außer ihm da war – eine junge Frau –, sie habe eben gerade auf dem Standesamt geheiratet. Dann begann sie zur Musik, die aus den Deckenlautsprechern drang, zu tanzen, allein, mitten im leeren Café. Sie bewegte ihren Körper verführerisch, so als gelte es, ihm sein Geld aus der Tasche zu locken. Sie wandte ihm ihren Rücken zu und wiegte sich in den Hüften. Dabei wusste er doch von ihr, dass sie frisch verheiratet war – sie hatte es ihm eben erst erzählt. Er verstand nicht, was sie da tat. Er begann zu schwitzen. Entweder ist sie glücklich verliebt und tanzt selbstvergessen, oder sie ist sterbensunglücklich, dachte er und musste sich zwingen, woanders hinzuschauen. Weibliches Tanzen vor seinen Augen erregte ihn; er konnte sich dagegen nicht wehren.

Der zum Dichter herangereifte ehemalige Schulkamerad kam, setzte sich neben ihn, zog einen Kugelschreiber aus seiner Jackentasche und ein Notizheft, in das er schrieb: Eben bin ich im Begriff, mich mit meinem Jugendfreund in dem von ihm vorgeschlagenen Café *Zur letzten Instanz* auf ein Gespräch einzulassen, was ich für erwähnenswert halte mit Blick auf die Zukunft, da ich es bin, ein Dichter, dem dies geschieht.

Er erklärte dem Mann mit den zwei Augen, dass er Literaturgeschichte studiert habe und daher wisse, wie wichtig persönliche Begegnungen solcher Art für die literarisch interessierte Nachwelt seien. Dichtung entstehe schließlich nicht, wie die landläufige Meinung sei, aus dem Nichts, sondern sie werde destilliert aus alltäglichen Kleinigkeiten wie beispielsweise diesem Treffen. Dann schrieb er weiter in sein Heft: Vor unseren Augen tanzt eine junge Frau auf den anmutigsten Beinen und, noch wichtiger, den anmutigsten Füßen, die ich jemals gesehen habe. Sie vollführt eine Art Wiegeschritt, bei dem sie den vorderen Fuß auf Spitze aufsetzt und dann das Becken aufreizend weich nach vorne schiebt, um darauf mit dem Körperschwerpunkt zu folgen und das Gewicht zu verlagern. Die Wirkung ist umwerfend. Sie gibt vor zu gehen, aber auf eine Art, die nur dazu da ist, denjenigen, der ihr zuschaut, zu erregen, nicht um vorwärtszukommen.

Nach einer Stunde musste der Dichter zum nächsten Rendezvous. Der Mann mit den zwei Augen war froh, den Jugendfreund getroffen zu haben, welcher ihn für eine Stunde davor bewahrt hatte, allein am Kaffeehaustisch sitzen und in den Abgrund um sich herum starren zu müssen. Außerdem hatte sich der zum Dichter herangereifte Jugendfreund als grundgütiger Mann entpuppt. Er hatte sich bemüht, nicht schlecht über andere oder übers Leben zu reden.

Das gefiel dem Mann mit den zwei Augen. Er selbst litt unter der Sucht, über alles und jeden schlecht reden zu müssen, und zwar auf eine Weise, dass der Zuhörer es kaum realisierte. Es war ein homöopathisches Schlechtreden. Er redete beinahe gut, aber so, dass das Gegenüber am Ende schlecht dachte über den Besprochenen. Manchmal redete er auch unverblümt schlecht, ganz offen, so schlecht, dass das Gegenüber glaubte, es habe sich verhört, weil niemand jemals so schlecht über andere reden könne. Der Mann mit den zwei Augen war nicht in der Lage, diese Marotte bei sich abzustellen. Im Fernseher sah er manchmal Dokumentarfilme über Menschen, die unter einer psychischen Störung litten, welche sie dazu trieb, in den unpassendsten Situationen laut Obszönitäten von sich zu geben und zu grimassieren wie

Geistesgestörte. Es war ihnen nicht möglich, sich zu beherrschen. Im Gegenteil, je mehr sie versuchten, Gesten und Flüche zu unterdrücken, desto heftiger brach der Unrat aus ihnen hervor. So war es auch bei ihm: Er musste schlecht reden. Über alle. Denn sie waren schlecht, alle, und er hielt es für seine Pflicht, dies hinter deren Rücken klarzustellen. Sonst würden sie bloß immer noch schlechter.

Außer ihnen war noch ein Hund im Café. Er bellte die jung verheiratete Frau an und sprang um sie herum. Offenbar gehörte er zu ihr. Sie tanzte unbeirrt weiter, und der Mann mit den zwei Augen hatte zunehmend den Verdacht, sie tanze, um ihn und seinen Jugendfreund auf sich aufmerksam zu machen und zu erregen und ihnen nachher ins Gesicht schleudern zu können, sie halte nichts von ihnen, ja, sie habe sie noch nicht einmal zur Kenntnis genommen, so nichtssagend kämen sie ihr vor. Ein böses Spiel, das junge Frauen manchmal gern zu spielen scheinen. Weil sie dauernd angestarrt werden von Männern, kommen sie wohl zu dem Schluss, nun lasse ich mich erst recht anstarren. Sollen sie starren, die Schweine. Und wenn ihnen dann der Geifer aus dem Maul tropft, dann schleudere ich ihnen ins Gesicht, was ich von ihnen halte, nämlich nichts. Der Mann mit den zwei Augen verstand nicht, warum junge Frauen ihm ins Gesicht schleudern wollten, dass sie von ihm nichts hielten. Er dachte aber, es gehe wohl weniger um ihn als ums Prinzip. Er diene nur als Beispiel, an dem etwas bewiesen werden solle. Da hat sich wohl eine ziemliche Wut aufgestaut in der weiblichen Hälfte der Menschheit, dachte er, und dabei ist die hier doch jung verheiratet und hätte glücklich sein müssen.

Der Dichter steckte sein Notizheft und seinen Kugelschreiber in die Jackentasche zurück und sagte: »So. Voll.

Das biete ich nächste Woche im Internet an. Es gibt nämlich eine reißende Nachfrage für von Hand geschriebene Dichtertagebücher.« Er war glücklich über die Tatsache, sein Notizheft voll gekriegt zu haben.

Der Himmel verdunkelte sich. Es begann zu regnen. Die beiden verließen das Café, verabschiedeten sich draußen unter dem Vordach voneinander und sprangen über die sich bildenden Pfützen davon – der Mann mit den zwei Augen nach Hause, wo er sich vor sein Fernsehgerät setzte mit Blick auf die flackernden Bilder der synchronisierten Vorabendserie aus Amerika, die ihm die liebste war, weil dort das Lachen auf der Tonspur gleich mitgeliefert wurde, der Dichter zurück in sein Hotel, wo er ein frisches Notizheft holen wollte, bevor er zu seinem nächsten Rendezvous weitereilte.

Eines Sonntagmittags lag die Frau, die so eigenartig gesungen hatte und mit der er inzwischen schon seit vielen Jahren zusammen in derselben Wohnung lebte, noch im Bett, mit der Katze auf dem einen Fuß.

Da er ein ruhiges Leben bevorzugte und jede neue Bekanntschaft, jedes unnötige Gespräch, jeden überflüssigen Besuch vermied, soweit das ging, hatte er ihre verschlossene Art mit der Zeit schätzen gelernt. Sie fürchtete sich im Unterschied zu ihm nicht davor, müde zu sein. Das faszinierte ihn. Um acht Uhr abends war sie normalerweise zum Schlafen bereit. Um ihre Bildung hatte sich niemals in ihrem Leben jemand gekümmert. Sie wusste daher entweder nichts oder das Falsche – lauter unbrauchbare Merkwürdigkeiten. Sie war zart gebaut, schwieg meistens und missfiel ihm eigentlich in keiner Lage. Selbst dass sie nicht wusste, von wann bis wann der Zweite Weltkrieg gedauert hatte, konnte ihn nicht gegen sie aufbringen. Im Gegenteil, als er sie einmal liebkosend »Sie mein Basilikum« nannte und sie nicht verstand, was er damit meinte, gab ihm das die Gelegenheit, ihr zu erklären, Basilikum sei eine Pflanze, von der es einst geheißen habe, sie würde auf dem Gehirn eines Ermordeten besonders üppig gedeihen. Das gefiel ihm. Er liebte es, Dinge zu wissen, die andere nicht wussten. Sie schaute ihn verständnislos an; er guckte abgründig.

Als er sie an jenem Sonntagmittag noch im Bett vorfand, erinnerte er sie daran, dass sie um diese Zeit normalerweise ihm gegenüber am Frühstückstisch sitze und die Zeitung lese. Sie antwortete, das sei ihr durchaus bewusst und sie habe auch schon längst mit dem Gedanken gespielt aufzustehen, doch könne sie ihr eines Bein nicht mehr strecken. Sie habe es im Schlaf angewinkelt und nun sei es irgendwie blockiert. Sie versuche schon seit Stunden, aus dem Bett zu kriechen, aber es gelinge ihr nicht.

Er schaute sie ungläubig an und überlegte, was wohl zu tun sei, wenn in der eigenen Wohnung eine Frau im Bett liege und von dort nicht mehr herausklettern könne. Er scheuchte erst einmal die Katze aus dem Schlafzimmer und rief dann seinen Freund in Contamine an, von dem er den Eindruck hatte, er stehe seit längerem ausgesprochen wackelig auf seinen Beinen und habe bestimmt schon viele Schicksalsschläge einstecken müssen, sowohl körperlicher wie auch seelischer Natur, weswegen er möglicherweise wisse, was man in so einer Situation unternehmen müsse. Der Freund war glücklicherweise zu Hause und hob den Hörer ab. Der Mann mit den zwei Augen erzählte ihm, dass die Frau, die mit ihm zusammen in derselben Wohnung lebe, in ihrem Bett liege und ihr eines Bein nicht mehr strecken und somit nicht mehr aufstehen könne. Ob der Freund eine Idee habe, was in so einem Fall zu tun sei. Der wusste keinen Rat und fragte, ob er denn schon versucht habe, mit einem kräftigen Ruck das Bein gerade zu ziehen. Der Mann mit den zwei Augen ging ins Schlafzimmer und sagte, sein Freund habe vorgeschlagen, einmal kurz und entschieden am Bein zu ziehen, was er nun tun werde. Die Frau im Bett rief: »Nein, lieber nicht.« Also trug er sie nackt, mit angewinkeltem Bein, zu einem Stuhl neben dem Esstisch und setzte sie drauf. Er reichte ihr Zeug zum Anziehen, das sie sich wegen des blockierten Beins umständlich überstreifte. Nachdem er spürte, dass sein Geduldsfaden zu reißen drohte, entschied er, sie sei nun genug angezogen. Er rief die Funkzentrale an, bestellte ein Taxi, trug die unvollkommen bekleidete Frau die Treppe des Mietshauses hinunter und setzte sie auf der Straße in den Fond des wartenden Wagens. Er nannte der Fahrerin den Namen einer Klinik, an den er sich erinnerte, weil er ihn tags zuvor in der Zeitung gelesen hatte im Zusammenhang mit einem Professor, dem eine spektakuläre Herztransplantation gelungen war, über die man selbst in Amerika staune.

In der Klinik bestand er darauf, vor der Notaufnahmepforte abgesetzt zu werden. Die Taxifahrerin weigerte sich. Sie sagte, der Platz dort sei reserviert für Ambulanzen. Schließlich gab sie nach und hielt, nachdem er bezahlt hatte, kurz, mit laufendem Motor, vor der verbotenen Auffahrt. Der Mann hob die Frau mit dem angewinkelten Bein aus dem Wagen und trug sie die Rampe hinauf. Die Tür öffnete sich automatisch. Zwei Krankenschwestern kamen heraus. Sie empfingen die beiden freundlich, holten eine Trage auf Rollen und ließen den Mann die Frau darauf ablegen. Das Blut schoss ihr dabei in den Kopf. Sie kam sich blöde vor, wie ein großer, schwerer Sack voller Grütze.

Der Arzt, der zum Notdienst eingeteilt war, kam herbeigeeilt. Er war ein alter Mann, dessen letztes Dienstjahr in der Klinik begonnen hatte. Die Karriere, die hinter ihm lag, war keine besonders spektakuläre. Zu Hause hatte er eine achtundneunzigjährige Mutter zu betreuen, die ihn ihr Leben lang als einen guten Menschen bezeichnet und ihm nie so recht die Sporen gegeben hatte. So glich seine Bewegungsart eher einem gemächlichen Traben über leicht ansteigendes Gelände als einem wilden Galopp über Steppen. Er hatte ein liebes Gesicht und trockene, warme Hände, mit denen er das Knie und das Bein der Frau abtastete und das Gelenk vorsichtig zu beugen und zu strecken versuchte, was ihm aber nicht gelang. Er dachte nach und sagte dann: »Mir fällt nicht ein, um was für einen Defekt es sich bei diesem Symptom handeln könnte. Am besten wird sein, das Gelenk zu ersetzen. Damit erzielen wir hier meistens gute Erfolge. Ich schlage vor, wir machen zur Sicherheit eine Röntgenaufnahme, und die zeige ich morgen unserem Spezialisten, dessen Urlaub zum Glück gerade zu Ende gegangen ist. Der wird dann entscheiden, wie wir weiter verfahren wollen.« Die Frau wurde in den Raum mit dem Röntgenapparat gerollt und nach kurzem auch schon wieder heraus auf den Flur.

In der Zwischenzeit war ihr das Blut aus dem Kopf gewichen. Weiß wie die Wand hinter ihr winkte sie den Mann mit den zwei Augen nahe zu sich heran und flüsterte ihm ins Ohr: »Sie glauben es nicht: Als ich unter dem Röntgenschirm lag, knackte es plötzlich im Knie, und ich konnte das Bein wieder strecken. Was machen wir nun bloß?«

(Der Mann und die Frau hatten den Moment versäumt, einander das Du anzubieten. Als sie zusammenzogen und es eigentlich an der Zeit gewesen wäre dafür, war ihnen das Sie bereits in Fleisch und Blut übergegangen; sie konnten sich nicht mehr umgewöhnen und ließen es deswegen dabei bewenden.)

Der Mann überlegte angestrengt, was in dieser neuen Situation zu tun sei, und sagte dann, am besten wäre es wohl, den Ort des Geschehens ohne großes Aufheben zu verlassen. So machten sie es und gingen, nachdem sie, so rasch sie konnten, untergehakt außer Sichtweite gehumpelt waren, langsam durch die sonntäglich stillen Straßen des Wohnquartiers, in welchem die Klinik lag. Er schlug vor, einen Kaffee trinken zu gehen. Sie willigte ein. Als sie endlich ein Café fanden, das geöffnet hatte, setzten sie sich erschöpft hin, bestellten je ein heißes Getränk und er für sich ein Stück Kuchen. Dann lasen sie die Wochenendbeilage der Zeitung, die sie in der vormittäglichen Aufregung nicht hatten lesen können. Manchmal schaute er von seiner Lektüre auf und betrachtete kopfschüttelnd die lesende Frau, die ihm gegenübersaß; manchmal schaute umgekehrt sie von ihrer Lektüre auf, schaute ihm beim Lesen zu und schüttelte stumm ihren Kopf.

Am nächsten Morgen rief der alte Arzt an und fragte, was um alles in der Welt tags zuvor denn passiert sei? Sie seien plötzlich verschwunden gewesen. Der Mann mit den zwei Augen sagte: »Sie werden es nicht glauben, aber während des Röntgens krachte es im Knie der Frau, die ich Ihnen gebracht hatte, und auf einmal konnte sie ihr Bein wieder strecken. Sie schämte sich und wollte Ihnen nicht mehr unter die Augen treten. Wir verließen deswegen die Klinik, ohne uns zu verabschieden.« – »So etwas gibt es manchmal«, antwortete der Arzt. »Da haben Sie ja noch einmal Glück gehabt. Wir hier in der Klinik sind heute früh bei der Besprechung nämlich einhellig zum Schluss gekommen, das Kniegelenk müsse ersetzt werden durch ein künstliches. Wir sind sehr erfolgreich im Ersetzen von schadhaften Organen. Vielleicht haben Sie neulich die Lokalzeitung gelesen? Da wurde auf der Wissenschaftsseite von der geglückten Herztransplantation des Chefchirurgen Professor Doktor Texel berichtet, die sogar als eine Weltsensation bezeichnet wurde. Die Klinik, in welcher dieser Professor seine Transplantation durchgeführt hat, ist mit der unseren und zwei weiteren aus der Region zusammengeschlossen zu einem Verbund von Exzellenzkliniken, welche ihre chirurgischen Instrumente und Prothesen von denselben Herstellern beziehen. Das bedeutet, dass auch bei uns nur erstklassige Materialien zum Einsatz kommen. Doch zurück zu Ihrer Frau: Was für eine schöne Fügung! Allein wegen dieses glücklichen Zufalls, ich meine jetzt wegen des Krachens, wird sie nun noch eine Weile ihr eigenes Knie behalten können. So ist es oft im Leben. Das bestätigt mich wieder einmal in meiner Grundhaltung. Ich denke nämlich, schlussendlich wird immer alles gut. Ich arbeite nur noch acht Monate an dieser Klinik, dann gehe ich in den Ruhestand. Das Röntgenbild vom Knie wird hier aber weit über meine Zeit hinaus bestens aufbewahrt bleiben, das kann ich Ihnen garantieren. Falls Ihrer Frau das Kniegelenk irgendwann einmal doch zur Last werden sollte, kann sie es sich hier jederzeit gern ersetzen lassen, auch wenn ich dann nicht mehr da sein sollte. Ich lege für meine jungen Kollegen die Hand ins Feuer. Es sind sehr gute Chirurgen. Wir alle arbeiten hier streng nach den Grundsätzen des großen Mediziners Rudolf Virchow, dessen Maxime, *ein Körperteil, den man abschneidet, kann auch nicht mehr erkranken*, ihre Gültigkeit bis heute bewahrt hat und in Deutschland nach wie vor gern befolgt wird. Nach dem Ersten, ja sogar noch nach dem Zweiten Weltkrieg hat man in England, Frankreich und Russland gestaunt über die vielen Teilamputierten, denen man auf deutschem Boden überall begegnen konnte. Auch heute noch werden nirgends so viele Füße und Beine entfernt, bei Altersdiabetes zum Beispiel, wie in bundesdeutschen Krankenhäusern. Und der Nation geht es im Vergleich zur übrigen Welt ausgezeichnet, wie man immer wieder lesen kann.« – »Ja, Deutschland geht es sehr gut, da haben Sie recht. Das habe ich auch gelesen. Übrigens, die Frau mit dem Knie ist nicht meine. Wir leben bloß seit mehreren Generationen – sagt man so? – zusammen in derselben Wohnung und haben uns in dieser Zeit aneinander gewöhnt. Deswegen war ich es, der sie zu Ihnen brachte.«

Nachdem der Mann mit den zwei Augen den Hörer aufgelegt hatte, fragte er die Frau, ob es möglicherweise sein könnte, dass an Rudolf Virchows Maxime mehr dran sei, als man gemeinhin glaube? Ob sie sich ihr Kniegelenk nicht vielleicht doch lieber ersetzen lassen möchte? Ein für alle Mal befreit zu sein von jeglichen Gelenksorgen, das sei doch vielleicht gar nicht so verkehrt? – Sie antwortete nicht, weil sie gerade dabei war, ein dickes Heft zu studieren, das am Morgen im Briefkasten gesteckt hatte. Unterwäsche aus unbehandelter, zweifach gekämmter Baumwolle war darin abgebildet, und Rohschinken von Schweinen, die im spanischen Hinterland ausschließlich mit Eicheln gefüttert worden waren, des Weiteren ein Fahrrad, das mit einer Handkurbel angetrieben wurde, und ein Tisch, den man aufblasen konnte. Später fragte sie: »Was haben Sie gesagt?« Er wiederholte seine Erwägungen, eine Amputation oder doch zumindest eine Prothese betreffend. Die Frau gab nach einer längeren Pause zu bedenken, dass man nie wissen könne, wie sich die Forschung weiterentwickle. Vielleicht werde in den nächsten Jahren von der Chemieindustrie ein Medikament entdeckt, das sowohl Amputationen wie auch Prothesen überflüssig mache. In diesem Fall wäre es dann doch ein Jammer, kein Bein mehr dranzuhaben oder nur noch den schütteren Rest eines solchen? In der Hoffnung auf die Chemieindustrie neige sie deswegen eher dazu, das Bein und das Knie bis auf weiteres dranzulassen. Das leuchtete dem Mann ein, und er sagte: »Ja, da haben Sie auch wieder recht.« Im Folgenden konzentrierte er sich auf die Seite in der Zeitung, die er gerade aufgeschlagen hatte und die prallvoll war mit Bildern von Wollsocken im Dreierpack, Aufbackbrötchen im Zehnerpack, polnischen Dauerwürsten im Sechserpack, italienischem Wein im Zehnerpack, Abfallsäcken im Hunderterpack und einem Plastikfläschchen mit einer Flüssigkeit drin, die Flechten, Verunreinigungen, Stockflecken und Moosbefall von Grabsteinen beseitigte, ohne dass gewaltsam gerieben werden musste (was die goldenen Lettern der Grabinschrift hätte in Mitleidenschaft ziehen können): Nur einsprühen, zehn Minuten wirken lassen und dann mit einem mitgelieferten Spezialtuch einmal drüberwischen, und der Grabstein würde leuchten wie neu. Als Angebot im Doppelpack.

Sein Zug ist am 21. November um 20:43 Uhr in Harenberg angekommen. Er war 56 Jahre alt, und er hat die Stadt seither nicht mehr verlassen. Bis heute. Sein Unglück war groß, aber das wäre es woanders auch gewesen. Die Frau, mit der er jahrzehntelang in derselben Wohnung gelebt hatte, war plötzlich tot und weg gewesen. Nachdem er zweieinhalb Tage lang auf dem Rücken gelegen und in seinem Kopf die Wörter *sieche Hämlinge* und *Natterngezücht* hin und her gewälzt hatte – sie schlugen von der einen Innenseite der Schläfe an die andere, so lange, bis ihm davon speiübel war –, setzte er sich an den Tisch und schrieb:

»Ich möchte mich hiermit im eigenen Namen und in dem all meiner Vorfahren von Ihnen verabschieden und Ihnen danken für all das Gute, das Sie mir haben angedeihen lassen. Denen, die mir Unrecht getan haben, sei verziehen. Diejenigen, die mich geliebt haben und denen ich nur Freundschaft entgegenbringen konnte, mögen mir verzeihen. Denen, die ich liebte und die mich nicht wiederlieben konnten, werde ich auch über den Tod hinaus treu bleiben. Die vielen positiven Fügungen, die mir begegnet sind während meines irdischen Daseins, können in dieser Häufung kein Zufall gewesen sein. Es wird bestimmt gute Geister geben, die mich begleitet haben, von denen ich aber nichts weiß. Denen danke ich ebenfalls.«

Diesen Abschiedsbrief ließ er in ihrem Namen in der Zeitung, für die er jahrzehntelang seine Gerichtsreportagen geschrieben hatte, unter der Rubrik *Todesanzeigen und Nachrufe* veröffentlichen. Dann packte er die übrig gebliebenen Habseligkeiten zusammen, ließ sie von einem Transporttaxi in sein Büro bringen, stapelte sie dort aufeinander, verriegelte die Tür, kündigte die gemeinsame Wohnung und bestieg mit einem Koffer den Zug.

In Harenberg fand er nach ein paar Tagen ein Zimmer in einer Pension, in der außer ihm ausschließlich Bauarbeiter aus der Ukraine untergebracht waren. Abends trafen die sich im Fernsehraum in der zweiten Etage und tranken zusammen Wodka. Morgens, wenn er aufstand, war die Gemeinschaftstoilette am Ende des Flurs meistens in einem wenig einladenden Zustand, und die Luft darin roch übelkeiterregend. Dafür war der Preis günstig; der Mann mit den zwei Augen hatte eine Monatspauschale ausgehandelt. Ein neunzig Zentimeter breites und zwei Meter langes Bett stand im Zimmer, am Fußende ein schmaler Tisch mit einem Stuhl davor und daneben ein Schrank. An der Wand gegenüber hing ein Handwaschbecken und darüber ein Spiegel. Durchs Fenster am Kopfende des Bettes sah er in einen Lichtschacht.

Frühstück aßen die Ukrainer in ihren Zimmern. Er nahm seins in einem Café zu sich. Täglich freute er sich auf die Croissants, die man hier zu backen verstand. Harenberger hatten keine Ahnung davon, wie traurig Croissants woanders schmecken konnten. Sie hießen dann Hörnchen, Brioche oder Kroassang, und man stopfte sie verdrossen in sich hinein, weil man in alten französischen Filmen gesehen hatte, dass ein goldgelbes Buttergebäck in dieser Form zu einem geglückten Start in den Tag gehöre.

Wo er vorher gewohnt hatte, standen in den Räumen viele Gegenstände herum, welche die Frau während der Jahre, in denen sie dort mit ihm zusammenlebte, herbeigetragen hatte. Ihre Eltern waren im Zweiten Weltkrieg unabhängig voneinander je zweimal ausgebombt worden und mussten sich danach notdürftig neu einrichten mit aus Pressspan zusammengeleimten Betten, Tischen, Schränken und Stühlen. Notbehelfsgerümpel dieser Art stimmte die Frau deswegen von Kindsbeinen an traurig. Sie sehnte sich nach Gegenständen, die Geschichten zu erzählen hatten, und kaufte aus diesem Grund immer, wenn sie Geld erübrigen konnte, alte Möbel, Bilder, Porzellan und silbernes Besteck aus Wohnungsauflösungen. Unter anderem besaß sie eine komplette Louis-XVI-Salon-Ausstattung und zwei echte Perserteppiche. Das Einzige, was sie aus ihrem Elternhaus mitgenommen hatte, war eine Bleistiftspitzmaschine von *Dahle*. Die liebte sie, weil sie damit schon als Kind ihre Schulstifte gespitzt hatte. Sie wünschte sich, dass die Maschine einen festen Platz in der Wohnung bekomme. Also schraubte der Mann sie an der Tischplatte fest und spitzte seine Bunt- und Bleistifte damit. Die Maschine wuchs auch ihm ans Herz, obwohl sie aus Altersgründen nicht mehr ganz rund lief. Er mochte es, die Stifte ins Loch zu stecken und sie von den zwei mit Zähnchen bewehrten Backen packen und vom Federmechanismus in den Rachen mit der Messerwalze hineinziehen zu lassen. Es machte ihm Freude, die kleine Kurbel zu drehen. Das Geräusch gefiel ihm, wenn sich die Walze mit der scharfen Stahlspirale um den Stift drehte und das Holz wegfraß. Der Duft von den frischen Holzlöckchen und dem Bleipulver war ihm angenehm, und er fuhr mit den Fingern gern über die winzigen Bisswunden an den Stiften, welche die Zähnchen hinterließen.

Buntstifte musste er jeweils besonders fein zuspitzen, weil er sie brauchte, um damit die abgelaufenen Fahrkarten der öffentlichen Verkehrsmittel auf den tagesaktuellen Stand zu bringen. Er machte aus einer 3 eine 8 – oder je nach Bedarf eine 9 oder eine 6 –, aus einer 6 eine 8 oder eine 3, aus einer 1 eine 4 oder eine 7 usw. Die Verkehrsbetriebe wechselten dann und wann die Farben in ihren Stempelautomaten. Lange Zeit hatten sie simple Druckerschwärze verwendet, kamen dann aber den Fälschern auf die Schliche und begannen, ihre Patronen mit fein abgestuften Mischfarben zu befüllen, die sie in unregelmäßigen Abständen neu zusammensetzten. Die Frau, die in ihrer Jugend so sonderbar gesungen hatte, fuhr gern in öffentlichen Verkehrsmitteln durch die Stadt und freute sich über Fahrscheine. Da er mit seinen Gerichtsreportagen nicht genug Geld verdiente, um ihr ein Jahresabonnement kaufen zu können, und weil er außerdem nicht selten befallen wurde von grundsätzlichen Zweifeln am Sinn seines Schaffens, saß er oft brütend am

Küchentisch und wusste nicht, was er mit seiner Zeit anfangen sollte. Ins Büro zu gehen hatte in solchen Momenten keinen Sinn. Da kamen ihm die gebrauchten Fahrscheine, die er tagsüber aus Abfalleimern an den Haltestellen fischte, gerade recht. Er griff zu den Buntstiften, spitzte sie nadelfein zu und begann konzentriert, die Scheine für die Wiederverwertung herzurichten. Das hellte seine Laune auf, und die Zeit verging ihm dabei im Flug, was sie bei seiner Brotarbeit nicht tat.

Diese bestand daraus, jeden Dienstag und Donnerstag morgens um neun zum Kriminalgericht zu fahren, im Sommer auf dem Fahrrad, im Winter und bei Regen mit dem Linienbus. Dort musste er durch die Schleuse mit dem Metalldetektor, zeigte dem Wachmann seinen Kugelschreiber, seine Uhr, seine Hausschlüssel und sein Hartgeld – seinen Pass brauchte er nicht mehr vorzuweisen, da man ihn kannte – und setzte sich in einen der vielen Verhandlungssäle. Früher hatte er am Anschlagbrett jeweils studiert, welche Fälle wo verhandelt wurden. Er wählte jene aus, die ihm am dramatischsten vorkamen. Bluttriefende oder seltsam verwirrende, krankhafte, besonders gerissene oder krachend dumme Verbrechen, bei denen er auf funkelnde Details hoffte, die er sich in seiner Phantasie nicht selbst ausmalen konnte. Er zehrte von überraschenden Wendungen des Schicksals; er war dankbar für Unwahrscheinlichkeiten in den Abläufen; er saugte die sprachlichen Pointen der Aussagenden auf und freute sich über Delinquenten oder Zeugen, die sich besonders eigenwillig ausdrückten oder vom Leben besonders übel gebeutelt worden waren. Seine Nacherzählungen der Fälle wurden in der Wochenendausgabe der Tageszeitung gedruckt.

Die Auflage der Tageszeitung schrumpfte. Seine Honorare wurden gekürzt. Man riet ihm, eine zusätzliche

Publikationsmöglichkeit für seine Texte zu suchen. Das schob er vor sich her, fuhr weiterhin diszipliniert jeden Dienstag und Donnerstag ins Gericht, setzte sich auf einen Stuhl in einem der Säle, zog sein Notizheft aus der Innentasche des Jacketts und schrieb in Stichworten mit, was er hörte. Den Rest der Woche verwendete er dazu, die Fälle im Büro zusammenzufassen und in verständliche, unterhaltsame Form zu bringen. Er feilte so lange an seinen Beiträgen, bis sie die verlangte Kürze hatten. Er hatte längst im Gespür, wann der Moment für den Schlusspunkt jeweils gekommen war.

Mit der Zeit schaute er auf dem Anschlagbrett nicht mehr danach, welche Fälle wo verhandelt wurden. Er setzte sich einfach dort rein, wo am meisten Platz war. Er hatte nämlich herausgefunden, dass die spektakulären Fälle ihn schneller langweilten als die alltäglichen. Er entwickelte geradezu einen Widerwillen gegen das Außergewöhnliche. Es war ihm zu offensichtlich. Das Normale kam ihm auf eine viel spannendere Art kompliziert und interessant vor.

Die Wachleute im Kriminalgericht kannten ihn. Sie hielten ihn für ihresgleichen. Er kam ebenso regelmäßig und pünktlich wie sie zur Arbeit, er war ebenso müde wie sie und verließ das Gebäude ebenso erschöpft wie sie. Manchmal trank er in der *Gerichtsklause*, einer Gaststätte, die auf der dem Gericht gegenüberliegenden Straßenseite lag, einen Kaffee und lauschte den Gesprächen der Anwälte, der Richter und der Zeugen, die dort ihre Mittags- und Kaffeepausen verbrachten. Alles, was ihm verwertbar vorkam, notierte er in kleiner, akkurater Schrift in sein Heftchen und versuchte später, eigenständige Sätze daraus zu formen.

Beziehungsdelikte, die aus Eifersucht begangen worden waren, erschütterten ihn. Einfache Nachbarschaftsstreitereien faszinierten ihn. Eines Tages saß ein Libyer auf der Anklagebank, der einem befreundeten deutschen Arbeitskollegen mit einem Faustschlag den Kiefer gebrochen hatte. Der Libyer weigerte sich, den Grund für seine Tat zu nennen. Die Richterin redete ihm zu und erklärte, dass sie ihn härter bestrafen müsse, wenn er keine Reue zeige und nicht wenigstens in Ansätzen zu verstehen gebe, warum er so hart zugeschlagen habe. Schließlich gab der Libyer radebrechend zu Protokoll, er habe seinen Freund immer wieder ermahnt, nicht so viel zu quatschen. Im Koran stehe, Allah habe uns zwei Ohren gegeben, aber nur eine Zunge, weil er der Meinung sei, wir sollen vor allem zuhören und nur dann sprechen, wenn wir wirklich etwas zu sagen hätten. Es stehe geschrieben: Wenn das, was du zu sagen hast, nicht schöner klingt als die Stille, dann schweig.

Mehr sagte er nicht.

Das verschlug dem Mann mit den zwei Augen die Sprache. Er fuhr nach Hause und brachte es von jenem Tag an kaum noch über sich, mehr als zwei, drei Sätze zu sagen. Er schaute um sich, hörte um sich und wurde stiller und stiller. Nach einigen Wochen sagte er nur noch ja, ja und nein, nein. Da die Frau, die mit ihm zusammen in der Wohnung lebte, ebenfalls lieber schwieg als redete, kehrte in ihren vier Wänden himmlische Ruhe ein.

Auch im Büro war's ruhig. Es befand sich in einem Krankenhaus, das seit zwanzig Jahren gewerblich genutzt wurde. Dort gab es im Hauptgebäude über dem Erdgeschoss eine zwei Meter zwanzig hohe Zwischenetage, die ursprünglich als Lager für Betten, Wäsche, Verbandsmaterial, Medikamente, Krücken, Rollstühle und Ersatzteile für medizinische Geräte gedient hatte. Die Etage war mit verzinkten Gittern unterteilt in Verschläge unterschiedlicher Größe, die zu günstigen Konditionen als Lagerboxen vermietet wurden und von den diversen Betrieben und Bürogemeinschaften aus dem Haus zur Aufbewahrung von Akten, Architekturmodellen, Möbeln, Bildern, ausrangierten Computern und Fotokopiergeräten in Anspruch genommen wurden. Hier hatte er die erste Box links neben dem Fenster gemietet und einen Tisch und einen Stuhl hineingestellt. Es war zwar offiziell nicht erlaubt, sich dort länger aufzuhalten und zu arbeiten, aber es störte sich niemand an ihm. Er kam nur hin, setzte sich an den Tisch, nahm sein Notizheft aus der Innentasche seines Jacketts, Papier aus der Schublade, dachte nach und schrieb. Wenn das Tageslicht zu schwinden begann, fuhr er nach Hause.

Das Fenster neben seiner Box ging auf einen weiten, als Parkplatz genutzten Hof. Rechts war die rote Backsteinfassade eines Querriegels zu sehen, links die Rückseite des Frontgebäudes mit einer, ursprünglich für die Ambulanzen gedachten, großen Tordurchfahrt. Gegenüber, etwa fünfzig Meter entfernt, hatte man in die Lücke, die dort im Zweiten Weltkrieg von Fliegerbomben gerissen worden war, eine Mietskaserne gebaut.

Zwei Etagen über dem Lagerraum arbeitete in einem zahntechnischen Labor ein Syrer, der manchmal bei offenem Fenster sehr laut arabische Musik laufen ließ. Die eiernden Tonabfolgen vermittelten dem Mann mit den zwei Augen das Gefühl, ein beinahe abenteuerliches Leben zu führen. Doch dann wurde die Musik jeweils abrupt ausgeschaltet, eine Tür fiel ins Schloss, im Treppenhaus waren Schritte zu hören, sie entfernten sich über den Hof, und der Mann mit den zwei Augen war wieder auf sich selbst zurückgeworfen. Die Melodien, die in der Stille des Lagerraums in seinem eigenen Kopf entstanden, liefen streng geradeaus, in Quinten, Terzen und

Quarten, rhythmisch geordnet. Begräbnismärsche. Je älter er wurde, desto seltener erklangen sie.

Vor dem ehemaligen Krankenhaus standen am Rand der Straße mehrere alte Bäume in einer Reihe. Auch zu Hause vor der Tür stand ein alter Baum. Die Blätter an diesen Bäumen wurden gelb, rot, braun, dann fehlten sie, dann waren sie wieder da, zuerst hellgrün, dann dunkelgrün, gelb, rot, braun. Er nahm die Veränderungen kaum noch wahr. Ihm fiel das Aufstehen am Morgen schwerer und schwerer, warum aufstehen, warum schlafen, warum essen. Wer sich erst einmal zu fragen beginnt, warum er dies oder jenes tut in seinem Leben, der ist bald allein. Ein Fußballspieler, der sich fragt, ob er dem Ball hinterherlaufen oder ihn lieber unbeachtet seines Wegs rollen lassen soll, ist bald kein Fußballspieler mehr. Ein Hund, der sich fragt, ob er Hunger hat, ist bald kein Hund mehr. Wie einsam und verloren dagegen das Mädchen, das zum ersten Mal liebt. Wie traurig der Knabe, der zum ersten Mal geliebt wird. Ein Motorradfahrer, der eben gerade einen Unfall erlitten hat und blutüberströmt mit gebrochenem Rückenwirbel und ausgerenkter Hüfte am Straßenrand liegt und in den Himmel starrt, empfindet weniger Schmerzen als der Knabe, der auf dem Rücksitz eines Autos, an dessen Lenkrad seine Mutter sitzt, am Ort des Geschehens vorübergleitet und sieht, dass ihm eines Tages der Rückenwirbel gebrochen und die Hüfte ausgerenkt werden kann. Oder auch nicht. Die Vorstellung ist mächtiger als das Erleben. Das nicht Vorstellbare ist grauenvoller als das Vorstellbare. Der Greis hat sich an den Gedanken des Todes gewöhnt, deswegen kann er sterben. Das Kind stirbt vor lauter Angst, bevor es stirbt, weil es noch nichts weiß vom Tod. Zum Glück gibt es höhere Mächte, die allem, was auf Erden gedacht und getan wird, seinen Sinn verleihen und die also bestimmt auch den eben geäußerten Gedanken eine Bedeutungstiefe mitgeliefert haben, die zu erkunden dem Leser und dem Autor dieser Zeilen vorläufig verwehrt bleibt. (Zum noch größeren Glück gibt es solch lebensrettende Zitate.)

Die Miete der Wohnung stieg und stieg. Aus Sorge darüber, sie nicht mehr bezahlen zu können, verkauften sie die alten, schönen Sachen der Frau Stück für Stück an interessierte Sammler. Um das Louis-XVI-Ensemble und die Teppiche tat es ihnen nicht leid. Es war immer schon unbequem gewesen, auf den Stühlen und dem Kanapee zu sitzen, und die Teppiche lagen sowieso nur zusammengerollt in einer Ecke. Den *Dahle*-Spitzer mochten sie hingegen nicht weggeben, obwohl es auch dafür Sammler gegeben hätte. Doch wäre der Erlös, den er eingebracht hätte, nicht allzu groß gewesen, da die Messerwalze leicht schief stand und dementsprechend ovale Spitzen erzeugte.

Nachdem die Frau nie mehr in die Wohnung zurückkehren sollte, verband ihn außer dem Spitzer eigentlich nichts mehr mit diesen Räumen, die ihn bloß noch beelendeten, weswegen er sie ohne Bedauern aufgab, zumal die maßlos übertrieben hohe Miete ihn seit langem empörte.

Zwar kam ihm die Kündigung vor wie ein Verrat. Er vertrat die Überzeugung, es sei die Pflicht eines jeden Bürgers, sich gegen Wuchermietsverlangen aufzubäumen. »Alle geben viel zu rasch auf und ziehen weg, wenn sie die überhöhten Preise nicht mehr bezahlen können«, sagte er. »Das ist falsch. Es gibt ein Recht auf Wohnen; das ist ein Grundrecht.« Das hatte er damals auch zu seinem Freund gesagt, bevor der die Stadt dann doch verlassen hatte und nach Contamine gezogen war.

Die Richterin, bei der er in dieser Sache vorstellig geworden war, wollte, wie sich herausstellte, nichts wissen von so einem Grundrecht. Sie behauptete, ein Mietshaus müsse seinen Besitzer reich machen. Wenn es diese Forderung nicht erfülle, sei etwas falsch im Staate Dänemark. Sie hatte ein Abonnement im Stadttheater. Die Sätze, die sie dort aufschnappte, verstand sie allesamt gegen aufbegehrende Subjekte wie ihn anzuwenden. Falls ein Mietshaus seinen Besitzer nicht zu nähren vermöge, müssten die Gesetze geändert werden, fand sie. Entweder müsse er künftig die höhere Miete bezahlen oder seine Wohnung verlassen, und zwar auf der Stelle.

Nachdem die Frau, die mit ihm zusammen dort gelebt hatte, gestorben war, sah er keinen Sinn mehr darin, weiter herumzuzanken mit dem neuen Eigentümer, zumal der das Haus ausschließlich aus diesem Grund und zu diesem Zweck gekauft hatte: Weil es nach seinen Informationen an einer Adresse stand, an der mindestens doppelt so hohe Mieten verlangt werden konnten wie die, welche bislang verlangt worden waren. Der neue Eigentümer verdiente sein Geld mit Immobilienspekulationen, wobei er sich bezüglich der zu erwirtschaftenden Renditen hundertprozentig auf die Angaben seiner Informanten verließ, die er niemals mehr vor Ort überprüfte, nachdem er in seiner Jugend verschiedentlich die unangenehme Erfahrung gemacht hatte, dass die städtebauliche Wirklichkeit oft hässliche Grimassen ziehen und solche Informationen bis zur Unkenntlichkeit entstellen konnte. Diesen Enttäuschungen wollte er sich niemals wieder aussetzen, weil sie ihm bloß seine Visionen hoher Gewinnmargen zerstört und unnötige Zweifel in ihn gesät hätten. Die Mieterhöhungsforderung wurde deswegen uneingeschränkt aufrechterhalten, egal ob berechtigt oder nicht, weswegen der Mann mit den zwei

Augen seine Sachen und den Spitzer schließlich packte und verschwand.

Man hält ihn in Harenberg bis heute, wo immer er auftaucht, für einen anderen. Am Anfang hatte er sich dagegen gewehrt und darauf bestanden, für sich selbst gehalten zu werden. Inzwischen hat er sich an die unterschiedlich fremden Häute, die ihm je nach Bedarf übergestreift werden, gewöhnt und findet sie ebenso passend wie seine eigene.

Apropos Geld: Kuddi verdient mehr als er und sagt, das komme daher, dass er mehr arbeite als er. Kuddi hält ihn mit anderen Worten für eine faule Sau, wie man das in Harenberg auszudrücken pflegt, wo man allgemein der Überzeugung ist: Wer wenig Geld verdient, ist faul.

Der Mann mit den zwei Augen zerbricht sich tagaus, tagein den Kopf über das Leben, in das er geworfen ist. Bevor er in Harenberg auftauchte, hatte er seine auf diese Weise erlangten Einsichten in Form besagter Gerichtsreportagen verpackt, mit deren Veröffentlichungen er sich wirtschaftlich über Wasser zu halten vermochte. Nachdem das Honorar für die Reportagen jedoch immer karger ausfiel, bereitete es ihm von Tag zu Tag mehr Mühe, sich auf den Weg ins Büro zu begeben, wo er meistens sowieso nur noch grübelnd an seinem Tisch saß und mit aufgestütztem Kopf zum Fenster hinausschaute. Seine Gedanken schweiften weiter und weiter ab. Außer der Tatsache, dass seine Artikel auf schwindende Nachfrage stießen, war ihm nämlich in letzter Zeit aufgefallen, dass in ihnen viel zu wenig von dem erzählt wurde, was die Leute wirklich beschäftigte und was sie umtrieb. Alles was sie vor Gericht erzählten, kam ihm je länger, desto mehr nur noch vor wie eine Hülle, eine Maske quasi, hinter oder unter der das Eigentliche schlummerte. Nicht das, was sie berichteten, war aufschlussreich, sondern das, was sie nicht berichteten. Nicht das, was sie zeigten, war sehenswert, sondern das, was sie verbargen.

So wie auch die Texte, welche die Schauspieler abends auf den Bühnen sprachen, nicht das waren, worauf er als Zuschauer zu achten hatte, sondern all das, was sie verschwiegen. Hinter ihren Texten gärten Haltungen, Überzeugungen, Abgründe, Vorsätze – die galt es zu entschlüsseln.

Oder wenn in einem Buch von einem jungen Mann erzählt wurde, der eines Morgens aufwachte und sich in einen Käfer verwandelt sah, berichteten die Sätze zwar auf den ersten Blick tatsächlich davon, wie es dem Mann als Käfer in seinem Zimmer erging. Für jeden Leser war jedoch deutlich zu spüren, dass denjenigen, der die Geschichte aufgeschrieben hatte, ganz andere Fragen umtrieben. Er hatte von morgens bis abends mit Dingen zu kämpfen, die er nicht begriff und die ihm zuwider waren. Manchmal, wenn er ein paar Minuten freie Zeit für sich fand, setzte er sich zwar hin und dachte darüber nach, wie es ihm ergehen würde, wenn er eines Morgens als Käfer aufwachen würde. Doch Ekel und Wut über sein tägliches Leben, das er nicht verstand, gärten in seinem Inneren, der Wunsch, eine Frau oder einen Mann zu lieben, sich von einer Frau oder einem Mann lieben zu lassen, blähte sich in ihm. All das versuchte er wegzuschieben, indem er sich in einen Käfer hineinversetzte und sich hypnotisierte mit der Vorstellung, einen Chitinpanzer zu tragen. Und doch trieb ihn all das andere um und stand zwischen, unter, über, hinter den Zeilen, die er aufschrieb, war bloß aus ihnen selbst nicht zu entnehmen – es war im Papier enthalten, auf dem es stand.

Die Ahnung davon brachte den Kopf des Mannes zum Glühen und seine zwei Augen zum Brennen; der Schweiß rann ihm in Bächen übers Gesicht, über den Rücken, unter den Achseln hervor, während er diesen Gedanken nachhing. Doch hätte es die Harenberger in Rage gebracht, wenn er diese Art, seine Zeit totzuschlagen, als Arbeit bezeichnet hätte.

Eines Morgens schaute er draußen vor seinem Café einem Arbeiter zu, der mit heißem Teer ein Stück der Straße versiegelte. Die schwarze Lotion, die er verwendete, war dünnflüssig, dampfte und roch betörend. Der Arbeiter brauchte sich nicht zu bücken; es war ihm rückenschonendes Gerät zur Verfügung gestellt worden. Er konnte aufrecht, mit langem Stiel, den Quast in den Eimer mit der dampfenden Brühe tunken und den Straßenabschnitt damit bestreichen – es sah aus wie eine Wunde, die desinfiziert wurde.

Elefanten haben dicke Haut. Wenn ein Stück daraus entfernt wird, sieht es aus wie ein Lappen. Oder bei Schweinen: Die sind von einer Schicht Fett umhüllt, der sogenannten Schwarte, von der man Stücke herausschneiden kann, worauf an dieser Stelle offene Wunden klaffen, die man mit Jod bepinseln und vor Bakterien schützen muss. So sah der Fleck auf der Straße aus. Ein etwa dreieinhalb Zentimeter dicker Fladen des Belags war abgelöst worden, das freigelegte Stück darunter wurde mit der schwarzen Flüssigkeit behandelt und undurchlässig gemacht. Es duftete und dampfte so balsamisch, dass er dem Arbeiter am liebsten Geld in die Hand gedrückt hätte mit der Bitte, er möge eine Pause einlegen und einen Kaffee trinken gehen, damit bis auf weiteres er, der Mann mit den zwei Augen, tun könne, was bis eben der Arbeiter getan habe.

Die Straße hatte wahrscheinlich Frostschäden, die behoben werden mussten. Das erinnerte ihn an den Stadtpark bei sich zu Hause, in welchem er die Katze beerdigt hatte. Dort waren die Wege zwar weder asphaltiert noch gepflastert – es handelte sich um sogenannt unbefestigte Naturpfade, die in mehreren Schichten aufgebaut waren aus verschiedenen Erd-, Sand- und Kiessorten. Die oberste Schicht war gelbbraun, aus grobem Schwefelkalk- oder Sandsteinmehl, gemischt mit Schotter, kräftig gestampft und gewalzt, sodass sie fast wie zementiert wirkte. Im Herbst wurde das Laub darauf sorgfältig zusammengekehrt, und immer wieder sah man Gartenbauamtsangestellte, die die Ränder der Wege putzten und akkurat abstachen, sodass die Wege all die Jahre, in denen der Mann mit den zwei Augen sie benutzt hatte, in gleichbleibend gutem Zustand erhalten blieben. Manchmal stand er kurz davor, der Parkverwaltung seinen Dank auszusprechen, insbesondere den Angestellten, die die ganze Anlage so gut pflegten. Er konnte sich nicht vorstellen, dass die bei sich zu Hause eine ebenso beeindruckende Ordnung aufrechterhalten konnten wie in diesem Park.

Interessant war, dass trotz der vorbildlichen Pflege in den Oberflächen der Wege immer wieder Kuhlen entstanden. Es gab keinen ersichtlichen Grund dafür: Da und dort bildeten sich nach einer gewissen Frist Dellen, Verwerfungen, Unebenheiten. Alle standen ratlos vor diesem Phänomen. Die Wege waren mindestens fünfzig Zentimeter tief mehrschichtig aufgebaut – und doch begannen sie sich da oder dort immer wieder zu senken, zu heben oder zu wellen. Im Frühling kamen Angestellte mit Schubkarren voller Kies. Sie füllten die entstandenen Gruben auf und kratzten die Buckel weg. Aber das half nichts. Ein paar Monate später waren sie wieder da, die Einbuchtungen und Erhebungen, und es kamen immer neue hinzu. Außerdem gab es Abschnitte, die nässten. Der Park war vollkommen eben. Es gab darin weder Anhöhe noch Senke. Und doch waren die Wege an manchen Stellen fast sumpfig und konnten trotz aller Vorkehrungen nicht trocken gehalten werden. Schließlich hatte die Verwaltung Gitter besorgt und ließ bei schlechtem Wetter die entsprechenden Abschnitte sperren. An Sonntagen begegneten die Spaziergänger einander dann und waren traurig oder ungehalten, weil sie nicht so gehen konnten, wie sie es gewohnt waren und wie sie gern gegangen wären. Diese Einbuchtungen, nässenden Stellen, Narben erinnerten ihn an seine eigene Haut. Da brach auch plötzlich irgendwo etwas auf, sackte ein, veränderte sich. Der Grund dafür musste tief in ihm drin liegen. Außen, wo die Veränderungen zu sehen waren, gab es nichts zu verstehen und nichts zu retten. Es hätte tief drin etwas korrigiert werden müssen, in der Ernährung vielleicht, in der Seele. Und so hätte auch tief im Erdreich des Parks drin angesetzt werden müssen, wo vielleicht Tiere ohne Pigmente lebten, die Pläne hatten, die denen des Gartenbauamtes zuwiderliefen, beispielsweise Tunnel gruben oder ausbrechen wollten.

Teerpinselei war eine Beschäftigung, die in Harenberg als Arbeit anerkannt und honoriert wurde. Nicht besonders gut zwar, aber immerhin. Was hingegen der Mann mit den zwei Augen tat, wurde für Grillengezirp gehalten, um kurz ins Reich der Tierfabeln hinüberzuwechseln: Wer zirpen will, soll zirpen, war die Meinung in Harenberg. Er erwarte aber keine Bezahlung dafür. »Wir alle möchten schließlich lieber zirpen als arbeiten«, sagte man, »aber wir hüten uns davor, es zu tun. Wir haben keine Zeit dafür. Wenn du zu viel Zeit hast, so zirpe. Erwarte aber nicht, von uns dafür Verständnis, Interesse, Dank oder gar Geld zu ernten. Im Gegenteil, als Zirpender bist du uns suspekt, und wir erlauben uns deswegen sogar, dich eine faule Sau zu nennen, was du uns kaum verübeln wirst, da du, wie wir dich einschätzen, bestimmt aus Überzeugung sämtliche Kreaturen der Welt gleich gern zu haben versuchst und also auch Schweine schätzen wirst.«

Apropos Schwarte: Es entsteht in Harenberg selbstverständlich auch Kunst. Sie hat brauchbar und leicht verstehbar zu sein. Sie soll den Harenbergern gefallen und ihnen das Warten auf den Tod verkürzen. Wenn man zum Beispiel beim Arzt warten muss oder beim Frisör, dann ist in Harenberg Kunst gefragt, entweder in Form von Bildern an den Wänden, von Musik aus Lautsprechern oder von Texten in Broschüren. Am liebsten alle drei Gattungen zusammen. Die Bilder sollen das Auge erfreuen, die Musik soll dem Ohr schmeicheln, die Texte sollen gute Laune verbreiten und sofort verstanden werden können. Sie sollen traurig, lustig, fordernd oder verstörend sein, aber immer so, dass der Leser weiß, woran er ist. Es wird in Harenberg nicht gern gesehen, wenn jemand sich seine Gedanken auf freier Wildbahn macht. Er soll gefälligst in den vorhandenen Gehegen denken und angeben, wo, wie und wann er aus diesen ausbricht; er soll verfolgbar und nachprüfbar denken, in genormter Schienenbreite. Wagt es einer, sich in die Büsche zu schlagen, hat er das zumindest vorher anzukündigen, damit die anderen seine Spuren mit gebührend misstrauischem Blick verfolgen können. Am besten verrate man in der Überschrift, was auf den Leser zukomme.

Es erfordert Talent, Harenberger Texte zu schreiben. Man muss dafür konzentriert sein und diszipliniert arbeiten können. Die Texte müssen sauber herausgestanzt werden aus dem kollektiven Harenberger Bewusstsein, wie Präzisionszahnrädchen.

Der Mann mit den zwei Augen hatte Schwierigkeiten damit, sich zu konzentrieren. Das Problem mit der galoppierend steigenden Miete beispielsweise empörte ihn bis zum Zittern, und er war überzeugt davon, seine Empörung sei berechtigt. Doch es gelang ihm auch bei größter Konzentration nicht, die passenden Worte dafür zu finden. Er ahnte, dass es allein von der Klarheit seiner Argumentation abhängen würde, ob er die Richterin für seine Sache gewinnen könne oder nicht. Tag für Tag feilte er an einem Brief, den er ihr schicken wollte, und immer wieder verhedderte er sich in den Formulierungen. Abend für Abend las er der Frau, die damals noch mit ihm zusammen in derselben Wohnung lebte, vor, was er tagsüber geschrieben hatte, und bat sie, ihm zu sagen, ob es nun endlich verstehbar sei und jedes Gegenargument aus dem Weg zu räumen vermöge. »Doch, ja«, sagte die Frau jeweils und schaute ihn nachdenklich an. »Vielleicht ein bisschen verspannt? Irgendwie scheinen sich Ihnen die Sätze und Gedanken zu spreizen, sobald Sie über praktische Angelegenheiten zu reden versuchen?«

Der Schriftsatz – so nannte er den Brief –, den er schlussendlich abgeschickt hatte, lautete folgendermaßen:

»Hohes Gericht, werte Vorsitzende,

als gelegentlicher Gast ebenjenes Speiselokals, welchem auch Sie, sehr geehrte Frau Amtsrichterin, hin und wieder die Ehre Ihres Besuchs erweisen, wie ich mit Stolz feststellen durfte, gewissermaßen also als Mitglied einer eingeschworenen Essgemeinschaft, der auch Sie angehören, erlaube ich mir, mich mit einer Sorge an Sie zu wenden, welche sich in den letzten Monaten zu einer mir den Schlaf raubenden herauskristallisiert hat. Verzeihen Sie mir die Kühnheit, mich der nicht unbedingt zu solchen Zwecken geeigneten Form eines persönlich an Sie gerichteten Schreibens zu bedienen, doch würde ich den offiziellen Weg wählen, würde ich aller Wahrscheinlichkeit nach mit meinem Anliegen gar nicht erst bis zu Ihnen durchdringen, sondern bereits an einer Ihrer Vorzimmerdamen abprallen. Und da Sie im speziellen Fall nicht allein in Ihrer Funktion als Richterin gefordert sind, sondern ebenso sehr die denkende und fühlende Frau, die dieselbe Küche schätzt wie ich, es ist, welche ich bitte, sich durch den Kopf gehen zu lassen, was im Folgenden zum Vortrag gelangt, hege ich die Hoffnung, für mein schriftliches Vorgehen Ihre Billigung zu finden.

Vor ein paar Monaten hat ein stadtbekannter Spekulant das Gebäude ersteigert, in welchem Sie und ich dann und wann speisen, und das Nachbarhaus dazu, in welchem ich das Glück habe, wohnen zu dürfen, ein Glück, welches aufgrund dieser Änderung in den Besitzverhältnissen Anstalten macht, sich in ein bitteres Unglück zu verwandeln. Der neue Eigentümer ist nämlich der Überzeugung, die Adresse, an der das Restaurant liege, welches Sie gern aufsuchen, und an welcher ich wohne, sei eine erstklassige und aus diesem Grund stehe dem Besitzer qua Gesetz zu, die Mieten in den Häusern mindestens ums Doppelte anzuheben. Verzeihen Sie, wenn ich für diese einfache Angelegenheit so viele Wörter benötige; der Umstand hat mit dem Unterschied zwischen Gerechtigkeitsempfinden und Recht zu tun, einem Problem, das Sie bestimmt zur Genüge kennen und an welchem Sie möglicherweise nicht weniger herumknapsen als viele Ratsuchende, die sich in ihrer Not an Sie wenden und die Sie dann oft enttäuschen müssen.

In einer Situation, in der Tausende von hochpreisigen Quadratmetern leer stehen und der ganze Wohnungsmarkt in dieser Stadt, die bekanntermaßen eine arme ist, irrationale Züge annimmt, wäre es nach meinem Empfinden entschieden an der Zeit, einen Immobilienhai, der vor Gericht bekannt ist wie ein bunter Hund, weil er seit Jahren fast täglich einen Prozess gegen einen seiner vielen von ihm in Zahlungsschwierigkeiten getriebenen Mieter führt – den er fatalerweise meistens gewinnt, weil er den Buchstaben nach im Recht zu sein scheint –, von gerichtlicher Seite zu bremsen und ihn darauf hinzuweisen, dass irgendwo im Gesetz auch etwas darüber steht, dass Wohnraum nicht zu Gewinnoptimierungszwecken missbraucht werden dürfe, denn *der Herr reißt weg das Haus des Stolzen* (Sprüche 15,25) – Verzeihung, der Vers passt nicht ganz ... Vielleicht eher: Denn *eine Wurzel aller bösen Dinge ist die Geldsucht* (1. Brief an Timotheus 6,10) –, diesen gerichtsnotorischen Spekulanten mit anderen Worten darauf hinzuweisen, dass er, anstatt seine Mieter als Zitronen zu betrachten, welche es mit zusammengekniffenen Lippen bis zum letzten Tropfen auszupressen und danach wegzuschmeißen gilt, sie vielmehr, um im Bild zu bleiben, als Zitronenbäume sehen sollte, welche treu und brav jeden Monat ihre Früchte abwerfen, sprich: ihre Miete bezahlen, weswegen er sie pflegen, hegen und schonen sollte, auf dass sie ihm noch möglichst viele Jahre Freude bereiten möchten.

Von den Altmietern sind im Wohnhaus, um welches es im vorliegenden Fall geht, gerade noch drei übrig geblieben. Alle anderen sind von der erbarmungslosen Preistreiberei dieses Arschlochs – verzeihen Sie den Ausdruck – verjagt oder gar in den Tod getrieben worden, und die letzten drei, darunter ich, werden folgen müssen, wenn es (das Arschloch) nicht per Gerichtsentscheid gestoppt wird.

Bitte sagen Sie nicht, Ihnen seien die Hände gebunden. Sind wir nicht alle jederzeit mitverantwortlich für die

Welt, wie sie ist? Eine Richterin, die ihr Amt unter einer Diktatur ausübt, in welcher das blutigste Unrecht zum Recht umgemünzt worden ist, und die dieses pervertierte neue Recht nicht missachtet und bekämpft: Ist sie nicht zu verurteilen, ja zu verfluchen? Ein Richter, der einem Zigeuner auseinanderlegt, leider müsse er Land oder Leben lassen, weil neue Gesetze dies vorschrieben – macht der sich nicht schuldig? Müssen wir nicht alle jederzeit selbst die volle Verantwortung übernehmen für das, was wir tun? Müssen Sie nicht, wenn Sie sehen, dass ganze Straßenzüge von ein paar habgierigen Blutsaugern unter dem Schutz der aktuellen Rechtsprechung entmietet werden, wenn Sie sehen, dass soziale Strukturen zerstört und Existenzen zugrunde gerichtet werden im Interesse der Gewinnmaximierung einiger weniger Kapitalverbrecher, müssen Sie da nicht Ihrem Gewissen folgen und das Recht, soweit es Ihnen möglich ist, zu Gunsten der Elenden und Finanzschwachen beugen?!

Bitte durchforsten Sie sämtliche Paragraphen und suchen Sie nach Möglichkeiten, den verbrecherischen Machenschaften meines neuen Vermieters alias Arschloch Einhalt zu gebieten – was auch Ihnen zugutekäme, würden Sie doch damit gleichzeitig verhindern, dass die Preise in Ihrem Stammlokal in astronomische Höhen schnellen, was sie zwangsläufig tun werden, weil selbstverständlich auch der Restaurantbesitzer von Stund an die doppelte Miete zu entrichten haben und diese Mehrkosten naturgemäß auf seine Kunden abwälzen wird.

Ich werde demnächst vor Ihrem Richterstuhl erscheinen mit meinem Anliegen, nicht mehr Miete bezahlen zu wollen als die, die ich bislang bezahlt habe, weil ich wirtschaftlich nicht in der Lage bin dazu. Bitte behandeln Sie meinen Antrag dann mit Wohlwollen und geben Sie ihm statt. Sie werden besser schlafen können hinterher, das versichere ich Ihnen. Hochachtungsvoll, der Unterzeichnende.«

Als damals ein paar Wochen später der Fall vor Gericht verhandelt wurde, musterte ihn die Richterin wie etwas wenig Appetitliches, das sie im Restaurant, das er im Brief erwähnt hatte, lieber nicht vorgesetzt bekommen hätte. Sie gab ihm zu verstehen, dass sie auf den persönlichen Brief, den er ihr zu schreiben gewagt hatte, gnädigerweise nicht eingehen wolle, dass er aber besser daran tun würde, im weiteren Verlauf des Verfahrens zu schweigen und das Gericht nicht länger mit seinen Lappalien zu belästigen. Genau auf solche Fragen wie die seinen würden die Gesetze schließlich präzise Antworten geben, und was gesetzlich erlaubt sei, das könne jedermann jederzeit einfordern. Im vorliegenden Fall stehe dem neuen Besitzer der Häuser zu, angemessene Mieten zu fordern, und sein gutes Recht sei es, dies auch zu tun. Falls der Mann mit den zwei Augen sich weigern sollte, Vernunft anzunehmen, würde sie sich gezwungen sehen, zu den Prozesskosten, die er verursacht und zu begleichen hätte, noch zusätzlich eine Ordnungsstrafe über ihn zu verhängen, zumal ihr seine im Brief falsch eingesetzten Relativpronomen dermaßen übel aufgestoßen seien, dass sie kein weiteres mehr hören möge. *Eine Frau, welche, ein Zitronenbaum, welcher* usw., das sei gezierter Mumpitz. Es heiße, *eine Frau, die, ein Zitronenbaum, der.*

Es könnte sein, dass er die Frau, die mit ihm in derselben Wohnung lebte, mit seiner immer neu aufflackernden Empörung über diese seiner Überzeugung nach schnöde Abfertigung vor Gericht an den Rand der Erschöpfung gebracht hatte. Sie wurde jedenfalls zunehmend schmaler im Gesicht und stiller. Wenn der Zorn einmal mehr in ihn schoss und er mit einem »Es tut mir leid, aber ich muss noch einmal auf die Sache mit der Miete zu sprechen kommen; es ist doch eindeutig so, dass …« anhob, schaute sie ihn mit einem fast flehenden Blick an, unterbrach ihn und schlug vor, ob sie nicht vielleicht ein wenig an die frische Luft gehen wollten, das würde ihnen bestimmt guttun.

So war es auch an jenem letzten gemeinsamen Herbstnachmittag gewesen. Sie hatte ihn, als sich ein weiterer Wutanfall ankündigte, nach draußen gelockt und war mit ihm in ein Quartier gefahren, das sie beide nur selten aufsuchten. Dort spazierten sie an einem Kanal entlang. Die Blätter an den Bäumen waren gelb und rot, die Sonne stand tief, die Beschäftigungslosen spielten auf dem unbefestigten Uferweg in der goldenen Pracht Boules mit eisernen Kugeln. Die Frau und der Mann schauten ihnen dabei zu und freuten sich über das hell klickende Geräusch, das die Kugeln erzeugten, wenn sie aneinanderstießen. Doch plötzlich stieg die Erinnerung an das erlittene Unrecht, das er kurzzeitig vergessen hatte, wieder heiß in ihm empor. Er verfluchte die Richterin und die internationalen Immobilienspekulanten, packte die linke Hand der Frau und zerrte sie weg von der Uferpromenade, Richtung Bushaltestelle. Beim Gehen ereiferte er sich mehr und mehr, begann wild zu gestikulieren und schüttelte und riss, ohne es zu wollen, an ihrer Hand herum. Sie blieb stehen und sagte: »Auf der Straße geht's schneller als auf dem Gehweg.«

Er ließ ihre Hand los, weil er das an ihr kannte: Wenn sie von einer ihrer geometrischen Überzeugungen heimgesucht wurde, half keine Widerrede. Im vorliegenden Fall behauptete sie, es seien fünf Schritte weniger zur Bushaltestelle, wenn sie auf der Fahrbahn gehen würden anstatt auf dem Bürgersteig. Er verneinte zwar, ließ sich aber auf keinen Streit mit ihr ein, sondern löste einfach seine Hand aus der ihren und folgte seinem eigenen Weg. Sie gingen nun parallel zueinander, sie auf der Straße, er auf dem Bürgersteig, an einem Auto vorüber, das zwischen ihnen geparkt war. Er schaute in ihre Richtung, um zu prüfen, ob sie ihm tatsächlich einen halben Schritt voraus sei. Im selben Moment, in dem er den Kopf in ihre Richtung wendete, kippte sie wie ein Brett vornüber und verschwand hinter dem geparkten Wagen. Er ging um diesen herum, gespannt darauf, zu sehen, was sie am Boden mache. Sie lag ausgestreckt auf dem Bauch und rührte sich nicht. Er richtete sich neben ihr hoch auf und gestikulierte, um die Autos, die sich näherten, darauf aufmerksam zu machen, dass auf der Fahrbahn ein Mensch liege, den sie nicht überrollen sollten. Dann bückte er sich zu ihr hinunter und fragte, was das soll. Sie hob den Kopf, schaute verdutzt vor sich hin und sagte, ihre Nase sei gebrochen. In der Tat war diese blutig und schwoll rasch an. Er half ihr zurück auf die Beine und schob sie Richtung Bürgersteig, wo er sie sowieso von Anfang an lieber gesehen hätte. Sie sagte, ihr sei schlecht, sie wolle sich kurz hinsetzen. Zum Glück war unten im Gebäude, das an diesem Straßenabschnitt stand, eine Bierquelle, die unter anderem Happy-Hour-Mixgetränke im Angebot hatte. Hier schob er sie hinein, setzte sie an einen Tisch und fragte die Kellnerin hinterm Tresen, ob sie Eiswürfel habe. Die sagte nein. Er erklärte, die Frau hinter ihm am Tisch sei hingefallen und habe sich das Nasenbein gebrochen; er würde gern Eisklötzchen auf die Bruchstelle legen gegen die Schwellung. Die Kellnerin sagte, ach so, in dem Fall habe sie natürlich Eis. Sie holte ein paar Würfel aus der Kühltruhe, wickelte sie in eine Papierserviette und brachte sie der Frau am Tisch.

Die Geschichte ginge so noch weiter bis mindestens auf die übernächste Seite, sträubt sich aber dagegen, zu Ende erzählt zu werden.

Der Sturz schien die Frau jedenfalls vollends aus ihrer inneren Balance gebracht zu haben. Sie behauptete, ein nicht passgenau in den Fahrbahnbelag eingefügter Pflasterstein sei schuld gewesen an ihrem Stolpern. Sie fand, eine Stadt, in der man so niederträchtig hinfallen könne, hätte jeden Anspruch darauf verwirkt, von ihr weiter bewohnt zu werden. Sie wolle woanders hinziehen, in ein anderes Land am liebsten, mit anderen Menschen und anderen Straßenbelägen. Seinen Einwand, an ihrem Sturz und der daraus resultierenden dicken Nase sei nicht die Stadt schuld, sondern – wenn überhaupt jemand anderes als sie allein – wahrscheinlich ihre Empörung über die Richterin und diese Schweine mit ihren Wucherzinsen, diesen Einwand ließ sie nicht gelten. Sie war außer sich und Argumenten gegenüber unzugänglich. Er schlug ihr schließlich vor, zur Kur zu fahren, um dort ihre gewohnte Gelassenheit wiederzufinden. Den Vorschlag akzeptierte und befolgte sie, allerdings offenbar in größtem innerem Aufruhr, wie aus ihrem unerklärbar überstürzten Ende zu erahnen ist.

Eigentlich sollte es unerwähnt bleiben, doch irgendwann einmal wäre es dann doch ans Tageslicht gekommen: Vor Rosauras Etablissement stand damals, als er es mit seinem Koffer zum ersten Mal verließ, ein dunkelhäutiges, mageres Mädchen im Nieselregen. Hätte sie nicht gefragt »du fickificki«, hätte er sie gar nicht wahrgenommen. Obwohl sie leise sprach, war er heftig zusammengezuckt, als die Stimme ertönte, und er hatte streng in die Dunkelheit gebellt: »Wie bitte?!« Das Mädchen hatte noch einmal gefragt: »Du fickificki?« Er hatte versucht, die zur Stimme gehörende Person zu erkennen, die ihm einen jungen, schlanken, schwarzen Eindruck machte. Zu seiner eigenen Überraschung antwortete er: »Das trifft sich gut. Die Frau, mit der ich jahrzehntelang zusammengelebt habe, ist tot. Ich habe die Brücken hinter mir abgebrochen und will ein neues Leben beginnen, bin somit auf Abenteuer aus und werde mich dementsprechend, entgegen meinen Prinzipien, auf Ihr Angebot einlassen.« Sie schaute ihn stumpf an und fragte wieder: »Du fickificki? Du mitkomm?« Er gab die Hoffnung auf, von ihr für etwas Besonderes gehalten oder gar bemitleidet zu werden, antwortete nichts mehr und nickte nur schicksalsergeben in die Dunkelheit. Sie ging, ohne ihn weiter zu beachten, los. Er trottete mit dem Koffer in der Hand hinter ihr her, durch den Regen, wie ein Hündchen. Nachdem sie um ein paar Blocks gezogen waren, öffnete sie das Tor eines baufälligen Hauses, durchquerte den Flur, trat hinten auf einen mit Mülltonnen vollgestellten Hof, überquerte diesen und stieg im Hinterhaus die finstere Treppe hinauf. Es roch disparat. Auf jedem Zwischenpodest stand eine schmale Tür halb offen und gab den Blick frei auf eine enge, dunkle Toilette. Die Schüsseln schimmerten hell. In einigen waren schwarze Haufen zu erahnen. In der dritten Etage schob das Mädchen eine Tür auf, trat ein und drehte eine schwache Glühbirne in die Fassung. Eine Pritsche mit einer verfleckten Matratze ohne Laken wurde sichtbar, ein Kühlschrank, ein Stuhl. Das Mädchen klopfte mit den Knöcheln an die Holzwand und rief etwas in einer fremden Sprache. Aus dem Nachbarzimmer antworteten gellende Rufe einer anderen Frau. Eine Heizung gab es nicht. Vor dem Fenster hing ein mit Reißzwecken befestigtes Stück Stoff. Das Mädchen zog seinen nassen Mantel aus, hängte ihn an einen in die Tür geschlagenen Nagel, stand in der Unterwäsche vor ihm, sagte fünfzig und rieb den rechten Daumen am rechten Zeigefinger, rieb weiter und wiederholte mehrmals fünfzig, fünfzig. Er stand ihr gegenüber, im Mantel, mit dem Koffer in der Hand. Um seine Brieftasche hervorzuholen, stellte er diesen ab, gab ihr fünfzig, steckte die Brieftasche zurück, hängte den Mantel über den ihren an die Tür und ließ seine Hose runter. Das Mädchen hatte inzwischen die Unterhose ausgezogen und sich auf die bloße Matratze gelegt. Den Büstenhalter hatte sie anbehalten. Mit einem Papiertaschentuch, das am rechten Kopfende der Matratze lag, schnäuzte sie sich die Nase. Ein wenig Schnäuz blieb ihr am Kinn hängen. Sie schaute das Taschentuch prüfend an, rieb sich mit der linken Hand unter der Nase über die Oberlippe, übers Kinn, schaute die Hand an, dann ihn. Er hätte die glasige Spur, die entstanden war, gern weggeküsst. Rasch stieg er aus seinem Hosenwulst und legte sich auf sie drauf. Ihr Fleisch war fest, die Haut ledrig und rau, die Matratze darunter klamm. Sie drehte den Kopf zur Wand, ergriff mit der rechten Hand seinen steifen Penis und führte ihn sich zwischen die Beine. Die Hand war eiskalt und knochig. Zwischen den Beinen war es ebenfalls eiskalt, trocken und rau. Er spritzte seinen Samen ab, bevor es überhaupt richtig losging. Sie wischte sich die Hand mit dem angebrauchten Papiertaschentuch sauber. Er hatte den Eindruck, gar nicht in ihr drin gewesen zu sein, nur zwischen ihren Schenkeln, wie als Knabe zwischen denen seines Schulkameraden. Er erhob sich, zog schnell die am Boden liegende feuchte Hose wieder an – sein Penis war in der Kälte sofort zusammengeschrumpft, er wollte nicht, dass sie die Winzigkeit sah, aber sie schaute gar nicht hin. Er hörte den feinen Regen aufs Fensterbrett tropfen, sagte danke, schüttelte den Kopf, als wolle er eine lästige Fliege verscheuchen, und zog seinen nassen Mantel an. Sie griff nach ihrem, ohne den Mann eines weiteren Blicks zu würdigen, klopfte wieder mit den Knöcheln an die Holzwand, rief etwas. Er packte seinen Koffer und ging vor ihr aus dem Zimmer, die Treppe runter, schneller und schneller, und er drehte sich nicht mehr um.

Da er nicht wusste, wohin mit sich, ging er zurück zu Rosaura. Sie war immer noch allein und fragte, ob er den letzten Zug versäumt habe. Wo er denn hingewollt habe mit seinem Koffer? Ja, sagte er, Zug versäumt. Ein Bier bitte. Dann setzte er sich auf einen Hocker und trank. Sie löste Rätsel in einem Heft. Dann nickten beide ein. Als der Morgen zu dämmern begann, sagte sie: »Feierabend. Ich schließe jetzt. Um halb fährt der erste Zug. Das macht dann achtzehn vierzig.« Er griff nach seiner Brieftasche und stellte fest, dass sie fehlte. Da er sich in der Rolle des übertölpelten Freiers unbehaglich fühlte, mochte er das Problem vor Rosaura nicht ausbreiten. Er hatte noch genug Bargeld in der Hosentasche, um seine Biere zu bezahlen. Während er es auf den Tresen zählte, stieg ihm die Zornesröte ins Gesicht, und er begann – zu Rosauras Überraschung –, ohne Zusammenhang pauschal die Art und Weise zu verfluchen, in der man als Mensch heutzutage tagaus, tagein betrogen werde. Früher habe es doch immerhin noch politische Überzeugungen gegeben, für die es sich gelohnt habe, auf die Barrikaden zu steigen? Früher habe man doch noch an Liebe und Treue geglaubt? Früher sei es doch noch ein Abenteuer gewesen, sich zu verlieben? Hoffnungen, Ansprüche, Träume seien verbunden gewesen mit dem anderen Geschlecht. Oder etwa nicht?

Rosaura wusste nichts zu antworten. Sie gähnte und sagte, doch, ja, so könne man das durchaus sehen.

Er schaute finster vor sich hin, haderte weiter, mit sich und der nachwachsenden Generation, die – so sei es doch – nur noch hierhin hoppelte und dorthin, wie die Karnickel, diese Generation, die sich mit Todesverachtung vom einen ins nächste Ersatzvergnügen hineinstürze. Die Frau, die ihm von Harenberg erzählt hätte, sei tot, ihre Katze sei tot, sein Hund sei tot. Auch er sehne sich danach, in der kühlen Erde zu liegen, mit Blumenwurzeln im Mund. Zwar würde die nachwachsende Generation, diese Karnickel, dann mit den Füßen auf ihm herumhoppeln, aber wenigstens würde er ihr unwürdiges Verhalten nicht mehr mitansehen müssen.

Rosaura gähnte erneut und sagte, ja, genau; nun wolle sie aber wirklich Schluss machen für heute.

Einer, der in Harenberg nicht gebraucht wird und sich deswegen in einem Café ratlos an einen von der Sonne beschienenen Tisch setzt, die Augen schließt und seine Frist verstreichen lässt, ächzt unter der Last, hier sitzen zu müssen, einen Kaffee zu bestellen, ihn zu trinken, sich zu überlegen, ob jetzt wohl der Moment gekommen sei, zu bezahlen, aufzustehen und zu gehen – oder erst jetzt. Ein Tüchtiger versteht dieses Leiden nicht. Er meint angesichts eines Kaffeehausgastes in der Harenberger Sonne jemanden vor sich zu sehen, der es versteht, seine Seele baumeln zu lassen. Es sitzt da aber ein Überflüssiger, der sich nur unter größter Anstrengung am Tisch aufrecht zu halten vermag. Sich auszuruhen von einer Arbeit ist schön. Sich auszuruhen von nichts erfordert die Kraft eines Titanen.

Eine Mutter mit einem weinenden Kind im Wägelchen neben sich und mit einer quengelnden Tochter, die auf dem Kaffeehausstuhl ihr gegenüber vor und zurück schaukelt, hat die erfrischende Aufgabe, die auseinanderstrebenden Stränge, die sie umgeben, in spielerischen Versuchen zu bündeln und in eine erträgliche Ordnung zu bringen, während der Überflüssige, der zwei Tische weiter sitzt, schier zerdrückt wird von der Last, ihr bei diesen Bemühungen zuschauen zu müssen. Zu nichts nütze zu sein, halten nur Leute mit großer innerer Seelenstärke aus.

Die Haut eines Überflüssigen wird mit der Zeit durchsichtig, Friedhofshaut. Seine Hände werden weich und weiß. Seine Fingernägel gleichen Häutchen, seine Zähne biegsamen Stummeln. Seine Augen sind wässerig. Überflüssige sind helle, schwankende Wesen, die sich wie Staubballen wegschieben lassen. Ihr Fell ist zart, Flaum, ihre Stimmen sind leise, heiser.

Auf dem Platz vor dem Café standen ein paar Tage lang Plakatwände, auf denen eine Wahlveranstaltung der Harenberger Volkspartei angekündigt war. Dann wurden die Plakate überklebt mit einem Streifen, auf dem stand, auf Grund der tragischen Ereignisse findet unsere Wahlveranstaltung nicht statt. Die Backhausfiliale, die um die Ecke liegt, hatte im Vertrauen auf außergewöhnliche Laufkundschaft beim Lieferanten für den betreffenden Tag die vierfache Anzahl Pfannkuchen bestellt. Die Pfannkuchen blieben liegen und wurden tags darauf zum halben Preis angeboten. Die Männer, die die Plakatwände abräumten, kauften je zwei Stück. Die Verkäuferin reichte sie ihnen missmutig über die Ladentheke und hat seither einen bitteren Zug um den Mund. Sie wird die Volkspartei, die sie auf ihren Pfannkuchen hat sitzenlassen, niemals wieder wählen.

Im Café, in dem er sitzt, ist die Hälfte der Kerzen runtergebrannt, die aus Solidarität mit den Opfern der tragischen Ereignisse auf einer Art Altar angezündet worden waren. Die Kellnerin überlegt, ob sie sich die Haare anders färben solle. Dann schaut sie die Kerzen an und ruft dem Mann mit den zwei Augen zu: »Im Radio haben sie eben gesagt, inzwischen sei die Anzahl der Opfer schon auf hundertvierunddreißig angestiegen.« Nachdem sie eine Weile zum Fenster hinausgeschaut hat, sagt sie: »Noch zwei Stunden, dann mache ich Schluss.«

Vor zweitausend Jahren brachte man sich um, wie man heute seine Stelle kündigt oder umzieht. Man stieg ins heiße Bad, öffnete sich die Pulsadern und blutete aus. Kaum ein vernünftiger Mensch starb damals eines natürlichen Todes. Die Harenberger hingegen haben gelernt, das Leben zwar als Hölle zu betrachten, sein Ende aber, den Tod, für die allerjämmerlichste Niederlage zu halten, die man darin nur erleiden kann.

Wer nicht gern lebt, stirbt naturgemäß noch weniger gern. Aus diesem Grund treiben sich die Harenberger an, schneller durch ihre ungeliebten Tage zu eilen, um Zeit zu gewinnen und vor dem Tod wenigstens noch ausruhen zu können von ihnen, ertragen die Ruhe dann aber nicht, in der sie ankommen, weil sie ja immer nur das schnelle Gehen geübt haben, nicht das Stehenbleiben, gehen somit schneller und schneller weniger und weniger gern auf ihr eigenes Ende zu.

Im Morgengrauen sind da und dort Harenberger Familienväter in Trainingsanzügen zu beobachten, die Geländewagen an Stricken durch die Wohnstraßen des Villenquartiers ziehen. Sie folgen damit den Empfehlungen eines amerikanischen Gesundheitsapostels, der die Überzeugung vertritt, der Mensch habe sich seit Jahrtausenden in die falsche Richtung entwickelt und treibe Raubbau an seinem Körper und an seinem Geist. Er müsse sich besinnen auf seine ursprünglichen Bedürfnisse; er müsse seinen Tagesablauf und seine Ernährung radikal umstellen. Von diesem amerikanischen Apostel kursiert in Harenbergs Südwesten eine Fibel, in der die sogenannte Steinzeitdiät vorgestellt wird, in welcher sämtliche Getreide- und Milchprodukte verboten sind. In der Fibel wird unter anderem auch das frühmorgendliche Schleppen eines Geländewagens empfohlen, das den männlichen Körper an das Nachhauseschleppen der Beute nach einer Jagd erinnere. Das Gewicht eines vierradangetriebenen Geländewagens entspreche ziemlich genau dem des Anteils, den ein Steinzeitjäger von einem erlegten Mammut damals zugesprochen bekommen habe.

Wenigstens diese Fibel könnte der Mann mit den zwei Augen doch lesen im Café, um seiner Frist einen Zweck zu verleihen? Oder einen Knaben könnte er am Schaufenster vorüberschlendern lassen, den er mit zu sich ins Zimmer nehmen könnte.

Es kommt aber kein Knabe über den Platz geschlendert. Der Mann mit den zwei Augen würde auch gar nicht wagen, ihn zu sich ins Zimmer zu locken. In dieser Hinsicht würden die wenigen Bekannten, die er in Harenberg inzwischen hatte, nämlich keinen Spaß verstehen. Sie verwiesen auf dunkle Erfahrungen, die sie selbst im Keller des weit über Harenberg hinaus bekannten jesuitischen Internats gemacht hatten, wo die Patres ihnen körperlich offenbar zu nahe getreten waren und damit seelische Schäden zugefügt hatten, unter denen sie heute noch leiden, was sie jedoch nicht daran hinderte, ihre eigenen Söhne wieder in dieses Internat zu schicken, weil man dort fürs Leben gestählt werde wie sonst nirgends – davon waren sie überzeugt –, was aber nichts zu tun habe mit den Ruten der Patres, die man denen abschneiden solle, wenn sie nicht in der Lage seien, sich zu beherrschen.

Der Mann mit den zwei Augen hätte als Knabe fürs Leben gern seine Großmutter nackt gesehen, er liebte es, Tieren, wo immer sich die Gelegenheit bot, dabei zuzuschauen, wie sie es miteinander trieben, wollte Mädchen sehen, wenn sie sich auszogen, nahm größte Strapazen auf sich, um in öffentlichen Toiletten einer fremden Frau oder einem fremden Mann durch ein vorher gebohrtes Loch in der Wand beim Pinkeln zuschauen zu können. Warum sollte das bei heutigen Knaben anders sein? Seine Harenberger Bekannten wollten davon nichts hören. Und doch war der Mann mit den zwei Augen als Knabe immer fasziniert gewesen von fremden Genitalien in sämtlichen Formen und Zuständen.

Einmal hatte er auf Grund einer schlechten Note dermaßen Angst, von der Schule nach Hause zu gehen, dass er unterwegs in die Hosen machte. Er wusste nicht mehr, was er daraufhin tat. Das Unglück geschah vor dem Haus seines Freundes Claude, der eine Mutter hatte, die aus der französischsprachigen Schweiz eingewandert war. Sie arbeitete im Schichtdienst als Pflegerin in der Irrenanstalt des Nachbardorfs, die in einem ehemaligen Kloster untergebracht war. Ihr Akzent hatte den Mann mit den zwei Augen als Knaben betört. Er löste in ihm wohl Fernweh aus oder gar eine fundamentale Sehnsucht nach dem Anderen ganz allgemein. Claude hatte zudem noch einen älteren Bruder, der unter seinem Bett pornographische Hefte aufbewahrte, die Claude und der Knabe mit den zwei Augen nachmittags manchmal hervorholten und anschauten. Das Haus war aus diesen beiden

Gründen erotisch aufgeladen. Vielleicht war es Claudes Mutter, die die Hosen ausgewaschen hatte? Das wäre durchaus möglich, da sie als Pflegerin in einem Irrenhaus an solche Missgeschicke gewöhnt war. Das Gefühl, in die Hosen zu machen, war herrlich – das nebenbei –: warm und weich.

Nach vielen Jahren fuhr der Mann mit den zwei Augen wieder einmal in das Dorf, in dem er aufgewachsen war. Claudes Haus stand noch da. Offenbar hatte er es von den Eltern geerbt und wohnte darin. Am Gartentor hing ein Schild mit seinem Namen. Es war ein kleines, armseliges Haus. Was Claudes Vater von Beruf machte, war nie ganz klar. Heute nimmt der Mann mit den zwei Augen an, er sei arbeitslos gewesen, wobei das kaum der Wahrheit entsprechen kann, weil es zu jener Zeit offiziell keine Arbeitslosen oder zum mindesten das Wort nicht gab.

Die Sommerferien verbrachte Claude jedes Jahr im französischsprachigen, gebirgigen Teil der Schweiz bei seiner Großmutter. Als Knabe dachte der Mann mit den zwei Augen, es sei ein trostloser Weiler irgendwo auf halber Höhe, wo Claude hinfuhr, weder Berg noch Tal, noch Seeufer. Heute weiß er, dass es sich um einen Kurort gehandelt hatte, mit alten Grandhotels, in denen später Thomas Manns Zauberberg verfilmt wurde, weswegen der Name des Orts in den Medien damals mehrmals auftauchte.

Claudes Mutter hatte kastanienfarbene Locken und einen weichen, breiten Mund. Würde ihre Geschichte in einem Film erzählt, würde sie den Knaben, nachdem sie ihm die vollgemachten Hosen ausgezogen und ausgewaschen hatte, umarmen und dabei weinen aus Heimweh nach den wohlduftenden Bergkräuterwiesen und der schönen französischen Sprache ihrer Jugend. Sie hätte im

Film weiße Hände, weiße Schenkel und weiße Brüste mit großen rosaroten Warzen drauf. Der Knabe hätte einen kleinen, weißen Po, braune Schenkel und einen braunen Bauch. Claude würde im Zimmer nebenan am Boden mit der elektrischen Eisenbahn seines älteren Bruders spielen. Er würde sich nichts dabei denken, dass seine Mutter seinen Freund ins Bad geführt und danach im Elternschlafzimmer aufs Bett gelegt hätte zum Trocknen.

Claudes Vater besaß ein Motorrad. Wenn er nach Hause kam, hörte man ihn von weitem. Später tauchte eine Ismelda auf im Leben der beiden Knaben und brachte sie auseinander. Der mit den zwei Augen wollte nicht länger mit Claude spielen, sondern nur noch in der Nähe von Ismelda herumstehen. Einmal begleitete sie ihn sogar ein paar Meter in den Wald hinein. Dann bekamen beide Angst und kehrten um. Ismelda war sehr zurückhaltend und hätte nie zugelassen, dass irgendjemand sie anfasste. Sie hatte dünne, bleiche Haare, die ihr wie einem Pagen geschnitten waren, also wie Herrn Türschmidt, und strähnig vom Kopf hingen. Ihre Beine steckten in selbstgestrickten grauen Strumpfhosen. Ihre Eltern hatten ebenso wenig Geld wie die von Claude. Nicht dass der Mann mit den zwei Augen seine Jugend für der Rede wert erachtet hätte; er saß nur gerade im Harenberger Café, und da war sie ihm eingefallen. Dass ihm sein Leben als Knabe abenteuerlich vorgekommen wäre wie das eines Romanhelden, ist eher unwahrscheinlich. Einmal legte er sich aus schierer Langeweile am Rand eines Feldwegs unter ein rotes Tuch, das er aus dem Keller seines Elternhauses mitgenommen hatte. Claude sah das und legte sich neben ihn. Die rote Dunkelheit, in der sie sich vereint wiederfanden, kam ihnen unheimlich vor. Sie rührten sich nicht und fühlten sich irgendwie ermordet, im eigenen Blut liegend. Wenn

Schritte näher kamen, gaben sie röhrend röchelnde Laute von sich und begannen zu strampeln unter dem Tuch. Sie stellten sich vor, das würde die Vorüberschreitenden in panischen Schrecken versetzen. Doch die Wirkung, die ein roter Vorhangstoff, der auf der Böschung eines Feldwegs liegt und unter dem zwei Knaben blöken und strampeln, auf einen zufällig daran Vorübergehenden ausübt, ist wohl kaum besonders angsteinflößend.

Warum sie gerade den Rand dieser Wiese ausgewählt hatten, um sich hinzulegen, hing damit zusammen, dass in ihr der Feldmauser am Sonntag, frühmorgens zwischen fünf und sechs, jeweils seine Beute vergrub, kleine Tiere mit rosaroten Puppenhändchen und seidig zartem Fell. Dazu stimmte er einen leiernd knarrenden Singsang an, der durch den ländlich stillen Sonntagmorgen besonders weit zu hören war und etliche Dorfbewohner regelmäßig aus dem Schlaf riss: »Eeen-eee, zwööö-eee, drüüü-eee, vieeer-eee usw.« Diese Angewohnheit war ihm nicht auszutreiben. Die Knaben graute es in ihren Betten; die Wiese kam ihnen deswegen unvergleichlich fahl vor; sie verbanden mit ihr fremde Wörter wie Schindanger, Abdecker, Bolzengewehr, Totenstarre, Leichensaft.

Am Abend zog es ihn wieder zu Rosaura.

»Am einundzwanzigsten November stand vor Ihrer Tür ein dunkelhäutiges Mädchen, das mich mit ihrer aufreizenden Art dazu gebracht hat, ihr zu folgen und mit ihr aufs Zimmer zu gehen. Kennen Sie zufällig ihren Namen und ihre Adresse?«

»Sie schauen wohl zu viel fern? Auf deutschen Sendern laufen dauernd Kriminalfilme, in denen solche wie Sie auftreten und derartige Fragen stellen. Die arbeiten jeweils bei der Sittenpolizei, kurz *Sitte* genannt. Gibt es so etwas auch bei uns in Harenberg? Sind Sie einer von denen?«

»Ich bin's. Erinnern Sie sich nicht? Am einundzwanzigsten November haben Sie mich von Anfang an geduzt und behauptet, Sie würden mich von Kindsbeinen an kennen. Sind Sie etwa eine dieser gespaltenen Persönlichkeiten, von denen man manchmal liest?«

»Sie müssen irgendwas verwechseln. Hier waren Sie bestimmt noch nie. Ich kann mir die Gesichter meiner Klienten nämlich merken. Das gehört zu meinem Beruf. Auch wenn ich in letzter Zeit vielleicht zu viel trinke. Sicher, Sie haben nicht gerade ein markantes Profil, das gebe ich zu, trotzdem, Sie haben zwei Augen, eine Nase, einen Mund – so etwas vergesse ich nicht so rasch. Was wollen Sie von mir?«

»Nichts von Ihnen. Ich würde gern wieder einmal mit einer Frau ins Bett gehen. Ich bin fremd in Harenberg und habe das Bedürfnis nach körperlicher Wärme. In einem ungarischen Gedicht habe ich gelesen:

Der verwitweten Taube tut ihr Herz weh.
Die Klage der Nachtigall erfüllt die Landschaft.
Sei nicht traurig, du Taube, du Nachtigall:
Euer Kummer ist nichts gegen den meinen.
Ein Vogel des Himmels kann Quartier finden in Berg und Tal;
für den verlorenen Gefährten findet er einen anderen.
Doch weh mir: Ich habe weder Heimat noch Gefährten;
ich wandere allein durch die Welt.

Ein heftiger Verleider hat sich meiner bemächtigt, ein allgemeiner Überdruss, ein Weltschmerz. Franzosen nennen diese Art von Niedergeschlagenheit *Cafard*: Ich habe den Cafard. Da ich niemanden kenne in der Stadt und nicht begabt bin im Knüpfen von neuen Kontakten, wollte ich es noch einmal mit dem dunkelhäutigen Mädchen versuchen, das vor Ihrer Tür solche wie mich anspricht. Heute steht sie aber nicht da. Ist sie krank?«

»Melancholisch sein kann jeder. Das ist nichts Besonderes. Trinken Sie erst einmal ein Bier. Danach können Sie, wenn Sie wollen, Ihr Vorhaben ja mit mir in die Tat umsetzen. Ich habe ein Bett in der zweiten Etage und benutze es hin und wieder für solche Zwecke. Aber nur in den Randstunden, wenn noch nichts los ist in meinem Laden.«

»So sollte ich auf einmal Glück haben in all meinem Unglück? Würden Sie das wirklich für mich tun? Ihr Angebot nehme ich gern an. Und Sie können sich tatsächlich nicht an mich erinnern? Seltsam.«

Nachdem er sein Bier ausgetrunken hatte, griff Rosaura nach einem Schild, auf dem geschrieben stand *Komme gleich wieder*, hängte es außen an den Knauf der Eingangstür, schloss sie von innen ab und stieg eine eng gewundene Treppe hinter dem Tresen nach oben, wobei sie immer nur mit dem einen Bein eine Stufe nahm und das andere nachzog. Er stieg hinter ihr her und stieß dann und wann mit der Nase an ihren Hintern, weil es ihm zu langsam ging. In der zweiten Etage öffnete sie eine Tür und trat in ein kleines Zimmer, in dem ein frischbezogenes Bett, zwei Stühle und ein Tischchen standen. Sie winkte ihn herein und zog ihre Kleider aus, die sie auf einen der Stühle legte. Das Blut war ihm bereits unten in der Bar, als sie hinter dem Tresen sagte, er könne mit ihr ins Bett steigen, ins Glied geschossen, das seither hart war und inzwischen anfing zu schmerzen.

Ihr Körper war sehr weiß und setzte sich vom dunklen Gesicht ab. Sie sah aus wie zusammengeflickt. Die

Haut am Kopf schien zäh und gegerbt zu sein, während die des Körpers dünn und wenig haltbar aussah, so, als habe sie sich ausgedehnt und sei inzwischen zu groß für ihre Zwecke, weswegen sie Falten warf.

Die Frau zog die Schublade des Tischchens auf, holte eine Tube daraus hervor, drehte den Deckel ab und drückte sich eine etwa drei Zentimeter lange Wurst glasigen Gelees auf den rechten Zeigefinger. Dann schraubte sie den Deckel wieder auf die Tube, legte sie zurück in die Schublade und sagte zu ihm: »Wollen Sie sich nicht auch ausziehen?« Er tat es. Sie legte sich derweil rücklings aufs Bett und rieb sich mit dem Gelee zwischen den Beinen ein. Er schaute ihr mit feuerrotem Kopf und steif aufgerichtetem Geschlecht zu. Er scharrte geradezu mit den Füßen am Boden und konnte es kaum erwarten, bis sie endlich so weit war. Sie schaute ihn von oben bis unten an und sagte dann: »Kommen Sie, versuchen wir's.« Er legte sich auf sie drauf und presste sein hartes Glied zwischen ihre Beine, wo es kühl und feucht war von dem Gelee. Sie schloss die Augen. Er drückte mit dem Glied kräftig gegen ihren Körper. Sie verzog das Gesicht, als würde er ihr Schmerzen zufügen. Er wandte seinen Kopf zur Seite, um sie nicht länger anschauen zu müssen, und drückte heftiger. Ihr traten, was er nicht sah, links und rechts kleine Tränen zwischen den zusammengepressten Augenlidern hervor. Ganz langsam öffnet sich ihre Vagina, und er drang ein Stückchen in sie ein. Es fühlte sich eng an und heiß. Er zog das Glied zurück und rieb es zwischen den Falten und Haaren, in denen sich der Gelee verteilt hatte, dann schob er es wieder in sie hinein. Diesmal rutschte es durch die enge Stelle wie durch ein Nadelöhr und glitt in die Tiefe. Es wurde ihm warm bis unter die Augenlider, und er konnte plötzlich sehr genau ihren Hals sehen und das Blut, das darin pochte. Ihr rann eine Träne hinters Ohr. Die sah er und fragte: »Was ist?« Doch sie sagte, er soll sich nicht drum scheren.

»Das war schön. Danke vielmals«, seufzte er kurz darauf und legte sich neben sie aufs Bett. Nach einer Verschnaufpause, während der er sie betrachtet hatte, fuhr er fort: »Auf Ihrem Bauch und auf Ihren Schenkeln sieht die Oberfläche der Haut, wenn sie zusammengeschoben wird, nach Urlaub aus, ein wenig wie der feuchte Sand im Wattenmeer bei Ebbe. Natürlich nicht so grau und modderig. Von der Farbe her eher wie diese Nachspeise bei den Italienern, wie heißt sie noch einmal?«

»Panna Cotta?«

»Panna Cotta, genau, ein Wattenmeerstrand aus lauter Panna Cotta. Sind Sie einmal im Sommer an der Nordsee gewesen?«

»Nein. – Früher hatten meine Schenkel und mein Bauch eine andere Textur. Da wären Sie wahrscheinlich eher ans Mittelmeer erinnert worden.«

»War das eine Träne der Lust, die Ihnen hinters Ohr gelaufen ist?«

»Wenn Ihnen die Vorstellung Freude bereitet, bitte, gern«, sagte sie lächelnd. »Ich wurde als fünfzehnjähriges Mädchen für ein Jahr in ein französisch-schweizerisches Pensionat geschickt, damit ich dort auf mein zukünftiges Dasein als Frau vorbereitet werden und gleichzeitig Französisch lernen möge. Leider habe ich die Zeit schlecht genutzt und so ziemlich alles vergessen, was ich hätte lernen können. Nur das Motto hat sich mir eingebrannt. Es lautete *servir et sourire*, zu Deutsch *dienen und lächeln*. Das stand in Stein gemeißelt über dem Eingangsportal des Gutshauses, in dem wir untergebracht waren. Ich habe mich bis heute an dieses Motto gehalten und komme gut durchs Leben damit. – Es freut mich, wenn es Ihnen mit mir gefallen hat. Wäre es doch nur immer so einfach, den Leuten, die einem über den Weg laufen, einen Gefallen zu tun und ihren Cafard zu vertreiben. Ich kenne ihn gut, den Cafard, spätestens seit meinen Tagen in jenem Mädchenpensionat. Ich weiß, wie er einen würgen kann. – So, dann wollen wir wohl mal wieder ...«

Sie setzte sich auf den Bettrand und zog sich an. Er setzte sich neben sie, zog sich ebenfalls an und sagte: »Wenn man mit Hilfe Ihres Mottos so ein ausgeglichener, positiver Mensch wird wie Sie, will ich von Stund an ebenfalls danach leben.«

Er fühlte sich voller Zuversicht, lachte und schlug ihr in seinem Überschwang mit der flachen Hand klatschend auf die Schulter, was sie nicht mochte.

»Bitte tun Sie das nie wieder«, sagte sie lächelnd, erhob sich und stieg die enge Treppe hinunter, wobei sie immer nur mit dem einen Bein eine Stufe tiefer ging und das andere jeweils daneben stellte, was den Eindruck von etwas erweckte, das defekt war.

Das Erholsame an Harenberg war, dass man hier, außer im Villenquartier, tagelang in verfleckter, zerrissener Kleidung, mit verklebten Haaren, übernächtigt seines Wegs gehen konnte, ohne aufzufallen oder Angst haben zu müssen, jemandem zu begegnen, dem man in diesem Aufzug unter gar keinen Umständen hätte begegnen wollen, um nicht von ihm entsetzt angestarrt zu werden. In seinem Fall kam hinzu, dass er kaum jemanden kannte in der Stadt. Um einem dieser wenigen Bekannten zufällig auf der Straße zu begegnen, dafür war sie dann doch zu weitläufig. In den meisten Quartieren hauste die Armut; die Mehrheit der Einwohner trat zerschlissen an die Öffentlichkeit. Keiner wurde scheel angeschaut, der es nicht schaffte, sich den Firnis des Erfolgs aufzulegen.

Die gemeinen Harenberger stiegen auf verrostete, klapprige, nur bedingt verkehrstaugliche Räder und fuhren los. Kaum einer, der sein Rad regelmäßig brauchte, benutzte ein schnelles, schönes, teures.

Die gemeinen Harenbergerinnen benutzten Plastiktüten anstelle von Ledertaschen, um einkaufen zu gehen.

Man befürchtete, das Neue, Schöne, Teure könnte Begehrlichkeiten wecken; die lederne Handtasche könnte entrissen, das intakte Fahrrad entwendet werden. Man stellte zwar gute Räder her, verkaufte sie aber anderswo und fuhr zu Hause auf schlechten. Dann war das Leben vorbei, und man brauchte weder gute noch schlechte. Das hochpreisige Fahrrad erfordert Pflege, Schutz vor Regen, Aufmerksamkeit, Sicherungsvorkehrungen. Das alte, klapprige verlangt nichts.

Im Café hatte er wieder einmal ein Foto in der Zeitung entdeckt von jenem deutschen Denkheroen, der sein Geld seit Jahren damit verdiente, dass er öffentlich die Überzeugung vertrat, den meisten zeitgenössischen Schriftstellern mangle es an Schicksal; sie bräuchten neue, am eigenen Leib gemachte Gaskammererfahrungen oder sie sollten doch wenigstens dann und wann aus ihren Wohnungen verjagt und ins Exil getrieben werden, um packender schreiben zu können.

Im aktuellen Artikel wurde der zentrale Gaskammermankovorwurf nicht wiederholt. Es scheint, der zeitgenössische Denker sagte jede Saison etwas anderes auf dieselbe beredte Art. Da es ihm offensichtlich weniger auf das ankam, was er sagte, als darauf, überhaupt etwas zu sagen, um in der Zeitung abgedruckt zu werden und auf diese Weise seinen Lebensunterhalt bestreiten zu können, kümmerte sich der Mann mit den zwei Augen nicht weiter um das, was da stand, sondern er konzentrierte sich auf das über dem Artikel abgebildete Gesicht des Denkerheroen, ein einmaliges Gesicht, von einmaligen Haaren umgeben, mit zwei einmaligen Augen, einer einmaligen Nase und einem einmaligen Mund. Unter dem Gesicht stand der einmalige Name des einmaligen Denkers, ein Name, der hier nicht erwähnt werden soll, um dem Leser die zermürbende Erfahrung zu ersparen, die er beispielsweise bei der Lektüre von Tacitus' Annalen macht, in der die Vor- und Nachnamen von unzähligen Männern und Frauen genannt werden, die zu Tiberius' oder Neros Zeiten dies oder jenes gesagt oder getan haben sollen – schwer zu behaltende Äußerungen und Taten –, worauf sie sich auf Geheiß des jeweiligen Kaisers ins Jenseits zu befördern hatten; Persönlichkeiten, deren Namen man sich beim besten Willen nicht merken kann, weil sie in den Aufzeichnungen nur jeweils ein- oder zweimal auftauchen, bevor sie sich ein für alle Mal der kaiserlichen Aufforderung entsprechend beseitigen.

Da der erwähnte Denkheroe es in den vorliegenden Aufzeichnungen kaum über diese einmalige Nominierung hinaus schaffen wird, soll sein Namen ungenannt bleiben, um den Leser nicht unnötig auf Tacitus' Art zu strapazieren. Fahrräder hingegen werden voraussichtlich noch weitere Male auftauchen, weswegen sie von Anfang an bei ihrem vollen Namen genannt wurden. Sie sind zwar ebenso wenig der Rede wert wie der erwähnte Schicksalsherausforderer, doch die Tatsache, dass eine ganze Stadt sich auf zerschlissenen Fahrrädern bewegt, nur um nicht für ein gutes, leichtes, schnelles Sorge tragen zu müssen oder gar eines solchen beraubt zu werden, ist ein Jahrtausendthema: Wir leben ein schlechteres Leben aus Angst, ums bessere könnte man uns beneiden, das bessere könnte uns gestohlen werden – das ist bemerkenswert.

Es gibt in Harenberg Läden, in denen man imitierten Schmuck aus Kunststoff kaufen kann, damit man auf Reisen, so die Werbung, nicht auf Schmuck verzichten muss.

Der Mann mit den zwei Augen besitzt eine goldene Taschenuhr, ein Erbstück. Die trägt er nie bei sich, aus Angst, sie kaputt zu machen oder zu verlieren. Seit Jahren liegt sie zuunterst in seinem Koffer in ihrer Schachtel. Irgendwann ist er tot, und die Uhr geht weiter an einen Erben, der sie auch wieder nicht tragen wird. Ist das nicht sonderbar?

Vielleicht hat der Denkheroe doch recht, und jeder sollte möglicherweise dann und wann in eine Gaskammer gesperrt oder aus seiner Wohnung vertrieben werden, um solche Nebensächlichkeiten nicht länger für erwähnenswert halten zu müssen, sondern zu stärkerem Gedankentobak übergehen zu können.

Wer vertrieben wird, kann seine Häscher manchmal mit Hilfe einer goldenen Taschenuhr dazu bringen, von ihm abzulassen. Oder mit goldenen Eheringen. Da Häscher meist aus ungebildeten, besitzlosen Kreisen stammen, halten sie Gold prinzipiell für wertvoll. Oft kommt man mit einem goldenen Ring sehr viel weiter, als wenn man die Schergen mit Bargeld bestechen wollte. Man achte aus diesem Grund darauf, stets Gold im Haus zu haben, um für eine allfällige Flucht gerüstet zu sein. Wer nicht das Schicksal genießt, sich ein paarmal auf der Flucht befunden zu haben, der ist ein armer, erfahrungsloser Tropf, der besser den Mund halten sollte, wie der oben erwähnte Denker streng fordert.

Eines Tages eröffnete die Frau, die lieber schwieg, dem Mann mit den zwei Augen, ihr Vater sei noch am Leben und es gelte nun, ihn zu besuchen, da er, wie sie soeben erfahren habe, offenbar in seinen letzten Zügen liege. Jemand aus dem Heim, in dem er untergebracht sei, habe angerufen – den Namen habe sie leider nicht verstanden – und gefragt, ob sie als einzige lebende Angehörige wünsche, dass man den alten Mann an eine Maschine anschließe und noch ein paar Tage lang beatme, oder ob sie der modernen Apparatemedizin eher ablehnend gegenüberstehe. Sie müsse vorbeikommen und das Entsprechende in einem Formular ankreuzen und unterzeichnen.

Der Mann mit den zwei Augen fragte, ob sie etwas dagegen habe, wenn er sie begleite. Ihr Vater werde möglicherweise leichter Abschied nehmen können vom Leben, wenn er vorher noch erfahre, mit wem sie zusammen unter einem Dach wohne. »Vielleicht haben Sie recht«, überlegte sie, ging in den Flur und zog eine warme Jacke an. Sie fror leicht und viel und eigentlich immer, was in seinen Augen ein netter Zug war an ihr.

Er bestellte ein Taxi. Sie trat zurück ins Zimmer und öffnete die Schublade der Kommode, in der sie ihre Handschuhe aufbewahrte. Er ging in den Flur, zog seine Schuhe und seinen Mantel an, hörte, wie sie in der Schublade wühlte und vor sich hinmurmelte »das gibt's doch nicht«. Er wartete. Vor ihm, auf dem Stuhl neben der Eingangstür, lagen die gesuchten Handschuhe. Er hörte, wie sie die Kommode ein Stück nach vorne zog, in der Hoffnung, die Handschuhe seien hinten runtergerutscht. Er schaute das schwarze Leder auf dem Stuhl an, die gekrümmten Finger, die Nähte. Er hörte die Frau in die Küche gehen und dort auf dem Tisch Dinge hin und her räumen. Er nahm einen Handschuh auf und befühlte das

Material. Es war weich, ein wenig runzelig, zart, fast klebrig; wohl von einer sehr jungen Ziege. Es wurde in seiner Hand schnell warm. Er hörte sie ins Schlafzimmer gehen, dort den Schrank öffnen und dessen Inhalt umschichten. Es kam ihm so vor, als seien schon mehrere Minuten vergangen und als ob das Taxi bestimmt schon lange vor der Tür warte. Er hob den Handschuh an die Nase und fand, er rieche angenehm, irgendwie sehr rein und ganz nach ihr. Das Leder auf der Fingerinnenseite war besonders glatt und ein wenig steifer als der Rest. Er legte den Handschuh zurück auf den Stuhl. Im Schlafzimmer fiel ein Kleiderbügel zu Boden, was einen unangenehm lauten Krach verursachte. Sie rief: »Ich habe meine Handschuhe irgendwo verloren.« Verärgert kam sie in den Flur, öffnete die Eingangstür und wollte losgehen, als sie die Handschuhe erblickte. »Ach, da sind sie ja«, sagte sie, griff nach ihnen, streifte sie sich über und eilte voraus die Treppe runter.

Der Taxifahrer trug ein spitzes, rotes, zu kleines Hütchen auf dem Kopf, das von einem weißen, dünnen Gummiband, das unterm Kinn durchgezogen war, festgehalten wurde. Er grüßte mit der linken Hand an einem imaginierten rechten Mützenrand und sagte: »Helau.« Aus dem Radio dröhnte laute, stark rhythmisierte Musik. Der Mann mit den zwei Augen fragte: »Sie kommen wohl aus Mainz? Werden dort gerade die närrischen Tage gefeiert?« – »Abä sichä«, antwortete der Fahrer und wollte wissen, wo's denn hingehen soll. Die Frau nannte eine Adresse, die der Mann mit den zwei Augen noch nie gehört hatte, worauf der Fahrer sie – begleitet von lauten, lustigen Fasnachtsliedern – zu einem kasernenartigen Gebäude zwischen einem Getränkegroßmarkt, einem Möbelhaus und einer Tankstelle brachte, am äußersten, nordöstlichen Rand der Stadt. Eine schräge Rampe aus

Beton führte zum Eingang, der aus zwei Mattglasscheiben bestand, die sich vor dem Eintretenden automatisch auseinanderschoben, vor dem Austretenden aber geschlossen blieben und sich nur wieder öffnen ließen per Knopfdruck eines gehbehinderten Pförtners, der in einer Loge rechts hinter einem kleinen Rezeptionsschalter saß. Im Eingangsbereich roch es nach Urin. Das Licht war diffus. Die Fenster waren geschlossen und hatten keine Griffe. Linker Hand sah man durch eine offen stehende Schiebetür in eine Cafeteria, über deren Eingang ein Kartonschild hing, auf das mit bunten Filzstiften das Wort *Frohsinn* in Großbuchstaben geschrieben war. Der Wand entlang standen ein paar Rollstühle mit zusammengesunkenen Körpern drauf. An den Tischen saßen vereinzelt stumme Greise. Zwischen ihren knochigen gelben Fingern steckten Zigaretten, von denen Rauch senkrecht aufstieg. Aus den Deckenlautsprechern klangen leise die letzten Takte von *Humpta Täterä*, dann folgte *Denn wo könnt's schöner sein*. Eine Ausländerin mit einem Kopftuch wischte dies und das mit einem Lappen sauber, Tische, eine Glasvitrine, ein Stück Boden.

Woanders standen ein paar Stühle im Kreis. Auf einem davon saß eine alte dürre Frau und schüttelte ihren fleckigen, kahlen Schädel. Von draußen drangen Geräusche der nahen Autobahn herein. Quietschende Gummisohlen auf Linoleum waren dann und wann von fern zu hören, manchmal ein Telefon, das hinter einer geschlossenen Tür klingelte. Lange Flure gingen links und rechts vom Hauptflur ab. Am Ende jedes dieser Nebenflure war ein Fenster zu sehen, durch das Tageslicht einfiel, welches von den davor hängenden Gardinen gebrochen wurde.

Die Frau, die lieber schwieg, erklärte dem gehbehinderten Pförtner, sie sei gekommen wegen eines alten Mannes, der im Sterben liege. Sie sei dessen Tochter und müsse entscheiden, was mit ihm weiter zu geschehen habe. Der Pförtner sagte, dafür sei er nicht zuständig, sie solle sich im Büro der diensthabenden Aufsicht melden. Das liege am Ende des ersten Flurs rechts, parterre.

Es war ein kleiner Raum mit Schreibtisch, auf dem ein Computer stand, dessen Belüftungsgebläse keuchende Geräusche von sich gab. Eine korpulente, in schwarzes Leder gezwängte Frau mit stark geschminkten Augen saß davor, rauchte, hob den Blick vom Bildschirm und starrte die beiden an, als sie die Tür nach zögerlichem Klopfen öffneten. Sie sagte, sie habe keine Zeit, die beiden kämen ungelegen. Nachdem sie ihre Angaben unwillig überprüft und für richtig befunden hatte, erklärte sie ihnen dann aber doch, wo der alte Mann zu finden sei, um den es sich handelte.

Die beiden mussten geradeaus, eine Treppe nach oben, den ersten Korridor rechts und dann einen links, Türen entlang, neben denen Schildchen hingen, auf denen jeweils zwei Namen standen: Frau L. Krauss, Frau I. Sander usw. Dann und wann stand eine der Türen offen, und man sah in ein Zimmer mit zwei Betten. Im einen lag meist ein an Schläuche angeschlossener kleiner Körper auf der Seite, das Gesicht der Tür zugewandt, ein Puppengesicht aus Bakelit, den Mund offen, die Augen offen, drum herum Flaum, staubgrau und wirr abstehend. Ein dürrer Arm ragte von diesem Körper jeweils in die Luft und ging über in einen eierschalfarbenen Haltegriff, der von einem Chromstahlgalgen herabhing. Das andere Bett war meistens leer. An der Seite des Zimmers war hinter einer angelehnten Tür eine dunkle Kammer zu erahnen, eine sogenannte Nasszelle, aus der ein warmer, erstickender Geruch strömte.

In der Ferne schlugen Kirchturmglocken. Alle Fenster waren geschlossen, vergilbte Gardinen hingen davor, dicke schwarze Fliegen surrten daran auf und ab. Durch die angelehnten Türen der Nasszellen erklangen manchmal verlorene Rufe, etwas wie Hilfe, Hilfe, Hallo, Hallo oder Schwester, Schwester.

»Sie sollten vielleicht die Jacke und die Handschuhe ausziehen? Sie haben schon einen ganz roten Kopf, beinahe lila«, sagte der Mann zur Frau, die am Fußende des Bettes stand, in dem ihr sterbender Vater lag. Oder er sagte es nicht, sondern überlegte bloß, ob er es sagen solle. Dann dachte er übers Sterben nach. Wir alle nehmen es eines Tages in Angriff, und doch weiß keiner etwas Vernünftiges darüber zu erzählen. Junge Menschen schreiben zwar manchmal empörte Aufsätze anlässlich des Ablebens eines ihrer nahen Verwandten oder Bekannten. Gerade wieder hatte ein Jüngling in einem Buch festgehalten, was ihm aufgefallen war an seiner Mutter, die mit Krebs im Krankenbett lag und die schwere Arbeit des Sterbens erledigte: Ausgetrocknete Finger, die fahrig übers weiße Laken strichen; trübe, auf die gegenüberliegende Wand gerichtete Augen; Erbrochenes, das aus dem Mund quoll; skelettartige Ärmchen. Für seinen Bericht bekam er höchstes Lob gespendet. Der Mann mit den zwei Augen hatte die Aufzeichnungen mit Interesse studiert, jedoch einmal mehr nichts weiter erfahren als das, was er schon wusste. Wir sollten uns vielleicht selbst ans Sterben machen, um mehr darüber zu erfahren, dachte er. Denn kaum ist es so weit, scheint keiner mehr die Notwendigkeit zu verspüren, von seinen Entdeckungen zu berichten, weil sie offenbar so austauschbar und banal sind, dass man nicht die Energie findet, sie festzuhalten und ans Tageslicht zu befördern. Man verlöscht, und basta.

Was denkt dieser fremde alte Mann im Bett wohl, während seine Tochter am Fußende steht, sich am Chromstahlrahmen festhält, sodass sich das schwarze Leder der

Handschuhe über den Knöcheln glänzend spannt, und mir dabei zuschaut, wie ich ihm, um irgendetwas zu tun, die Stoppeln unter dem Kinn wegrasiere in der Meinung, das sei ihm recht? Vielleicht stirbt man nicht gern unrasiert? Oder wenn der Tochter plötzlich die Tränen anfangen über die Wangen zu laufen, während ich ihm die Fingernägel stutze, die, wie ich den Eindruck habe, in der Aufregung des Sterbens seit Tagen nicht mehr geputzt und geschnitten worden sind? Der Dreck, den ich hervorpule, verströmt einen fremdartigen Geruch. Was geht dem fremden alten Mann wohl durch den Kopf, derweil ich neben ihm sitze und vor mich hin dämmere, an der Seite der Frau, die mit mir zusammen in derselben Wohnung lebt, die seine Tochter ist, die leicht friert und gern schläft, die oft Steinchen im Schuh hat, draußen tschilpen Spatzen, das Fenster steht gekippt offen, Friede breitet sich aus, und ich versuche, über den Tod nachzudenken.

Von Sterbenden erwartet man im Allgemeinen ein paar aufschlussreiche letzte Worte. Wer keine Rücksichten mehr zu nehmen braucht und sämtliche Konventionen fahrenlassen kann, weil sowieso nichts mehr hilft, der wird bestimmt ein paar Gedanken äußern wollen, die ihn lange umgetrieben haben und die er nun, bevor er diese Welt verlassen darf, noch ausgesprochen haben möchte – denkt man. Meistens sagen Sterbende jedoch nichts Erhellendes. Sie fragen höchstens: »Wie spät ist es?« oder: »Wer bist du?« Sie scheinen im Leben gesagt zu haben, was sie zu sagen hatten. Es ist nicht so, dass sie sich lebenslänglich verstellt oder gar selbst zensiert hätten – sie wussten es einfach nicht besser.

Manchmal hatte der Mann mit den zwei Augen die Nase gestrichen voll vom Leben, und er erwog, es zu beenden. Dann strengte er sich an, eine Erkenntnis in sich zu entdecken und zu formulieren, die er als seine eigene hätte hinterlassen wollen. Es fiel ihm nichts ein. Nicht einmal eine Erklärung für seinen Lebensüberdruss wusste er anzugeben. Dabei hätte er der Frau, die mit ihm zusammen in derselben Wohnung lebte, gern mitgeteilt, warum er sich selbst nicht länger ertragen mochte, damit sie sich hinterher keine unnötigen Vorwürfe machte. Doch nichts fiel ihm ein. Sie wird mich schon von selbst verstehen, dachte er dann. Was soll gewesen sein? Ich hatte mich halt über. Ihr brauche ich nichts vorzulügen. Sie wird wissen, worum es ging.

Aber worum geht es denn? Kann ich es zusammenfassen? Kann ich es in einem letzten Gesang festhalten, in einem Leserbrief an eine Zeitung? Die Zurückgebliebenen werden es alle von selbst verstehen. Wir wissen schließlich alle das Gleiche, erleben das Gleiche, sehen das Gleiche – was soll da einer noch viele Worte machen? *Ich möchte lieber nicht mehr*, weiter gibt es nichts zu sagen.

»Wir hätten beizeiten lügen lernen sollen. Dieser Gedanke leuchtet anfangs zwar niemandem ein, aber irgendwann akzeptiert ihn jeder. Als Kind glaubte ich, es gehe darum, die Wahrheit zu finden und die dafür passenden Wörter zu lernen. Doch dann erfuhr ich, dass es keine Wahrheit und erst recht keine dafür passenden Wörter gibt. Es gibt nur Wörter, sehr viele Wörter, die es zu lernen und zu entleeren gilt. Man muss lernen, zu sagen, ich meine dies, während man jenes meint, wobei einem beides gleichgültig zu sein hat. Man muss lernen, links mit rechts zu vertauschen. Beherrscht man dieses inhaltslose Sprechen, gibt es viel zu lachen. Ein kaltes, herzloses Lachen zwar, das in Wahrheit keines ist, aber wahres Lachen gilt als einfältig. Es heißt, wer ernsthaft an etwas glaubt, der ist bloß zu einfältig, zu wissen, dass es nichts auf der Welt gibt, an das ernsthaft geglaubt werden kann.«

Das sagte der Mann zur Frau, nachdem sie wieder zu Hause in der Wohnung angelangt waren. Sie setzte sich an den Tisch, weil sie ahnte, dass er nun eine Weile sprechen würde.

»Wir hätten beizeiten lernen müssen zu lügen, sage ich, zu lügen und zu verachten. Wer das nicht will, der sollte wenigstens lernen, sich zu verstellen. Er sollte vorgeben, es mache ihm Spaß zu lügen, zu hassen und zu verachten. Sein Widerwille gegen alles Verlogene darf nicht ans Tageslicht dringen. An dieser Erkenntnis gehen viele zugrunde. Wir lernen Wörter, benutzen sie möglichst korrekt, glauben an sie – und erfahren Tag für Tag, dass sie nicht halten, was sie versprechen. Wir fangen also noch einmal von vorne an, studieren die Wörter präziser, gehen wieder los mit ihnen – und laufen erneut auf. Das macht müde und verdrossen. Wären wir einsichtig, würden wir lernen, dass der Witz an den Dingen darin besteht, sie niemals beim Namen zu nennen – den Tisch nicht Tisch, den Stuhl nicht Stuhl, Liebe nicht Liebe und Hass nicht Hass –, wenn man im Leben weiterkommen will. Jeder kann sich eine der existierenden Ersatzsprachen aneignen oder sich gar seine eigene erarbeiten, sie mit Komplizen zusammen ausfeilen und sich mit ihr Raum und Licht verschaffen. Warum sollte einer verzweifeln daran, dass er die Brechung des Alphabets lernen muss? Warum will einer daran festhalten, einen Tisch Tisch nennen zu dürfen? Einen Arzt Arzt, ein Krankenhaus Krankenhaus? Warum verlangt er von allem, so zu sein, wie es genannt wird? Was für ein kindlicher Starrsinn? Warum sich nicht auf das wabernde, mehrdeutige Reden einlassen? Warum es ablehnen, in

Zungen zu sprechen? Leben ist Krieg, und im Krieg verlieren Wörter ihre Bedeutung, weil dann alle nur noch taktisch verwendet werden, wie wir von Thukydides wissen.«

Während er redete, fühlte er sich von Minute zu Minute elender. Ihm fielen nur immer bitterere, überreiztere Sätze ein. Die Frau, die sich – nachdem sie vom Pflegeheim am nordöstlichen Stadtrand zurückgekehrt waren – zu Hause an den Tisch gesetzt hatte, befand für sich, dass eine bolzengerade Haltung – Hände auf dem Tisch, Augen geradeaus – der Situation und dem Thema, das er angeschlagen hatte, wohl am angemessensten sei. So saß sie da und schwieg. Immerhin ging es um Thukydides und so. Er redete weiter:

»In der Kindheit lernen wir, was Milch ist, was Käse ist, was Brot, was gut, was schlecht, was heiß, was kalt, was wichtig, was überflüssig ist. Dann drängt uns das Leben in diffuse Situationen, wo gut nicht mehr gut ist, schlecht nicht mehr schlecht, wo unser Wissen einknickt und unsere Gewissheiten sich auflösen. In diesen Situationen lässt das Leben uns zappeln und nach Luft schnappen. Es schaut zu, wie wir uns behelfsmäßig zurechtrücken – um, kaum haben wir uns aufgerappelt, uns den Boden erneut zu entziehen. Es lässt uns auf die Beine kommen, nur um uns gleich wieder umzuschmeißen, immer wieder, immer schneller. Immer wackeliger, immer unansehnlicher werden unsere Posen, unsere Inhalte, unsere Ideale. Wir enttäuschen uns selbst von Tag zu Tag mehr. Die Kinderwörter platzen: Glaube, Liebe, Hoffnung, Vertrauen, Wahrheit, Treue – alles schwindet, wird ironisiert. Als Kind wissen wir, was gut ist, und wir geben uns Mühe, es zu sein. Die Hürden davor werden aber höher und höher. Es beginnt zu schmerzen, sie zu nehmen – bis ein erstes Mal sich das Gute als schlecht entpuppt und das Schlechte als gut … Sie kennen das. Ich will es nicht weiter ausführen. Sie kennen das Scheitern an Ihren eigenen Ansprüchen. Sie wissen, wie sich das anfühlt, wenn der Tod Sie ein erstes Mal mit Macht lockt, weil Sie Ihre Ideale verraten haben, weil Sie sich selbst nicht mehr achten mögen. Es muss sich einer schon gehörig einschränken, wenn er sich selbst ein Leben lang aushalten können will. Wer an seinen Kindersystemen festzuhalten versucht, wird sich verachten lernen müssen – oder er beginnt, Ersatzsysteme zu bauen, sogenannt erwachsen zu werden, Systeme, die schneller und schneller in sich zusammenbrechen und durch neue ersetzt werden müssen. Er wird damit möglicherweise seiner eigenen Verachtung entrinnen, weil er viel zu viel zu tun hat damit, sich immer neu zu positionieren und wieder aufzurichten – der endgültigen Geringschätzung aber wird er nicht entkommen.

Alle zwinkern wir einander verschwörerisch zu und spielen mit in dieser faden Scharade, irgendeiner Übereinkunft zuliebe, die keiner in Frage stellt. Wir nennen den Freund Feind, den Feind Freund, groß, was klein, klein, was groß, gescheit, was dumm, und schön, was hässlich ist. Das halten wir für geistreich. Die Wörter haben auf diese Weise jeglichen Sinn verloren und heulen hohl wie leere Flaschen, in die der Wind fährt. Und das ist uns allen recht so. Wir blasen lustige Melodien auf den hohlen Wörtern und brauchen nicht zu befürchten, irgendwelche Konsequenzen aus dem Gesagten ziehen zu müssen.«

Nachdem er die Frau, der er dies alles auseinandergelegt hatte – während sie ihm bolzengerade gegenübersaß und aufmerksam ihre Hände betrachtete, die vor ihr auf dem Tisch lagen –, fragte, ob sie ihm überhaupt zuhöre und folgen könne und was sie zu dem gesamten Themenkomplex zu sagen habe, antwortete sie nach einer eigentümlich langen Pause, sie überlege, ob sie sich das Fläschchen mit dem roten Lack kaufen solle, mit welchem sie sich gestern Nachmittag die Fingernägel angemalt habe. Auf seinen Einwand, das habe nun aber keinerlei Bezug zu den sprachphilosophischen Betrachtungen, die er eben vor ihr ausgebreitet habe und von denen er hoffte, sie würden sie an diesem Tisch gemeinsam zu Ende denken und formulieren können, insbesondere nach so einem einschneidenden Erlebnis wie dem Ableben ihres Vaters, erwiderte sie, sie sei gestern Nachmittag in eine Parfümerie gegangen, habe sich hinter ein Regal geduckt und dort in rasender Eile alle zehn Nägel ihrer beiden Hände mit diesem bestimmten Rot angemalt. Sie streckte ihm ihre Finger entgegen. Der Lack sei außerordentlich teuer. Normalerweise bekomme man davon nur eine Probe auf einem Streifen Scotch-Klebeband, den man mit nach Hause nehmen solle, um die Farbe in unterschiedlichem Licht und im Zusammenspiel mit verschiedenen privaten Kleidern und Accessoires auf ihre Tauglichkeit hin prüfen zu können. Ihr sei das jedoch zu blöd. Sie könne sich anhand so eines Scotch-Klebebands nichts vorstellen. Deswegen habe sie vor dem Laden so lange gewartet, bis eine Kundin ihn betrat, der sie auf den Fersen gefolgt sei, um die Chance zu nutzen, dass die Verkäuferin nun beschäftigt und also abgelenkt gewesen war. Von vorausgegangenen Recherchen habe sie gewusst, wo das bewusste Fläschchen stand. Sie sei, während die Verkäuferin sich um die andere Kundin gekümmert habe, gezielt dorthin gegangen und habe das Fläschchen sofort gefunden, doch sei es beinahe leer und der allerletzte Rest am Boden sogar bereits dickflüssig gewesen, weswegen ein paar Nägel dunkler ausgefallen seien als die anderen. Dass die Finger aussähen wie die abgeschnittenen Daumen des Daumen-Lutscher-Bubs Konrad aus dem Struwwelpeter, davon dürfe er sich nicht ablenken lassen. Sie habe – gebückt hinter dem Regal und malend in Windeseile – keine Zeit gehabt, die Konturen der Nägel genau zu berücksichtigen. Ihre Frage ziele ausschließlich auf den Farbton.

»Kaufen Sie sich das Rot«, sagte er, »doch nun zurück zu meinen sprachphilosophischen Reflexionen …«

Sie sagte: »Nein, ich denke, ich lasse es lieber bleiben. Der Lack ist mir definitiv zu teuer.«

Immer weiterfahren damit, sich zu hinterlassen; festhalten, wie man es gesehen hat; über diesen seinen alltäglichen Alltag sprechen; die Straßenkreuzung erwähnen, die man vermeidet, seit einem dort jemand Bekanntes über den Weg gelaufen ist, den man grüßen musste, ohne dass man Lust hatte, ihn zu grüßen; die Tatsache festhalten, dass einem ganze Straßenabschnitte von heute auf morgen zuwider werden, nur weil man dort jemandem begegnet ist, den man kannte und also grüßen musste, weswegen man daraufhin seine gewohnte Route ändert und bis auf weiteres einen großen Umweg macht; die Art bemerkenswert finden, in der um uns herum gemordet wird, ohne Leidenschaft, mit stumpfen Gegenständen auf Hinterköpfe.

Aus einem die Geduld des heutigen Lesers sprengenden dicken alten Buch hat er nur magerste Erkenntnisse ziehen können. Am liebsten hätte er das Buch unausgelesen zur Seite gelegt mit den Worten: Mögest du deine Zeit gehabt haben, ruhe in Frieden. Aber Bücher erwachen, sobald sie geöffnet werden, zum Leben. Er bringt es nicht über sich, sie in erwecktem Zustand zurück in die

Bibliothek zu stellen und dort im Regal verenden zu lassen. Lebendig begraben zu werden hält er für eine der grausamsten Todesarten. Also las er auch dieses Buch zu Ende. Zum einen lernte er darin einen Jesuitenpater kennen, der aufs Pfiffigste zu beweisen vermochte, dass man als Untertan eines Königs, wenn dieser von Aufrührern verfolgt wird, auf die Frage »Versteckt sich der König, der Hund, hier oben auf dieser Eiche, unter der du sitzt?« ohne zu lügen mit einem klaren Nein antworten müsse, selbst wenn man wisse, dass der König sich tatsächlich auf der besagten Eiche versteckt halte und noch vor ein paar Minuten in seiner Kurzsichtigkeit sogar mit einem Taschentuch grasenden Kühen zugewinkt habe in der Meinung, es handle sich bei ihnen um Untertanen, denn als loyaler Untertan habe man selbstverständlich wahrzunehmen, dass der König, während er auf die Eiche kletterte, dies in der Überzeugung getan hatte, dabei von niemandem gesehen zu werden, folglich sei er für einen loyalen Untertan in diesem Moment unsichtbar gewesen, weswegen man, ohne eine Sünde zu begehen, in der darauffolgenden Situation schwören dürfe, ja sogar müsse, der König sitze nicht in der Baumkrone, da man ihn sonst mit Sicherheit hätte hinaufklettern sehen, sitze man selbst doch schon seit Stunden hier, am Fuße der fraglichen Eiche. Das hat dem Mann mit den zwei Augen gut gefallen. Außerdem erfuhr er aus dem Buch, dass einer der berühmtesten englischen Feldherren des siebzehnten Jahrhunderts, Lord Marlborough, sich im Krieg vom Feind in Millionenhöhe habe bestechen lassen, um diese oder jene Stadt nicht anzugreifen, ja dass er sogar seine eigenen Soldaten gegen Bestechungsgeld habe in Hinterhalte laufen und blutig draufgehen lassen. Immer wieder staunt er über die Tatsache, dass er es nicht über sich bringt, solche Geschichten für wahr zu halten.

»Man wächst heran, lernt Fenster putzen, kann es irgendwann und denkt, nun folge etwas Neues, doch man muss wieder Fenster putzen und wieder, der Körper wird steif, das Fensterputzen fällt schwerer, aber sie müssen weiter geputzt werden, die Fenster. Oder man glaubt, endlich die wahren Schuhe für sich gefunden zu haben und von der Qual des Schuhesuchens ein für alle Mal erlöst zu sein. Man stapft glücklich durch den Schnee und freut sich über die warmen, trockenen Füße, die nicht schmerzen. Doch der Körper verändert sich, die Füße verbiegen sich, die Schuhfirma geht bankrott, die Schuhe gehen kaputt, man muss neue für sich suchen, andere, muss sich erneut auf Schuhsuche begeben. Viele retten sich vor solch zermürbenden Erfahrungen, indem sie alles nur provisorisch regeln: Sie wischen beim Vorbeigehen mit einem Lappen rasch ein verschmutztes Fenster sauber, kaufen sich daraufhin die erstbesten Stiefel, eilen weiter, ohne sich die Zeit dafür zu nehmen, zu bemerken, dass der eine Stiefel drückt, sie erledigen mit links dies und mit rechts das, hüpfen von einem Thema zum nächsten und bleiben mit ihren Gedanken nirgends länger an etwas hängen als unbedingt nötig – doch man entrinnt ihm nicht, dem Leben, das aus einer grandiosen Aneinanderreihung von Wiederholungen besteht. Kaum hat man ein Buch gelesen, muss ein anderes gelesen werden, kaum hat man ein Kaninchen gegessen, muss man wieder eins essen, kaum hat man jemanden kennengelernt, muss man wieder jemanden kennenlernen, und die neuen Bekannten sind selbstverständlich nicht besser als die alten, eigentlich könnte man sich immer mit denselben auseinandersetzen, sein Leben lang: Nachdem man sie erst einmal in groben Zügen kennengelernt hat, könnte man sich auf Details konzentrieren, die man für gewöhnlich übersieht, einmal nur auf die Augenbrauen, einmal nur auf die Augen, denn *ewig kehrt er wieder, der Mensch, dess du müde bist, der kleine Mensch* … Das Tröstliche an Wiederholungen ist, dass man sie erst allmählich erkennt, erst, wenn man genauer hinschaut, erst, wenn's zu spät ist.«

»Ich fürchte, Sie neigen heute zum Theoretisieren und stehen in der Gefahr, sich in Ihren Überlegungen zu verlieren. Um Sie auf andere Gedanken zu bringen, wäre es vielleicht sinnvoll, ins Kino zu gehen?«

Er starrte sie mit zusammengekniffenen Augen an und presste die Lippen aufeinander. »Bitte sehr«, sagte er nach einer Weile, »dann schauen wir uns halt den neuesten Kracher an.« Ohne ein weiteres Wort erhob er sich, ging in den Flur, zog seine Schuhe an und sein Jackett und wartete. »Sie heißen übrigens Margot.« Das sagte er mit eisiger Schärfe, in der Hoffnung, sie damit für ihre Indolenz zu strafen. Sie zog ebenfalls ihre Schuhe an, die schwarzen Handschuhe und einen Mantel. Auf der Straße schlug sie vor, quer durchs Kaufhaus zu gehen, das heute bis Mitternacht offen habe. Es sei der kürzest mögliche Weg zum Kino. Er sagte, nein, außen rum sei es kürzer, weil das Kino links gegenüber vom Kaufhaus stehe. Sie beharrte darauf, innen durch sei es kürzer. Sie gehe den Weg fast jeden Tag, sie wisse, wovon sie spreche. Er ließ sich nicht davon abbringen, dass es an der linken Fassade entlang kürzer sei. Er sei jederzeit bereit, das auf dem Stadtplan geometrisch nachzuweisen. Eine glühende Rechthaberei stieg in ihm hoch, und ohne eine Antwort abzuwarten, sagte er: »Gehen Sie, wie Sie wollen; wir treffen uns vor der Kinokasse und werden sehen, wer schneller war. Ich werde mich absichtlich nicht beeilen, weil ich weiß, dass ich recht habe.« Er stapfte los, während es ihm von innen heraus immer wieder unwirsch den Kopf schüttelte über ihren Starrsinn. Als er vor der Kinokasse ankam, stand sie bereits da und lachte. Er verstand das nicht und verdächtigte sie, gerannt zu sein. Doch sie atmete nicht schneller, und ihr Gesicht war nicht erhitzt. Er bestand darauf, das Experiment auf dem Nachhauseweg zu wiederholen. Ohne sich konzentrieren zu können und eher lustlos verfolgte er die Abenteuer der Leinwandhelden. Am Ende des Films erhoben sie sich, verließen das Kino, trennten sich vor dem Ausgang und gingen jeder denselben Weg zurück, den sie auf dem Hinweg genommen hatten. An der Ecke des Kaufhauses blieb er jedoch stehen, wartete einen Moment, rannte dann zu dessen Eingang zurück und folgte ihr mit einem kleinen Abstand, von Warenregalen verborgen, um zu prüfen, ob sie extra schnell gehe. Das tat sie nicht. Und doch blieb er der Überzeugung, recht gehabt zu haben mit seiner Behauptung, der Weg außen rum sei kürzer.

Künstler wurden in Harenberg allgemein hoch geschätzt. Man hielt sie für kurzweilig, zeigte sich gern mit ihnen in der Öffentlichkeit und lud sie, wenn man ihnen zufällig beim Einkaufen begegnete, auf ein Glas Bier ein. Zum Beispiel gab es einen wegen seiner dunklen Locken südländisch anmutenden Clown, der sowohl pantomimische wie auch akrobatische Talente in sich vereinte. Außerdem spielte er drei Instrumente und konnte harmonische Lieder zur eigenen Begleitung singen. Die Tochter eines Bauunternehmers verliebte sich in ihn. Die beiden heirateten und kriegten kurz hintereinander zwei Kinder, die zu wunderschön anzuschauenden sogenannten Wildfängen heranwuchsen.

Sein einnehmendes Wesen half dem Clown, wirtschaftlich zu überleben. In einer anthroposophischen Schule des Villenvororts gab er Kindern einmal in der Woche Gleichgewichtsunterricht, und im Lehrerseminar ließ man ihn Jahr für Jahr die Diplomfeier ausrichten. Bei Firmenjubiläen trat er zwischen Hauptgang und Nachspeise mit lustigen Nummern auf. Sein Künstlername war Plop. Ein Stadtteilfest ohne Plop war unvorstellbar. Seine Spezialität war das schlaffe Seil, auf dem balancierend er kurze Geschichten vom beliebtesten Harenberger Kinderbuchautor vortrug. Eine ganze Generation war bereits mit diesen vom schlaffen Seil herunter erzählten Geschichten groß geworden. Jeder kannte Plop in der Stadt und duzte ihn. Er trug als Privatmann bunte Kleider, sah verwegen aus wie ein Pirat und war eine Institution. Zahnärzte, Lehrer, Anwälte, Reformhausverkäuferinnen – alle der Kunst gegenüber aufgeschlossenen Bürger schätzten ihn und schickten ihre Kinder gern in seine Pantomimen- und Akrobatikkurse.

Zum tausendjährigen Bestehen der Stadt sollte ein großes Fest veranstaltet werden. Plop wurde selbstverständlich in die Planung mit einbezogen. Er kündigte an, den Rathausplatz auf dem straffen Seil überqueren zu wollen. Das straffe Seil sei weniger gefährlich als das schlaffe. Er werde es ohne Netz riskieren. Das fand man allgemein unpassend. Die Stimmung kippte. Man warf Plop vor, verantwortungslos, anmaßend und eitel zu sein. Ein Seiltänzer, Vater von zwei Kindern, der ohne Netz arbeiten wolle! Die Richterin, die den Vorsitz des Festkomitees führte, sagte ihm ins Gesicht, sie finde den Vorschlag geschmacklos. Sie werde diese Überquerung des Platzes auf dem straffen Seil nicht zulassen. Plop erblasste. Er verstand nicht, womit er ihren Zorn auf sich gezogen hatte. Er versuchte zu erklären, dass das Besondere am Seiltanzen doch gerade die damit verbundene Gefahr des Herunterfallens sei. Das Gehen übers straffe

Seil an sich sei eine eher harmlose Übung. Wenn nicht heftige Windböen aufträten oder das Seil in Schwingungen gerate – was nur bei sehr, sehr langen Distanzen passieren könne –, sei das Risiko, abzustürzen, ähnlich klein wie das, auf der Straße von einem Auto überfahren zu werden. Außerdem werfe man im Fall eines Stolperns die Äquilibrierstange einfach weit von sich und lasse sich aufs Seil hinunterplumpsen, an dem man sich – selbst als Anfänger – leicht festhalten könne. Das geschehe im Reflex. Das Schreiten über ein Seil übe auf Zuschauer nur dann eine gewisse Magie aus, wenn es ungesichert stattfinde. Er beabsichtige schließlich nicht, irgendwelche gefährlichen Kunststücke zu machen dort oben. Weder werde er sich hinlegen noch einen Salto springen. Wenn er sich bei dieser Überquerung absichern würde, wäre das wie ein Boxer, der mit Kopfschutz in den Ring trete, oder wie ein Schauspieler mit Textbuch. Jede Kunst brauche einen Funken Verwegenheit. Die Möglichkeit des Scheiterns müsse in ihr immer mitenthalten sein, sonst sei es keine Kunst. Nur wer Großes wage, könne jemals groß werden. Er sei nun schon bald fünfzig Jahre alt und noch nie bis an seine Grenzen, geschweige denn über diese hinausgegangen. Wenigstens einmal, zum tausendjährigen Geburtstag der Stadt, möchte er seine Mitbürger zum Staunen bringen, nicht immer nur zum gönnerhaften Schulterklopfen. Er wünsche sich, dass seine Kinder später einmal mit Stolz an ihn zurückdenken könnten. Führe Harenberg nicht den Ehrentitel Kiew des Westens, also indirekt Jerusalem des Abendlandes? Wolle man diesen von den Vätern ererbten Titel nicht endlich wieder einmal erwerben, um ihn zu besitzen und an die nächste Generation weitergeben zu können, um mit dem großen Dichter Goethe zu sprechen? Wenn er sich anseile oder ein

Auffangnetz unter sich dulde, dann sei das eine Bankrotterklärung der Idee des Seiltanzes gegenüber. Seiltanz mit Netz oder Fangleine, das sei Betrug, das sei Sklaverei, das sei der Tod. Da könne er sich ja gleich ganz aufgeben und als Prokurist bei der Stadtsparkasse anfangen.

Mit schneidend scharfer Stimme wies die Richterin ihn zurecht: »Plop, schlag dir deine Flausen aus dem Kopf. Wir haben nichts dagegen, wenn du im Sommer da und dort in den Quartieren aufs schlaffe Seil steigst und Geschichten unseres beliebten Stadtschreibers vorträgst. Da schwankst du einen Meter über dem Boden, und wenn du runterfällst, dann verstauchst du dir höchstens den Knöchel. Ich halte es auch durchaus für nützlich, dass du mit unseren Kleinen Gleichgewichtsübungen machst und deren Empfinden für ihren eigenen Körper schärfst. Das hilft ihnen, sich später im Leben harmonischer zu bewegen. Doch ein ungesicherter Tanz über den Rathausplatz ist ein Schlag ins Gesicht jeglicher Vernunft. Du hast zwei Kinder und eine Frau. Sollen wir die etwa durchfüttern, wenn du abstürzt? Deine Idee ist auf unangenehme Weise eigensüchtig und selbstverliebt. Du willst mit diesem eitlen Unsinn unserer Jugend bloß den Kopf verdrehen. Entweder findet die Überquerung des Rathausplatzes mit Netz oder Fangseil statt, sodass von vornherein ausgeschlossen ist, dass irgendein Unfall passieren kann, oder sie findet nicht statt.«

Plop hatte ein Einsehen und balancierte angeleint über den Rathausplatz. Er schätzte die Vorzüge, die ein Leben als Harenberger Clown und Seiltänzer mit sich brachte, schließlich dann doch mehr als die einmalige Befriedigung seiner kleinen, raschen Raserei. Immerhin erweckte er ja beinahe den Anschein, er sei ein verwegener Seiltänzer, wie er da zum tausendjährigen Geburtstag der Stadt den Rathausplatz in luftiger Höhe, an kaum sichtbaren Karabinerhaken hängend, überquerte.

Der Mann mit den zwei Augen stand neben einer Wurstbratbude und schaute traurig zu ihm hinauf. Es gelang ihm nicht, sich auf die von Plop vorgetäuschte Gratwanderung zwischen Leben und Tod zu konzentrieren. Ihm fiel dauernd die Frau ein, wie sie mit angewinkeltem Bein in ihrem Bett gelegen und groß und fragend zu ihm aufgeschaut hatte, so als traute sie ihm zu, das Problem mit dem Knie lösen zu können. Dabei hatte sie doch längst die Erfahrung gemacht, dass er nichts so sehr hasste wie jene Momente, in denen irgendetwas im Alltag, zum Beispiel ihr Körper, nicht so funktionierte, wie es sollte.

In der Wohnung war es immer kühl und sauber gewesen. Es gab fließendes Wasser. Er konnte sich die Hände waschen, wann immer er Lust dazu hatte – eine Liebhaberei von ihm. Er hoffte, dass das möglichst lange so bleiben würde. Er brauchte mit niemandem zu sprechen und konnte zum schmutzigen Fenster hinausschauen, solange er wollte. Dann und wann stellte sich die Frau neben ihn und schaute ebenfalls zum schmutzigen Fenster hinaus. Unvermittelt erzählte sie ihm dann bisweilen eine Geschichte aus ihrem Leben, irgendeine warme, weiche Kleinigkeit, einfach so. Das mochte er. Im Zusammenhang mit Plop erinnerte er sich beispielsweise an einen Hund, mit dem sie laut eigener Aussage aufgewachsen war, ein ziemlich großes, schwerfälliges Tier, von dem sie erzählte, es habe sich vom ersten Tag an bei ihnen zu Hause in den Kopf gesetzt, nachts vor der Toilettentür zu schlafen, sodass jeder, der im Dunkeln auf die Toilette wollte, während der ersten Wochen auf den Hund trat, was diesen jedoch nicht daran hinderte, weiter dort schlafen zu wollen. Mit der Zeit habe sich die ganze Familie an den Hund gewöhnt. Er habe Flopp geheißen. Alle hätten nachts, wenn sie auf die Toilette mussten, schlaftrunken blind einen großen Schritt über den da liegenden Flopp gemacht. Nach fünfzehn Jahren sei Flopp gestorben, und später – sagte sie, während sie gemeinsam zum schmutzigen Fenster hinausschauten –, viele Jahre nach dessen Tod, habe sie, wenn sie nach Hause gefahren sei, um ihre greisen Eltern zu besuchen, immer noch den großen Schritt im Dunkeln gemacht. Ob das nicht seltsam sei? Irgendwann sterbe man und habe lauter überflüssige Schritte dieser Art angehäuft in seinem Leben, Schritte, die außer einem selbst längst niemand mehr habe verstehen können.

Wie ihm solche Geschichten gefielen. Wie gut gelaunt er wurde bei der Vorstellung, wie wir alle dauernd solch unsinnige Schritte im Dunkeln machen. Und wie es ihn würgte beim Gedanken daran, dass er nun niemals mehr würde hören können, wie sie nachts verschlafen zur Toilette tappen und dort vor der Tür einen unerklärbar großen Schritt in der Finsternis machen würde.

Ein Junge, mit dem zusammen er das Gymnasium besucht hatte, war später Arzt geworden. Nachdem im Philosophieunterricht der Fall Sokrates behandelt worden war, hatten sie mehrere Abende lang miteinander über den Schierlingsbecher gesprochen. Sie kamen sich dabei näher und blieben auch nach dem Abitur miteinander in Kontakt. Zum vierzigsten Geburtstag hatte der Arzt ihm zwanzig Fläschchen mit je zehn Millilitern Morphin geschenkt, zusammen mit einem silbernen Becher, in den *Bibi* eingraviert war – das sei, wie er erzählte, der Becher, den er zu seiner Taufe bekommen habe. Er sei im Begriff, mit seiner Frau und ihrem gemeinsamen

Säugling die Zelte abzubrechen und nach Bordeaux auszuwandern. Zum Gedenken an ihre nächtlichen Gespräche über Sokrates und als Zeichen seiner Freundschaft möchte er dem Mann mit den zwei Augen seinen Taufbecher zusammen mit dem Morphin schenken. Vielleicht wolle er sich eines Tages ja umbringen, wie das jeder vernünftige Mensch früher oder später für sich in Erwägung ziehe. Dann solle er zu diesem Becher und den Morphinfläschchen greifen wie Sokrates zu seinem Schierlingsbecher. Denn es sei doch so: Wenn man aus Versehen irgendwann einmal plötzlich etwas genauer hinschaue und dann den Mut aufbringe, unter die oberflächlichste Lebenskruste zu blicken, trete einem doch eine Trauer des Daseins entgegen, die nichts weniger sei als unüberwindlich, nicht in Worte zu fassen, unstillbar – ob es ihm nicht auch manchmal so ergehe?

Der Mann mit den zwei Augen war gerührt von diesem großen Vertrauensbeweis. Er ahnte, wie schwierig es selbst für einen Arzt war, Morphin, noch dazu in dieser Menge, beiseitezuschaffen und weiterzugeben. Er zeigte den Becher und die Fläschchen, nachdem sein Jugendfreund fort war, stolz der Frau, die mit ihm zusammen in derselben Wohnung lebte, und machte mit ihr aus, die Flüssigkeit unter gewissen Voraussetzungen gemeinsam zu schlucken.

Doch dann hatte sie die Fläschchen offenbar ohne sein Wissen aus seinem Schreibtisch und mit zur Kur genommen, auf die sie gefahren war, und dort auf dem Liegestuhl leer getrunken, nachdem sie von ihm tagelang keinen Brief erhalten hatte und keinen Anruf und nichts. Wahrscheinlich war sie in Panik geraten und hatte geglaubt, er habe, ohne sie zu benachrichtigen, während ihrer Abwesenheit seinem Leben ein Ende gesetzt. Dabei war ihm bloß nichts eingefallen, das er ihr hätte mitteilen können. Er kam sich in letzter Zeit zwar in der Tat gähnend leer vor, müde, alt, körperlich hinfällig, ja, er sagte sich, dass nun allmählich wirklich etwas viel Haltung und Charakter dazu nötig sei, um dem allem noch entgegenzusehen und es weiter zu ertragen. Aber mit diesen Überlegungen hatte er sie nie behelligt, um sie nicht unnötig zu beunruhigen. Erst als die Katze starb, konnte er sich dazu aufraffen, sie anzurufen. So ein Katzentod war doch immerhin der Rede wert, dachte er. Doch da war es offensichtlich schon zu spät gewesen.

Sie hatte übrigens immer Angst davor gehabt, es könne mit ihr zu Ende gehen, bevor sie sich gemeinsam dazu entschließen würden, den Bibibecher zu leeren. Für diesen Fall hatte sie ihn mehrmals beschworen, er möge sich ihrer dann unbedingt rechtzeitig entledigen. Am besten soll er ihre Leiche, wenn er noch bei Kräften sei, auf die Straße runtertragen und möglichst weit entfernt von der Wohnung unter einem Strauch deponieren. Eine Leiche im Haus bedeute immer nur Scherereien und verursache Kosten. Am liebsten würde sie sowieso sterben, wo niemand sie kenne, irgendwo unter fremden Menschen. Falls dann doch jemand dahinterkomme, die unbekannte Tote mit ihm in Verbindung zu bringen, solle er alles abstreiten. Und sollte jemand auftauchen und behaupten, sie habe mit ihm zusammen in derselben Wohnung gelebt, soll er das nur in äußerster Not zugeben. Trotzdem brauche er sie deswegen ja noch lange nicht gekannt zu haben. Er wisse schließlich nicht einmal ihren Namen. Dann und wann habe er sie *Oase* genannt. Das könne er zugeben. Auf diesen Namen habe sie manchmal reagiert, manchmal nicht, eher wie eine Katze als wie ein Mensch. Mal sei sie gekommen, wenn er *Oase* gerufen habe, mal nicht. Und eine Katze, die man *Mieze* nenne oder *Zaza*, komme ja auch manchmal neugierig näher, wenn man diesen Namen ausspreche, wegen der Zischlaute, und sie heiße deswegen trotzdem noch lange nicht Mieze oder Zaza und man kenne sie nicht und sei nicht haftbar zu machen für ihre Taten. Er soll darauf bestehen, mit ihr nichts zu schaffen gehabt zu haben. Irgendwann würden die zuständigen Behörden ein Einsehen haben und ihre Leiche stillschweigend entsorgen. So wolle sie es haben. Niemandem, der in irgendeinem Verhältnis zu ihr stehe, dürften ihretwegen jemals Umstände entstehen.

So stand er nun da, starrte hoch zu Plop und hörte nur immer in sich drin, wie die Frau ihn rief. Er versuchte herauszufinden, was ihn eigentlich mit ihr verbunden hatte. Am Morgen hatte er sie immer schnaufen gehört, er hatte ihren hungrigen Bauch gehört, das Knarren des Bettes, den schlurfenden Gang ins Bad, er hatte das Fließen des Wassers gehört, ihr Kauen, ihr Schlucken am Tisch, er hatte das Rascheln der Zeitung gehört, wenn sie umblätterte, er hatte …

Einmal wurde er Zeuge davon, wie sie aufwachte und die Augen öffnete. Ein Eskimo tut es wahrscheinlich auf die gleiche Weise, ein Australier auch. Es hatte ihm gefallen, ihr dabei zuzuschauen, und ihr hatte es nichts ausgemacht, dabei beobachtet worden zu sein. Normalerweise schätzt man es nicht, beim Schlafen ertappt zu werden. Man glaubt, dann schutzlos, nackt und also verachtenswert auszusehen. Meistens wendet man sich deswegen beschämt ab, wenn man jemanden erblickt, der schläft. Man will ihn nicht in Verlegenheit bringen. Man lässt ihn in Ruhe und verzieht sich. Oder man weckt ihn. Ganz selten nur traut man sich, ungeniert hinzuschauen und zu warten. Und dann passiert es: Diejenigen, denen man zuschaut, wachsen einem ans Herz. Es gibt nichts Schöneres als Schlafende. Selbst die Hässlichsten werden im Schlaf schön. Wie offen, ausgeliefert und schwach sie dann sind. Man möchte sich neben sie legen und von ihrer Reinheit tanken. Man träumt von einer Transfusion, wie sie 1818 zum ersten Mal erfolgreich durchgeführt worden sei von einem gewissen Doktor James Blundell im Guy's Hospital in London. Glücklicherweise waren damals ein paar interessierte Studenten anwesend, von denen einer, Charles Waller, das Geschehen protokollierte:

»Das Antlitz der Patientin war völlig bleich, auf ihren Wangen oder Lippen fand sich nicht die mindeste Spur von Rot, die Gliedmaßen waren kalt, der Atem ging sehr mühsam, der Puls war außerordentlich schwach, die ganze Körperoberfläche war kühl, die Haut fühlte sich weich und spannungslos an, und ihr ganzes Erscheinungsbild war das einer Frau, die an Erschöpfung zugrunde geht. Unverzüglich benachrichtigte ich ihren Ehemann und Blundell. Zu dem Zeitpunkt, als dieser mit seiner *Graviator*-Transfusionsvorrichtung eintraf, war der kleine Raum schon völlig überfüllt. Ich erhielt die Anweisung, den Ehemann, einen kräftigen Kohlenträger, für die Veneneröffnung vorzubereiten, während Blundell sich um die Patientin kümmerte und seine Ausrüstung aufbaute. Der Apparat selbst war ein wahres Wunderwerk: Er bestand aus einem Behälter, der das Blut des Ehemanns aufnehmen sollte. Dieser Behälter war auf einer langen Messingröhre beziehungsweise einem Messingstab angebracht, durch den das Blut infolge der Schwerkraft in eine einen Fuß tiefer befindliche Kanüle fließen sollte. Diese Kanüle war mit einem Band am Arm der Frau befestigt, während ein an einem Stuhl in der Nähe angebrachter Schraubstock dem ganzen System die nötige Stabilität verlieh. Blundell erklärte, dass er seinen

Graviator so gestaltet habe, dass das Blut seine lebenswichtigen Kräfte behielt, während es durch das Metall (auf einem unnatürlichen, aber notwendigen Weg) von einer Vene in die andere floss. Tierexperimente, so versicherte er uns Studenten, hätten ihn seit langem davon überzeugt, dass die künstlichen Materialien das Fließverhalten und die Qualität des Blutes nicht beeinträchtigen würden. Nachdem Ausrüstung, Spender und Patientin vorbereitet waren, fuhren wir mit der Operation fort. Zwei Unzen jener Flüssigkeit wurden dem Arm des Ehemanns der Patientin entnommen und auf sie übertragen. Das Ergebnis war überraschend, die Patientin schlug sofort die Augen auf, ihr Puls war wieder zu spüren, die Gliedmaßen erwärmten sich leicht, und ihr Antlitz entspannte sich. Dann gaben wir einige Stimulanzien. Als sie später wieder schwächer wurde, wiederholten wir die Prozedur und gaben ihr zweieinhalb weitere Unzen Blut vom Arm des Ehemannes. Wiederum war das Resultat verblüffend: Das Leben schien, wie durch einen elektrischen Funken animiert, sofort zurückzukehren.«

Dieses Protokoll hatte der Mann mit den zwei Augen während einer nachmittäglichen Kaffeepause in der Wochenzeitung gelesen. Ein Auszug aus Harry Graf Kesslers Tagebuch war angehängt, dem zu entnehmen war, dass die Pfadfinder in England unter der Leitung des Roten Kreuzes später eine Organisation gegründet hatten, die jederzeit, Tag und Nacht, junge Freiwillige zur sofortigen Bluthergabe bereithielt. Für Harry Graf Kessler wurden, als er in London schwerkrank daniederlag, mehrere dieser Knaben herbeigeschafft, wobei eine der Transfusionen unglücklich verlief und ihn beinahe umbrachte.

Als der Mann mit den zwei Augen die schlafende Frau vor sich sah, kam ihm dieser Bericht in den Sinn, und er stellte sich vor, wie schön es wäre, an sie angeschlossen zu werden und von ihrem Frieden zu tanken. Die Vorstellung wärmte und umfing ihn wie der Arm eines kleinen Knaben, der das Bein seines Vaters umklammert.

Am selben Abend, an dessen Morgen er der Frau beim Aufwachen zusah, wollten Gäste zum Essen kommen. Die Frau, die noch schlief, hatte vor, Hühnerschenkel kaufen zu gehen und sie in den Backofen zu schieben. Der Mann mit den zwei Augen mochte Hühnerschenkel aus dem Backofen. Dazu sollte es Rotwein geben, und zwar die Flaschen, die er mitgebracht bekommen hatte von jenem Klassenkameraden, der später Arzt geworden war und ihm zum vierzigsten Geburtstag den Silberbecher mit dem eingravierten *Bibi* und das Morphin geschenkt hatte.

Inzwischen praktizierte der tatsächlich in Bordeaux. Vor einigen Monaten war er zu Besuch gekommen, begleitet von zwei Kindern, die still und elfenhaft nebeneinander auf der Bank vor dem Esstisch saßen und warteten, bis den Erwachsenen nichts mehr zu sagen einfiel. Der Arzt musterte die beiden Gastgeber freundschaftlich und sagte dann, sie sollten immer kräftig Rotwein trinken, das sei gesund.

Der Mann mit den zwei Augen mochte zu Hause aber keinen Rotwein trinken. Er kam sich jedes Mal vor, als spielte er ohne jede Begabung einen Genießer, wenn er der Frau am Tisch gegenübersaß mit einer Flasche Rotwein zwischen ihnen. Nur im Restaurant gefiel ihm so eine Flasche zwischen ihnen.

Der Arzt erzählte an jenem Abend, in seiner Praxis lasse er prinzipiell niemanden sterben. Sobald ein Patient Anstalten mache, sein Leben auszuhauchen, komplimentiere er ihn hinaus auf die Straße. Er habe ein Gespür für das Nahen des Todes. Nur ein einziges Mal habe dieser ihn überlisten und ihm einen Patienten direkt in seinem Sprechzimmer abjagen können, ihn quasi seinen Händen entrissen. Dieser Exitus verunziere seither seine Behandlungsstatistik wie eine hässliche Warze. Wobei man als Arzt natürlich auch seine Toten vorweisen können müsse, sonst werde man nicht für voll genommen. Insofern könne man den Toten gewissermaßen auch als eine Art Schmiss bezeichnen, der ihn ziere. Sonst sei es ihm jedenfalls immer geglückt, die Sterbenden rechtzeitig aus seiner Verantwortung zu entlassen. Bei ihm werde nicht gestorben.

Die Kinder saßen hell und zart auf der Bank und schauten ihren Vater liebevoll und bewundernd an. Das Mädchen sagte, mon père est professeur en médecin. Er strich ihr zärtlich übers blonde Haar und fragte, ob sie sich hinlegen und schlafen möchte. Sie war fünf Jahre alt, ihr Bruder sieben. Das Mädchen sagte non. Der Vater hakte nach: Même pas un petit dodo? Das Mädchen sagte wieder non. Der Vater zirpte daraufhin oui oui oui, das Mädchen schrie non non non. So ging es eine Weile hin und her. Der Arzt wurde dem Mann mit den zwei Augen mit jedem *oui* fremder. Er starrte ihn mit offenem Mund an. Die Frau, die im Moment noch vor ihm lag und schlief, ging während dieses Hin und Hers in die Küche und holte einen Pudding, der ihn von der Szene zwischen Vater und Tochter ablenkte, weil er Pudding mochte und sich darauf freute, ihn zu essen. Doch er bekam davon nur eine winzige Portion. Das Meiste verteilte die Frau an die Kinder und an den Arzt, der nur einen Löffel davon aß. Der Mann mit den zwei Augen musste den Rest des Abends immer wieder gierig zur stehengebliebenen Puddingportion auf dessen Teller schauen und konnte sich kaum noch auf das Gespräch konzentrieren.

Am Abend würden sie also wieder einmal Gäste haben. Wie ihn die Vorstellung beelendete. Wenn er schon nur daran dachte, schmeckte er Schimmel im Mund. Wer hatte überhaupt diese Art von Geselligkeit erfunden, dieses Nebeneinandersitzen von Männern und Frauen, die gemeinsam essen und dann auch noch reden müssen – das war doch furchtbar?

Auch die Gäste, die sich angekündigt hatten, würden bestimmt lieber zu Hause bleiben, denn auch sie konnte das sinnlose Gerede nur anstrengen, das auf sie alle zukommen würde. Es handelte sich um ein Ehepaar, dessen Kinder längst erwachsen und aus dem Haus waren. Der Mann mit den zwei Augen hatte vergessen, woher er die beiden kannte und weshalb sie zu Besuch kamen. Vielleicht kannte er sie auch gar nicht, sondern es waren Bekannte der Frau, die vor ihm im Bett lag und noch schlief. Anzunehmen war, dass sie etwas mitbringen würden, die Gäste, eine Flasche Rotwein zum Beispiel. Dann würde gemeinsam getrunken werden und geplaudert über dies und das. (Er bläute sich ein, nicht vergessen zu dürfen, nach ihren Kindern zu fragen.) Und Hühnerschenkel würden gegessen werden. Auf die freute er sich.

Nach dem Frühstück fuhr er ins Gericht und danach ins Büro. Pappelblüten flogen durch die Luft. Er hielt das jedes Jahr für einen Grund zum Feiern, ähnlich wie das Aufplatzen der Kirschblüten in Japan, von dem er gelesen hatte. Er wusste nicht, wie Pappeln aussahen. Er wusste auch nicht, wo sie standen. Doch im Stadtpark ereignete sich jedes Jahr im Frühling das Wunder: Von einem Tag zum nächsten flogen plötzlich weiße Wattebäusche durch die Luft, und an den Rändern der Wege und Straßen häufte sich zentimeterhoch der Flaum. Es sah aus wie Schneeverwehungen. Dann dachte der Mann mit den zwei Augen jeweils, aha, die Pappelblüte. Das Wort hatte er im Lokalteil der Zeitung aufgegabelt und wiederholte es seither Jahr für Jahr, ohne eine Ahnung zu haben davon, wie er sich das vorzustellen hatte mit diesen Blüten. Vielleicht waren es eher Samen oder Sporen? Wuchs die Watte als Pelz auf den Blättern, wie die Härchen auf denjenigen der Platanen? Wurde dieser Pelz, wenn die Sonne genug wärmte, abgeworfen? Oder platzten dann irgendwelche Knospen auf, und die weiße Watte quoll daraus hervor wie Popkorn und wurde vom Wind weggetragen? Der Mann mit den zwei Augen hatte noch nie bewusst eine blühende Pappel gesehen, war jedoch felsenfest davon überzeugt, dass es sich beim weißen Frühlingsschnee um Pappelblüten handelte.

Als sie abends vor den Hühnerschenkeln saßen, war bereits alles gesagt, was es zu sagen gab. Man hörte nur noch die Geräusche, die das Besteck auf dem Geschirr machte. Der Mann mit den zwei Augen suchte nach einem Thema, über das man hätte reden können. Nichts fiel ihm ein. Der Schweiß rann über seinen Rücken. Die Frau, die die Hühnerschenkel zubereitet hatte, kaute gedankenverloren auf dem Fleisch herum und überlegte, ob es ihr schmecke. Die beiden Gäste beteuerten wiederholt, es würde ihnen sehr, sehr gut munden. Das Wort *munden* hallte fremd im Raum wider. Es wirkte, als machten sie sich damit über die Hühnerschenkel lustig. Beim Anstoßen mit den Weingläsern zwinkerten sie einander außerdem verschwörerisch zu, so als wollten sie sich gegenseitig versichern, wie spießig sie die Sitte des Sich-Zuprostens empfanden und dass sie ihre Gläser selbstverständlich nur den Gastgebern zuliebe heben würden.

Der Mann mit den zwei Augen überlegte fieberhaft, womit er die Tischrunde unterhalten könnte. Dabei trat ihm seine eigene Existenz in ihrer ganzen Erbärmlichkeit vor Augen. Was sollte er davon berichten? Morgens stand er auf, immer exakt zur selben Zeit, trank einen Kaffee mit heißer Milch, fuhr zweimal pro Woche ins Gericht, die restlichen Tage ins Büro, saß dort an seinem Tisch, erhob sich jeden Tag exakt zur selben Zeit, verließ das ehemalige Krankenhaus und trank in der Betriebskantine des benachbarten Chemiewerks einen zweiten Kaffee mit Milch. Dann ging er zurück ins Büro, beendete sein Tageswerk, schloss seine Box ab und kehrte nach Hause zurück, wo er zusammen mit der Frau, die da lebte, jeden Abend exakt zur selben Zeit etwas Warmes zu sich nahm. Einmal in der Woche badete er, so wie er schon als Kind einmal in der Woche gebadet wurde.

Da alle weiterhin hartnäckig schwiegen, gab er sich einen Ruck und sagte ohne jeden Zusammenhang: »Heute Mittag trank ich meinen Kaffee nicht in der Kantine des benachbarten Chemiewerks, wo ich ihn sonst immer trinke, sondern in einer türkischen Bäckerei. Dort setzte ich mich an den Tisch neben der Schaufensterscheibe, die vom Boden bis zur Decke reichte, und schaute auf die Straße. Aus einem winzigen Lautsprecher in der Ecke hinter der Kasse war leise die Stimme eines arabischen Schlagersängers zu hören. Pappelblüten wehten draußen von rechts nach links. Kennt ihr Pappelblüten? Ich finde es jedes Jahr faszinierend, wenn die durch die Luft fliegen, ein Anlass zum Feiern, im Grunde genommen, ähnlich wie das Aufplatzen der Kirschblüten in Japan. Das werde dort groß gefeiert, habe ich gelesen. Ich schaute dem Treiben vor dem Fenster zu. Mal fuhr eine Frau auf dem Rad von links nach rechts durch das weiße Gestöber, mal schob ein Briefträger seinen Postwagen hindurch. An der Wand neben meinem Kopf hing ein Spiegel. Darin sah ich aus den Augenwinkeln die türkische Verkäuferin, die hinterm Tresen stand und mich eigenartig fixierte, fast belauerte, als hätte sie Angst, ich würde mich in einem unbeobachteten Moment aus dem Staub machen wollen, ohne zu bezahlen, oder als würde sie mich verdächtigen, sie mit Worten beleidigen oder verhöhnen zu wollen, wogegen sie gewappnet sein müsse, oder als könnte ich in einem unbeobachteten Moment eine Bombe unterm Tisch platzieren oder Gift deponieren oder so etwas, um sie später erpressen zu können. Sehr eigenartig. Ich trank den heißen Cappuccino in kleinen Schlucken, und plötzlich tauchte in meinem Kopf ein Satz auf, als hätte der arabische Schlagersänger aus dem winzigen Lautsprecher ihn mir eingeträufelt, dabei verstehe ich doch kein Wort Arabisch. Der Satz lautete: Es kann spät sein, oder früh, in deinem Leben. Und ohne dass ich verstand, woher sie kam, sah ich im Spiegel sehr schnell eine Träne über meine rechte Wange nach unten kullern und dann am Kinn hängen bleiben. Ich wischte sie kopfschüttelnd weg, wie eine Fliege, stand auf und zahlte.«

Die Frau, welche die Hühnerschenkel zubereitet hatte, starrte den Mann mit den zwei Augen verblüfft an. Dann sagte sie nachdenklich: »Wie tief die Welt ist. Ich glaube, es ist besser, man spricht nicht allzu viel darüber.«

»Na ja, es wird wohl eine Pappelblüte gewesen sein, die mir ins Auge geflogen war«, antwortete er und schaute die abgenagten Knochen vor sich auf dem Teller an.

Die beiden Gäste wischten sich mit den Papierservietten den Mund sauber und sagten: »Das hat wirklich sehr, sehr gut gemundet. – Oh, schon so spät?! Verzeihen Sie den überstürzten Aufbruch, aber wir müssen dringend nach Hause. Vielen, vielen Dank für den schönen Abend. Was für Hühnerschenkel!«

Man verabschiedete sich unter der Tür, doch dann überlegte er es sich anders und begleitete sie noch die Treppe hinunter, um beim Straßenhändler die Nachtausgabe der Zeitung des folgenden Tages kaufen zu gehen.

Hier zwängt sich Zorro zwischen die Zeilen, ein kleiner erdfarbener Hund ohne Stimme, der der festen Überzeugung ist, mindestens ebenso viel Anspruch darauf zu haben, in diesem Buch Erwähnung zu finden, wie Flopp, Morito oder die Katze, die in den vorangegangenen Seiten aufgetaucht sind.

Der Mann mit den zwei Augen holte jeden Abend die Zeitung vom folgenden Tag, damit die Frau und er sie beim Frühstück bereits auf dem Tisch vorfanden und gleich aufschlagen konnten. Wenn er zur Straßenkreuzung ging, an welcher der Händler mit den Zeitungen stand, in der Regel um zwanzig Uhr dreißig, wurde jeweils auch Zorro ausgeführt. Er trottete stumm dahin und zeigte keinerlei Interesse an den Dingen, die ihm begegneten. Trotzdem schien er alles andere als apathisch zu sein. Er wirkte eher so, als ruhe er in sich selbst und lasse den lieben Gott einen guten Mann sein, wie man so sagt. Der Mann mit den zwei Augen hatte sich immer wieder vorgenommen, Zorros Besitzer einmal danach zu fragen, ob sein Hund eigentlich klinisch stumm sei oder ob er bloß keine Lust habe, Laute von sich zu geben – doch kam es nie zu einem solchen Gespräch.

Um sich eine Vorstellung machen zu können von der Größe und der Konstitution des Hundes, sei erwähnt, wie er eines Tages vom Bürgersteig auf die Straße springen wollte, an einer Stelle, wo der Bordstein etwa fünfzehn Zentimeter hoch war. Dabei hatte er sich einen Kreuzbandriss zugezogen und musste operiert werden. (Ob er dabei wohl gewinselt hat? Unbedingt nachfragen.)

Der Besitzer von Zorro lebte, solange der Mann mit den zwei Augen sich erinnern konnte, im gegenüberliegenden Haus und war gleichbleibend höflich und zurückhaltend. Von einem Tag auf den anderen veränderte er sich jedoch zum Schlechten und schubste die Frau, die eines Morgens mit angewinkeltem Bein im Bett festgesteckt hatte, ohne jede Vorwarnung von ihrem Fahrrad, bloß weil sie vergessen hatte, auf dem Bürgersteig abzusteigen. Die Frau sah danach zerschrammt aus und war wütend. Doch brachte sie es nicht über sich, dem fremden Mann deswegen ernsthaft zu zürnen, weil der sich sonst nie etwas hatte zuschulden kommen lassen und immer mindestens ebenso ausgeglichen, still und sanft war wie sein Hund.

Später stellte sich heraus, dass im Hirn des Zorrobesitzers ein Tumor wuchs, der das eigenartige Verhalten rückwirkend möglicherweise erklären konnte. Ein paar Wochen nachdem er die Frau vom Fahrrad gestoßen hatte, torkelte er abends um halb neun manchmal neben Zorro her wie ein Betrunkener, ohne einen Tropfen Alkohol angerührt zu haben. Das beunruhigte ihn, und er suchte deswegen einen Arzt auf. Dieser entdeckte den Tumor in seinem Hirn und machte ihm das Angebot, dagegen mit allen ihm zur Verfügung stehenden Mitteln anzukämpfen. Zorros Besitzer nahm die Offerte an.

Am Abend eröffnete der Arzt seiner Gattin zu Hause: »Du brauchst dir keine wirtschaftlichen Sorgen mehr zu machen für die nahe Zukunft. Ich habe heute bei einem meiner Patienten einen Hirntumor entdeckt. Der Patient hat mir die Erlaubnis erteilt, dagegen mit allen mir zur Verfügung stehenden Mitteln vorzugehen. Ich hoffe, du weißt, was das finanziell für uns bedeutet? Es als einen Sechser im Lotto zu bezeichnen wäre geschmacklos, aber dass des einen Pech des anderen Glück ist, diese alte

Regel sehe ich hier wieder einmal deutlich bestätigt.« – »Heißt das nicht, des einen Leid ist des andern Freud?« – »Mag sein, doch auch diese Redensart sollten wir auf den vorliegenden Fall nicht anwenden, wenn wir nicht Gefahr laufen wollen, für kalt und herzlos gehalten zu werden. So oder so wird in den folgenden drei Wochen sehr viel Geld umgesetzt, und ich bin an diesem Umsatz maßgeblich beteiligt.«

Die Prognose des Arztes stellte sich als richtig heraus: Auf den Tag genau drei Wochen lang wurde beeindruckend viel Geld umgesetzt. Dann war Zorros Besitzer tot, und der Hund tauchte nie mehr in der Straße auf.

Als Schüler wurde der Mann mit den zwei Augen im Griechischunterricht konfrontiert mit einem Gedicht, das ihn sein weiteres Leben verfolgen sollte. Ein Lyriker beschrieb darin, wie er eines Nachmittags mit einem jungen Freund zusammen spielte, auf dessen steifen Schwanz er sich zum Schluss gesetzt habe, wobei es ihm vorgekommen sei, als ob er auseinandergesprengt würde, was ihn gleichzeitig mit Angst und Wollust erfüllt habe, so mächtig, dass es ihm schwarz über die Augen gerieselt sei. Unter anderem stand da, mit seinem Arsch sei er auf und nieder gegangen wie ein Reiher, der mit seinen Flügeln schlägt, wenn er auf einem spitzen Fels niedergeht.

Der Lehrer achtete streng darauf, dass die Schüler das Gedicht möglichst nah am Original entlang übersetzten. Er duldete keine Ausflüchte oder Ungenauigkeiten, von denen die Übersetzenden nicht genau zu sagen vermochten, was sie damit meinten. Immer wieder fragte er nach, ob sie überhaupt verstehen würden, von was hier die Rede sei. Die Schüler behaupteten einhellig, selbstverständlich würden sie es verstehen. Der Fachbegriff dafür sei Sodomie, und die sei im damaligen Athen an der Tagesordnung gewesen. Sie übersetzten Wort für Wort weiter und waren erleichtert, als die gemeinsam erarbeitete Fassung den Ansprüchen des Lehrers endlich genügte und sie zu einem lateinischen Text über den gallischen Krieg übergehen durften.

Der Mann mit den zwei Augen hatte das Gedicht danach nie mehr vergessen können. Immer wieder tauchte es in seinen Träumen auf, und er fragte sich, von was für einer Wollust da wohl die Rede gewesen sei.

Da er sich inzwischen seinem Ende näher fühlte als seinem Anfang, wollte er seine Neugierde nicht länger unterdrücken und machte sich ein weiteres Mal auf den Weg zu Rosaura, in der Hoffnung, sie könne ihm vielleicht auch in diesem Punkt weiterhelfen.

Er trat bei ihr ein, zwinkerte ihr verschwörerisch zu und raunte »servir et sourire«, als sei das ihr Geheimgruß. Sie musterte ihn verblüfft und antwortete: »Na, Sie gehen aber ran. War das eben Französisch? Soweit ich mich erinnern kann, heißt *la sourire* die Maus? Was *servir* heißt, darüber bestehen ja wohl keine Zweifel. Ins Deutsche übersetzt haben Sie also, bevor Sie sich überhaupt richtig an den Tresen gestellt und einen guten Tag gewünscht haben, gleich mit einem *Hallo Mäuschen, Bedienung* losgelegt? Solche Typen lieben wir hier ja … Was soll's denn sein, bitteschön?«

»Ein Bier natürlich. Verzeihen Sie, aber waren Sie als junge Frau nicht in einem französisch-schweizerischen Mädchenpensionat interniert?«

»Sehe ich so aus? Sie mögen es wohl, die Menschen zu überraschen mit originellen Bemerkungen?«

»Schauen Sie meine Augen an. Erkennen Sie die nicht wieder?«

»Erstens bin ich farbenblind, und zweitens ist es in meinem Etablissement zu schummrig, um die Augen der Gäste auseinanderhalten zu können. Ich würde nicht mal bemerken, wenn die Ihren rot wären wie die eines Albinos. Ein Bier also? Bitteschön.«

»Danke. Sie wollen mich also nicht wiedererkennen? Sie mögen wohl nicht daran erinnert werden, dass wir neulich zusammen die Treppe hinter Ihrem Rücken hinaufgestiegen sind und es miteinander getrieben haben? Egal. Ich bin daran gewöhnt, nicht wiedererkannt zu werden. Mich vergessen die Leute auf der Stelle. Noch während ich vor ihnen stehe, gerate ich ihnen aus dem Sinn, und sie verwechseln mich mit jemand anderem. Ich weiß nicht warum, aber so ist es. Die Maus heißt übrigens auf Französisch *la souris*, nicht *la sourire*. Aber auch das ist egal. Was mich zu Ihnen führt, ist mein Forschungsdrang auf dem Gebiet der Sexualität. Als ich vor einiger Zeit hier angekommen bin, schlug ich in der Bahnhofsunterführung aus Versehen die verkehrte Richtung ein und landete bei Ihnen. Sie erinnern sich offenbar nicht daran. Damals stand ein dunkelhäutiges Mädchen vor Ihrer Tür und bot ihre Dienste an, die ich in Anspruch genommen habe, ohne dann allerdings richtig auf meine Kosten gekommen zu sein. Das habe ich jedoch weniger der jungen Frau angelastet als der altbackenen Art, in der ich mich ihr genähert habe, was mich auf direktem Weg zu meinem heutigen Anliegen führt: Seit meiner Jugend lässt mich ein griechisches Gedicht nicht mehr los, in dem beschrieben wird, was für eine Wollust es bereite, von hinten besprungen zu werden. Zwar hat mir als Halbwüchsiger einmal ein fremder, älterer Herr seinen steifen Penis hinten hineingeschoben, aber da war ich noch ein unbeschriebenes Blatt und viel zu verdutzt, um wahrzunehmen, dass ich eben im Begriff war, die konkrete Erfahrung der Wollust zu machen, die ich in der Theorie aus dem Griechischunterricht kannte. Man wird in jener Phase des Lebens, in der sogenannten Adoleszenz, mit Eindrücken geradezu geflutet. Doch nichts bleibt haften. Erst später, mit ausgewachsenem Kopf, wird einem bewusst, was für Ungeheuerlichkeiten man schon erlebt und wie oft man bereits dem Tod ins Antlitz geblickt hat. Wenn wir jederzeit mit sämtlichen Sinnen aufnehmen würden, was mit uns geschieht, würde jeder von uns wahrscheinlich vorzeitig platzen, so prallvoll würden wir uns fühlen. Doch allen früheren Erlebnissen fehlt, zumindest in meinem Fall, jede Empfindungstiefe. Es waren gewissermaßen lauter Simulationen. Ich schlidderte bloß an der Oberfläche drüber weg. Erst heute merke ich beispielsweise, dass das, was ich für die Frau empfunden habe, die jahrelang mit mir zusammen in derselben Wohnung lebte, möglicherweise Liebe gewesen ist. Ich will Sie nicht langweilen mit Sentimentalitäten, es fällt mir nur gerade ein. Ist doch eigentlich schade? Wie packend wäre es beispielsweise, Glück zu empfinden, solange man glücklich ist, nicht immer erst hinterher. Das Gefühl, sie zu lieben, hätte ich viel lieber empfunden, als sie noch da war, nicht jetzt erst, hier in der Bar. Ich würde am liebsten noch einmal von vorne beginnen können mit ihr. Ich glaube, sie war ein guter Mensch. So etwas merkt man ja nicht, solange jemand es ist, immer erst, nachdem er es gewesen war. Im Grunde genommen könnte man wahrscheinlich jeden Tag, den man hinter sich gebracht hat, am darauf folgenden noch einmal von vorne beginnen, um das, was man tags zuvor nicht in all seinen Verästelungen zu erleben vermocht hatte, im zweiten Anlauf zu erleben, und morgen wieder und so fort, weil man immer erst morgen merkt, wie es heute war. Nun sind meine Gedanken aber gehörig ins Kraut geschossen, Sie verzeihen.

Weswegen ich eigentlich hergekommen bin, hat den einfachen Grund, dass ich bei Ihnen nun schon zweimal der Welt der Fleischeslust begegnet bin und daher auf die Idee kam, Sie zu fragen, ob Sie nicht zufälligerweise auch einen jungen Mann in Ihrem Bekanntenkreis haben, der sich in sodomitischen Praktiken auskennt?«

»Sie sind wohl ein Glückspilz?«, rief Rosaura aus. »Gerade ist Branko im Haus. Er repariert meine Waschmaschine. Den kann ich Ihnen ohne Vorbehalte empfehlen. Ein sehr netter junger Mann, der auf dem Gebiet des Hinterladens erfahren ist. Er wird Ihre Neugierde bestimmt befriedigen können.«

Sie legte ihren Kopf in den Nacken und rief laut *Brantschi* oder *Brangschli* oder so ähnlich, worauf ein Jüngling mit einem wilden, frischen Gesicht und heller, fast durchsichtiger Haut die enge Wendeltreppe hinter ihr herunterkam und mitten im Raum stehen blieb, mit hängenden Armen, als gäbe es keine Feinde. Rosaura sagte: »Der Herr hier möchte wissen, wie es ist, von hinten besprungen zu werden. Hast du Zeit, es ihm zu zeigen?«

»Kein Problem«, sagte Branko. »Möchten Sie es jetzt gleich gezeigt bekommen?«

»Gern, ja, wenn es Ihnen nichts ausmacht. Was du heute kannst besorgen, das verschiebe nicht auf morgen, lautet mein Motto, solange ich denken kann.«

Branko lachte und sagte zu Rosaura: »Wo hast du den denn aufgegabelt? – Übrigens, die Waschmaschine läuft wieder.« Dann legte er seinen Arm um die Schultern des Mannes mit den zwei Augen und sagte: »Dann lassen Sie es uns am besten gleich erledigen.« Dabei kam er ihm mit dem Kopf so nah, dass der Mann mit den zwei Augen mehrere abgeschnittene Haarspitzen in der ihm zugewandten Ohrmuschel des Jünglings entdecken konnte. Offenbar war er eben gerade bei einem Frisör gewesen, der ihm die Ohren nicht gründlich genug ausgepinselt hatte.

»Möchten Sie sich vielleicht zuerst noch den Hals waschen? Wie ich sehe, waren Sie eben gerade beim Frisör. Die hängen gebliebenen, abgeschnittenen Härchen jucken Sie bestimmt?«

»Sie sind mir vielleicht ein Kauz!«, lachte Branko. »Wenn Sie keine Angst haben vor den Härchen – mich stören sie nicht. Kommen Sie, ich gehe vor.«

Immer zwei Stufen auf einmal nehmend, sprang er die enge Wendeltreppe hinter dem Tresen hinauf. Der Mann mit den zwei Augen folgte. In der zweiten Etage öffnete Branko die Tür, die der Mann bereits kannte, und ließ ihn an sich vorbei das kleine Zimmer mit den beiden Stühlen, dem Tischchen und dem frisch bezogenen Bett betreten. Branko folgte, schloss hinter sich die Tür, zog sich aus und forderte den Mann mit den zwei Augen auf, dasselbe zu tun, sich dann rücklings aufs Bett zu legen, die Augen zu schließen und alles Weitere auf sich zukommen zu lassen. Das tat der Mann. Kaum lag er da, spürte er, wie der junge Mann seine beiden Beine an den Fesseln packte, sie in die Höhe hob und sich über die Schultern legte. Dann rieb er den After des Mannes mit Speichel ein und presste sein hartes Glied dagegen. Nachdem nichts geschah, sagte er lachend: »Sie müssen loslassen, sonst wird das nie etwas aus uns beiden.« Der Mann sagte: »Aber ich lasse doch los?« – »Nein«, sagte Branko, »Sie klemmen. Das tun Sie wahrscheinlich unbewusst. Schließlich wurden Sie von Kindsbeinen an dazu erzogen, Ihren Stuhl und Ihre Gase zurückzuhalten. Das geht einem in Fleisch und Blut über. Ohne Ihnen zu nahe treten zu wollen: Ganz jung sind Sie ja wohl nicht mehr? Zumindest durchziehen Falten Ihre Haut wie Furchen einen vertrockneten Acker. Mit den Jahren nimmt jeder Körper Schonhaltungen ein, und die Muskeln verhärten sich. Der Schließmuskel wird von frühester Kindheit an daran gewöhnt, sich zusammenzuziehen und festzuhalten. Es ist einer der letzten Muskeln, die lange nach dem Tod erst loslassen. Viele kennen ihn kaum und wissen ihn nicht willentlich zu betätigen. Das heißt, sie wissen zwar, wie sie ihn zusammenziehen, aber nicht, wie sie ihn lösen können. Hatten Sie als Kind manchmal Fieber? Wurden Ihnen von Ihrer Mutter dann Treupelzäpfchen appliziert? Mochten Sie das? Genau dieses Gefühl werden Sie gleich erleben, nur intensiver. Stellen Sie sich vor, Sie sitzen auf dem Klo und wollen sich erleichtern. Dann drücken Sie, ja? Genau das müssen Sie tun. Während Sie drücken, öffnet sich der Ringmuskel, und dann werden Sie zu Ihrer Überraschung spüren, wie etwas in Sie hineingleitet, so wie normalerweise etwas aus Ihnen herausgleitet, was doch immer ein wohltuender, befreiender Moment ist, oder nicht? Griechen und Römer haben darüber viele Worte verloren, meiner Meinung nach völlig überflüssigerweise. Es ist etwas ganz Simples, Kindliches. Versuchen wir's noch einmal.«

Er stand auf, ging zum Tischchen, öffnete die Schublade, nahm die Tube mit dem Gel heraus, drückte sich davon eine etwa drei Zentimeter lange Wurst auf die Finger, rieb seinen Penis damit ein und versuchte es von neuem. Jetzt ging's.

Nachdem der Mann mit den zwei Augen die für ihn neue Erfahrung gemacht hatte, dankte er Branko herzlich und sagte: »Sie können sich nicht vorstellen, wie mich dieses Geheimnis umgetrieben hat. Ich dachte immer, das sei etwas Ungeheuerliches, vor dem ich mich zu fürchten hätte, eine Ausschweifung, die einen irgendwie besudle und für die man sich hinterher schäme. Nun weiß ich, es ist etwas Alltägliches und gehört zum Leben. Danke.«

Branko antwortete: »Noch schöner, als sich selbst besteigen zu lassen, ist es, jemandem, der einen darum bittet, diesen Dienst zu erweisen und dann in dessen Gesicht jenes kindliche Glück sich ausbreiten zu sehen, das man beobachten kann, wenn der oder die Betreffende sich öffnet und einen in sich eindringen lässt. Haben Sie einmal einem Kleinkind dabei zugeschaut, wie es auf dem Topf sitzt und sein großes Geschäft verrichtet? Was für eine Seligkeit sich auf seinem Gesicht ausbreitet, wenn die Wurst hinten herausgleitet? Genau die gleiche Seligkeit können Sie auf das Gesicht Ihres oder Ihrer Geliebten zaubern. Manchmal verdrehen sich ihm oder ihr dabei sogar die Augen, und Sie sehen für Momente nur noch das Weiße davon, als seien der oder die Betreffende kurz in Ohnmacht gefallen. Ebenso schön, wie eine halbe Ohnmacht zu erleben, ist es, eine zu bewirken, glauben Sie mir.«

»Vielen Dank für diesen zusätzlichen Tipp«, sagte der Mann mit den zwei Augen. »Und? Was bin ich Ihnen schuldig?«

»Lassen Sie es gut sein. Es war mir ein Vergnügen. Leben Sie wohl und kommen Sie noch gut aufs Gehöft.«

Der Himmel reißt kurz auf, und plötzlich ahnen wir, dass es eine Freiheit gibt, sehnen uns auf einmal nach wahren Gefühlen, nach echten Empfindungen, nach klaren Gedanken, nach leuchtender Überzeugung, nach Würde, nach Haltung, nach Ideal, und dann entbrennt der Kampf in uns, der uns beben macht. Unser Gesicht wird von Blitzen durchzuckt, dem Mund entweichen verblüffende Wörter, in unserem Inneren wütet ein Unwetter und richtet Unheil an, Bilder von großer Schönheit leuchten in unserem Kopf auf, wir sehen, was für Würmer wir sind, wir möchten uns ändern, unsere Haut sprengen, auswachsen, möchten werden, was wir sind.

Die Frau, die mit ihm zusammen in derselben Wohnung lebte, hatte sich im Lauf ihres Lebens angewöhnt, sich unbemerkbar zu machen. Das erforderte all ihre Aufmerksamkeit. Manchmal, wenn sie müde war, ließ sie nach in ihren Anstrengungen, und dann konnte es geschehen, dass etwas aus ihr herausbrach und sichtbar wurde, das sie nicht wollte, weil sie es nicht kannte. *Weißer Reif / von verborgener Hand / stellt sich ein, wenn es / dein Herz nicht erwartet.*

Einmal zum Beispiel war es in einer Sommernacht so heiß, dass ihre Wahrnehmungen sich zu trüben begannen und sich ihr die Sinne verwirrten.

Unglücklicherweise hatten sie an jenem Abend einen Bekannten zum Essen eingeladen, was sie sowieso immer beide an den Rand ihrer Belastbarkeit führte. Der Bekannte verwandelte sich im Lauf der Mahlzeit vor den Augen der Frau in einen Mörder, der auf den Moment lauerte, in dem er zustechen konnte. Panik befiel sie. Mit heftigem Geblinzel und versteckten, flatternden Gesten versuchte sie, dem Mann mit den zwei Augen zu verstehen zu geben, dass der Bekannte, der ihnen schwitzend am Tisch gegenübersaß, die Absicht habe, sie beide umzubringen. Der Mann zwinkerte ihr mit einem seiner Augen zu und machte verschwörerisch nickend mit der rechten eine Bewegung des Kehle-Durchtrennens, in der Absicht, ihr damit auf humorvolle Art zu verstehen zu geben: sicher, ja, abschlachten, mit dem Messerchen wahrscheinlich, mit dem er gerade sein Obst in Stücke schneidet. Sie fand das überhaupt nicht amüsant, sprang vom Tisch auf und rannte in den Flur, von wo sie ihn aus der Dunkelheit zu sich heranwinkte. Er entschuldigte sich kurz beim Bekannten und folgte ihr. Kaum war er aus dem Lichtschein des Speisezimmers herausgetreten, drängte sie ihn hinter der Tür an die Wand, klammerte sich bebend an ihn und flüsterte in sein Ohr: »Er will uns ermorden. Das sehe ich in seinen Augen. Glauben Sie mir, ich beschwöre Sie. Er hat zu viel Alkohol getrunken. Der ist ihm in der Hitze zu Kopf gestiegen, und nun bildet er sich ein, wir seien schuld an seinem Unglück. Er will Sie abstechen, und mich gleich mit. Lassen Sie uns auf der Stelle von hier verschwinden, bevor er merkt, dass wir seine Absicht entdeckt haben.«

Der Mann mit den zwei Augen murmelte besänftigend, so schnell werde heutzutage niemand mehr erstochen, überhaupt, das Messer sei stumpf, damit könne man gar niemanden erstechen. Sie solle ins Bad gehen und sich den Nacken und die Arme mit kaltem Wasser benetzen. Das helfe bestimmt. Danach solle sie sich hinlegen. Er werde sie beim Bekannten entschuldigen und ihr bald ins Bett nachfolgen.

Doch sie schlotterte am ganzen Körper und war schneeweiß im Gesicht. Der Schweiß stand in Perlen auf ihrer Stirn. Sie schob die Tür mit dem Fuß vorsichtig zu und flehte ihn an, sofort mit ihr zusammen die Wohnung zu verlassen und in ein Hotel zu flüchten. Er dürfe auf keinen Fall noch einmal zurücktreten ins Zimmer, der Bekannte lauere auf der anderen Seite der Wand, sie höre ihn atmen. Sie beschwöre ihn, nun geräuschlos die Jacke vom Haken zu nehmen und mit ihr zusammen loszulaufen. Er gab zu bedenken, immerhin sei das ihre eigene Wohnung und der Bekannte sei nur zu Gast. Wenn überhaupt, werde er ihn – wenn sie das wirklich von ihm verlange – halt bitten zu gehen. Er werde ihm erklären, dass es ihr zu heiß geworden sei und dass sie sich unwohl fühle. Der Bekannte werde bestimmt Verständnis aufbringen dafür. Es sei ja tatsächlich sehr schwül, da könne einen leicht ein Unwohlsein befallen. Die Frau presste sich aber noch enger an ihn und wimmerte, er dürfe keine Sekunde länger zögern.

An der Fußleiste liefen zwei Kakerlaken entlang. Ihm wurde unheimlich zumute. Er murmelte, je nun, wenn Sie meinen, dann gehen wir halt, nahm seine Jacke vom Haken und folgte ihr. Sie hielt mit weit aufgerissenen Augen den ausgestreckten Zeigefinger vor die Lippen und bedeutete ihm auf diese Weise, um alles in der Welt bloß leise zu machen und nicht etwa »Tschüss, wir gehen« zu rufen, damit sie den Vorsprung nutzen könnten, den sie auf der Flucht hätten, bevor der Bekannte ihr Verschwinden bemerken und ihnen mit dem Messer nachsetzen konnte. Sie hetzte vor ihm die Treppe hinunter auf den nächtlichen Bürgersteig hinaus. Überall saßen noch Leute herum, auf Stühlen, Sofas und Sesseln, die sie vor die Läden und Lokale gestellt hatten. Es war heiß wie in einem türkischen Dampfbad. Die Männer hatten die Hemden aus den Hosen gezogen und fächelten sich damit Kühlung zu, manche trugen nur Unterhemden, welche sie über die Bäuche nach oben gerollt hatten, um jeden kleinsten Lufthauch auf der nackten Haut zu spüren. Alle schwitzten und kippten kaltes Bier in sich hinein. Die Stimmen hallten. Da und dort flammte Streit auf, es wurde kurz laut, Glas zersplitterte, Schreie und Flüche ertönten, woanders lachten einige. Schwarze Gewitterwolken hingen triefend nass über der Stadt. Die Frau drängte sich zwischen den Tischen und Stühlen hindurch, stürzte sich in den nächtlichen Verkehr und fuchtelte wie eine Besessene mit den Armen. Ein Taxi hielt an, sie rief dem Fahrer durchs geöffnete Fenster zu, er solle sie zu einem Hotel bringen, egal zu welchem, nicht zu teuer, möglichst weit weg von hier, in einem anderen Quartier. Dann schob sie den Mann mit den zwei Augen in den Fond des Wagens und quetschte sich neben ihn. Der Fahrer brummte und fuhr los. Er roch stark nach Schweiß.

Vor einer wenig spektakulären Pension hielt er an, am östlichen Rand der Stadt. Der Mann mit den zwei Augen zahlte und folgte der Frau an die Rezeption. Es war bereits spät in der Nacht. Der Rezeptionist blinzelte sie mit geröteten Augen an. Er verstand nicht gleich, was die Frau vor ihm wollte – er hatte in der Hitze gedöst. Schließlich sagte er, sie solle sich beruhigen, sicher, ja, ein Zimmer habe er noch. Er gab ihnen einen Schlüssel. Sie fuhren im Lift nach oben. Der Mann mit den zwei Augen lächelte verloren und fragte, ob sie immer noch Angst habe. Beim Wort Angst musste er gähnen, wodurch der Sinn des Wortes entwich. Sie war nach wie vor weiß und nass im Gesicht und atmete flach. Gähnen Sie nicht!, flüsterte sie. Der hätte Sie abgestochen! Er nickte und murmelte, hier wird er uns bestimmt nicht finden. Er öffnete die Zimmertür. Es roch abgestanden, nach ungewaschenem, fremdem Mann. Auf dem Bett lag unbedeckt ein nackter solcher und schnarchte. Die Frau schrie auf, stopfte sich die Faust in den Mund und wimmerte. Er löschte das Licht, zog die Tür vorsichtig ins Schloss, fuhr mit ihr im Lift wieder nach unten und erklärte dem Rezeptionisten, er habe sich wohl geirrt in der Zimmernummer, es liege ein nackter Mann im Bett. Der Rezeptionist sagte, dann versuchen Sie es halt mit diesem hier. Er gab ihnen einen anderen Schlüssel.

Den Bekannten trafen sie danach nie wieder. Auch vermieden sie es, untereinander den Abend im Gespräch jemals noch zu erwähnen. Wenn aus Versehen doch einmal die Rede darauf kam, versteifte sie sich im Rücken und behauptete mit schneidend scharfer, keinen Widerspruch duldender Stimme: »Wenn wir damals auch nur eine Sekunde länger am Tisch sitzen geblieben wären, hätte der Bekannte unweigerlich die Kontrolle verloren über sich und auf uns beide eingestochen. Sie haben keine Ahnung von den Abgründen der menschlichen Seele.«

In der Etage unter ihnen waren eines Tages neue Mieter eingezogen. Der Mann mit den zwei Augen rasierte sich, zog ein frisches Hemd an und saubere Hosen, sagte zur Frau, die mit ihm zusammen in derselben Wohnung lebte, er müsse schnell was erledigen, stieg die Treppe hinunter und klingelte an der fremden Wohnungstür. Den Herrn, der öffnete, begrüßte er mit einem aufmunternden:

»Herzlich willkommen! Erschrecken Sie nicht. Ich bin Ihr zukünftiger Nachbar im Stock über Ihnen. Da dies ein neuer Abschnitt ist in Ihrem Leben und Sie in diesem bestimmt alles besser machen wollen als in sämtlichen vorangegangenen Abschnitten, so wie wir alle jederzeit alles besser machen wollen als bisher … Ach?! Wer ist das denn, der hinter Ihrem Rücken hervorschaut? Ihr Lebensabschnittspartner? Schön, gleich auch Ihre Bekanntschaft machen und Sie ebenfalls herzlich willkommen heißen zu dürfen in Ihrer neuen Heimat. Gerade setzte ich dazu an, Ihrem Mitbewohner darzulegen, dass wohl davon auszugehen sei, dass er, wie wir alle, bestimmt jeden Tag alles besser machen wolle in seinem Leben als am Tag zuvor. Zu den Dingen, die sich in unser aller Leben verbessern lassen, gehören unbedingt die nachbarschaftlichen Beziehungen. Davon bin ich aus tiefster Seele überzeugt. Nicht dass ich Ihnen mit meinen Auffassungen zu nahe treten will. Ich wollte mich Ihnen bloß am Tag Ihres Einzugs gleich in meiner vollen Körpergröße präsentieren, damit Sie, wenn wir uns in Zukunft zufällig im schummrigen Treppenhaus begegnen sollten, was unweigerlich dann und wann geschehen wird, nicht in die unangenehme Situation geraten, mich nicht zu erkennen und also als Gelichter einzustufen, das man dementsprechend schlecht behandelt, was Ihnen hinterher bestimmt leidtun würde. Denn ein Nachbar mag zwar nie ein enger Freund werden, doch braucht man sich die ersten Monate oder gar Jahre deswegen noch lange nicht gleich an ihm aufzureiben, wenn man sich einigermaßen vernünftig anstellt und es richtig einfädelt. Genau das will ich mit meiner Ouvertüre bewirken: Dass wir einander von Anfang an als ganz und gar harmlos einstufen. Für unsere erste Begegnung habe ich mich deshalb frisch rasiert und schmuck angezogen. Im Alltag vergesse ich das gelegentlich und erwecke dann einen eher ungepflegten Eindruck. Auch kann es geschehen, dass ich manchmal abgestanden rieche. Lassen Sie sich davon bitte nicht beirren. Nehmen Sie an, ich hätte viel zu tun – oder noch besser: Nehmen Sie an, ich würde wohl dann und wann ausspannen und mir an solchen Tagen erlauben, Eleganz und Körperpflege ebenfalls zu beurlauben. Dass ich allzu oft Zeit für blaue Stunden habe, ist mir selbst am allerunheimlichsten. Doch glauben Sie mir, das wird sich ändern. Die Zeichen, in absehbarer Zukunft von verschiedener Seite mehr gefragt zu sein als heute, stehen gut für mich. So wollte ich erst einmal nichts weiter, als Ihnen mein frisch rasiertes Antlitz zeigen, meine zwei Augen, meine Nase, mein Rücken-,

Seiten- und Frontprofil, ganz besonders im Rahmen dieses schwach beleuchteten Treppenhauses, damit Sie sich die schemenhafte Erscheinung einprägen können und sich in den nächsten Tagen bei einer zufälligen Begegnung davor nicht erschrecken. Umgekehrt war ich aus denselben Gründen neugierig, Ihr Äußeres kennenzulernen – ein sympathisches, wie ich zu meiner Freude und Beruhigung feststellen kann. Verzeihen Sie, wenn das eben wie eine Schmeichelei geklungen haben sollte. Ich hasse Schmeicheleien und Anbiedereien jeglicher Art. Um das mir versehentlich entglittene Kompliment gleich wieder einzufangen und zu neutralisieren, erwähne ich die Kinnpartie des von mir aus gesehen linken von Ihnen beiden, die mir ziemlich ausgeprägt vorkommt, was auf ein gesundes Durchsetzungsvermögen und Selbstbewusstsein, um nicht zu sagen: auf eine gewisse Rücksichtslosigkeit schließen lässt. Aber lassen Sie uns einander nicht gleich bei der ersten Begegnung schon zu nahe treten … Heißt das tatsächlich *Lassen Sie uns einander*? – Ist Ihnen auch schon aufgefallen, wie hinderlich Zweifel aller Art sind? Fliehen Sie Zweifel! Vor allem: Zweifeln Sie nie an sich selbst oder an eigenen Überzeugungen und Einschätzungen, sonst wird Ihnen Ihr Leben zur Last. Seien Sie glücklich, diese Wohnung gemietet zu haben, suchen Sie nicht nach einer besseren. Behaupten Sie sich darin von Anfang an als Mieter mit allen Ansprüchen und Rechten. – So, das war's fürs Erste, wenn ich mich nicht täusche. Hoffentlich habe ich nichts vergessen. Lassen Sie mich bitte noch rasch meinen Merkzettel durchsehen und überprüfen, ob ich sämtliche Punkte erwähnt habe, die mir zu diesem frühen Zeitpunkt der Rede wert zu sein schienen … Doch, ja, es sieht ganz danach aus … Ach nein, hier: Filine! … Wenn ich mich bloß daran erinnern könnte, was ich mit dem Wort Filine gemeint habe? Da notiert man sich Stichworte, und im entscheidenden Augenblick fällt einem nicht mehr ein, was sie bedeuten sollen. Das kennen Sie bestimmt … Filine? … Das ist ein zart gebautes Mädchen, das zusammen mit seinen Eltern in der Parterrewohnung rechts lebt. Falls Sie sich selbst nicht hundertprozentig unter Kontrolle haben, rate ich Ihnen, von der Straße bis in die erste Etage jeweils weder nach links noch nach rechts zu blicken und sich gedanklich mit Dingen zu beschäftigen, die Sie gerade heftig umtreiben, weil Sie sonst an Filine kleben bleiben könnten, was Sie bestimmt nicht wollen. Aber Sie machen einen gefestigten Eindruck auf mich und werden dieser Gefahr bestimmt nicht erliegen. So bleibt mir eigentlich nur noch übrig, Ihnen herzlich zu danken für Ihre Aufmerksamkeit und Ihnen einen schönen Abend zu wünschen. Nennen Sie mich Bob.«

Damit reichte er den beiden neuen Mietern die Hand, drehte sich einmal um sich selbst, um die Neuankömmlinge über keines seiner Profile im Unklaren zu lassen und wirklich nichts vor ihnen zu verheimlichen, ging zurück in seine eigene Wohnung und schloss erschöpft die Tür hinter sich. Die Frau, die dort im dunklen Entree auf ihn gewartet hatte, fragte: »Was haben Sie denn so lange gemacht?« Er flüsterte: »Nichts, nichts, ich habe mich nur schnell bei den neuen Nachbarn eine Etage tiefer vorgestellt. Bob sei mein Name, habe ich behauptet.«

Die beiden frisch eingezogenen Mieter waren entzückt, einen solch aufmerksamen Nachbarn zum Geschenk bekommen zu haben. Sie warteten die folgenden Tage hinter ihrer Tür fast sehnsüchtig auf ein Geräusch im Treppenhaus. Es gibt in der Hauptstadt heute noch viele Holztreppen, die ihren Dienst nur ungern versehen. Sie ächzen und fluchen bei jedem Tritt, den man ihnen abverlangt. Die Treppe, um die es sich hier handelt, war eine von dieser Sorte. Sie konnte es nicht unterlassen, ihren Unmut kundzutun und sich vernehmlich zu räuspern, sobald jemand sie in Anspruch nahm. Kaum trat der Mann mit den zwei Augen künftig aus seiner Wohnung oder kehrte nach Hause zurück, knarrte sie, worauf einer der neuen Nachbarn ihre Tür öffnete, um ihn – wenn er es war – herzlich mit einem »Hallo, Bob!« begrüßen und ihm einen schönen Tag wünschen zu können. So hatte er den Anfang also richtig gemacht und konnte sich auf die folgenden Monate freuen, in die er historisch betrachtet als vorbildlicher Nachbar eingehen würde.

Zunehmend häufiger stiegen in seinem Inneren Überlegungen auf, die ihn beschämten und ihn in aller Öffentlichkeit unvermittelt den Kopf über sich schütteln und Grimassen ziehen ließen, manchmal sogar begleitet von heftigem Gestikulieren, weswegen er von einigen *der Fuchtler* genannt wurde. Dieser Spitzname sagt jedoch nichts Spezifisches aus über ihn. Schließlich kennt jeder, der genug Zeit hat, sich über sich selbst Gedanken zu machen, dieses von unkontrollierbaren inneren Impulsen gesteuerte Grimassieren und Gefuchtel im öffentlichen Raum, manchmal sogar begleitet von unartikulierten Lauten – dieses Gefühl, nachdem man mit jemandem zusammen gewesen ist: ein unmöglicher Kerl zu sein, alles falsch gemacht zu haben, grob und gefühllos gewesen zu sein, dummes Zeug geredet zu haben. Wer einmal bewusst darauf achtet, wird feststellen, dass es auf keine Kuhhaut geht, geschweige denn an einer Hand abgezählt werden kann, wie viele Fahrgäste tagaus, tagein in öffentlichen Verkehrsmitteln sitzen und ihre Köpfe über sich selbst schütteln oder gar dann und wann zusammenzucken, als seien sie elektrisiert worden, weil sie sich an diese oder jene Peinlichkeit erinnern, die sie eben gerade oder irgendwann einmal im Lauf ihres Lebens gesagt, getan oder gedacht haben. In seiner Freizeit entdeckt man ganze Fuder von persönlichen Mängeln, die man mit sich herumschleppt und über die man, wenn sie einem in den Sinn kommen, bis ins Mark erschrickt. Und je mehr Muße man hat, desto schwerer lasten die eigenen Unzulänglichkeiten auf einem, und man sieht ein, warum man solche Unmengen von freier Zeit für sich hat: Weil selbstverständlich keiner mit einem, der von so vielen Mängeln behaftet ist wie man selbst, etwas zu tun haben will.

Kurz nach jener ersten Begegnung mit seinen neuen Nachbarn wurde der Fuchtler am westlichen Rand der Stadt zu einem Stehempfang eingeladen. Einer der anwesenden Gäste war jung. Er gehörte zu jener neuen Generation, deren Eltern sich nach der Geburt der Kinder getrennt haben, die also ohne Väter aufgewachsen und schon im zarten Kindesalter von ihren Müttern zum Psychoanalytiker geschickt worden sind, wo sie heute noch von ihnen hingeschickt werden und wo sie auf der Couch sehr früh schon gelernt haben, sich selbst ernstzunehmen und jeder Regung in ihrem Inneren nachzugehen und die Interpretationen und Erklärungen, die einem Analytiker dazu einfallen können, gleich mitzubedenken und sich selbst daher – noch auf der Couch, gewissermaßen also noch im Kinderbettchen – schon ins eigene Wort zu fallen, bevor jemand anderes eine der gemachten Äußerungen in eine Richtung deuten kann, die einen in ein falsches Licht stellen könnte, diese Generation, die ihr eigenes Reden mit Kommentaren und Fußnoten versieht, es ironisiert, Querbezüge einarbeitet und es in größere Zusammenhänge stellt, die Generation, die sich vom eigenen Redefluss ohne Widerstand mitreißen lässt in der Überzeugung, dass das Gegenüber niemals wagen wird, einen zu unterbrechen, da dessen Zuhören schließlich immer schon von der Mutter bezahlt worden ist, also doch wohl auch heute noch von ihr bezahlt wird, diese Generation, die mit den Jahren ein feines Gespür dafür entwickelt hat, wann ein Zuhörer ungeduldig werden könnte – worauf sie, die Generation, sich angewöhnt hat, mit überraschenden Brüchen und Abschweifungen zu reagieren, welche sie in ihre Rede einbaut, unterbrochen von spontanen Emotionsausbrüchen dann und wann, weil sie, die Generation, entdeckt hat, dass solche Emotionsausbrüche Analytiker hellhörig machen, weswegen sie, die Generation, sich zum eigenen Vorteil schon in früher Jugend antrainiert hat, sich ab und zu von widersprüchlichen Gefühlen übermannen zu lassen, sie sogar gezielt hervorzurufen, die Gefühle, dazu überdies in jeder Sitzung ein- oder zweimal Tränen in die Augen steigen zu lassen und sie deutlich erkennbar niederzuringen, was dem Analytiker besonders gut gefällt, längst nicht mehr unterscheiden könnend, ob es tatsächlich Empfindungen sind, die da aufsteigen, oder ob es nur ein Bäuerchen war, das an die Luft wollte, mit anderen Worten alles, was im Inneren gärt, umgehend zur Regung zu destillieren, sein Inneres als einen reich gefüllten Empfindungsstollen zu betrachten, den es auszubeuten gilt, mit der Zeit sich in jeder Situation aus dem Stand in diese selbstbetrachtende Hypnose hineinversetzen zu können, die man beim Analytiker kennengelernt hat, sie überall abrufen zu können, es zu verstehen, die Gesprächspartner jederzeit mit sich und seinen psychologischen Verästelungen in Bann zu schlagen, sie in Verlegenheit zu bringen mit entwaffnender Offenheit, sie zum Verstummen zu bringen, indem man ihre Einwände, Assoziationen und Interpretationen, die sie zum Geäußerten vielleicht vortragen möchten, gleich mitliefert, sie blenden zu können damit, dass die formulierten Ansichten so schillernd und vielfach gebrochen vorgetragen werden, wie die Gesprächspartner es selbst niemals zustande bringen könnten, diese verkrochene Art, zu denken und zu reden, schließlich überall und jederzeit anwenden und damit seine Gegenüber, wo immer man auftaucht, schachmatt setzen zu können, dabei vollkommen vergessen habend, wie es ist, eine Regung tatsächlich zu empfinden – aus diesem Grund Liebe vorzutäuschen, Erregungen vorzutäuschen, Verachtung, Hass, alles vorzutäuschen und es im gleichen Atemzug, parallel dazu, geschmeidig zu relativieren und zu interpretieren, so wie ein Analytiker es zu relativieren und zu interpretieren vermöchte, vor allem aber sich selbst in jedem Augenblick für der Rede wert zu erachten, da man von Kindesbeinen an dazu angehalten worden ist, dies zu tun, süchtig danach, besser: sehnsüchtig danach, auf diese Weise insgesamt einen ungewöhnlichen, möglichst unheilschwangeren Eindruck zu erwecken.

Dieses zum Stehempfang ebenfalls eingeladene Mitglied der neuen Generation erläuterte dem Fuchtler am Büffet, wenn alles teurer werde, sei es normal, dass alles teurer werde, da in einem Umfeld, in dem alles teurer werde, jeder dumm wäre, der seine Preise nicht ebenfalls anheben würde. Dazu lachte das Mitglied der neuen Generation auf eine Art, die an ein Knattern erinnerte.

Es ging im Konkreten einmal mehr um die schwindelerregende Preisentwicklung auf dem freien Wohnungsmarkt. Die Miete des Fuchtlers war inzwischen bereits um hundert Prozent gestiegen mit der Begründung, die auch das Mitglied der neuen Generation vertrat, schließlich werde überall auf der Welt alles teurer, man könne für seine Wohnung heutzutage gut und gern sogar das Dreifache verlangen, so groß sei die Nachfrage. Wenn er den geforderten Preis nicht bezahlen wolle, könne er ja gehen, man finde leicht einen Ersatz für ihn.

Gegen die seiner Meinung nach überzogenen Forderungen bäumte der Fuchtler sich in der Konversation auf und sagte mit belegter Stimme, er wolle lieber bleiben, führe bloß mit dem Bezahlenkönnen einen kleinen Disput.

Wenn er über praktische Dinge reden musste, rutschte ihm die Stimme in den Hals, und er griff nach Sprachfiguren, die nicht unbedingt das Beiwort *treffend* verkörperten, mit denen er dafür aber umso mehr die Hoffnung verband, es stünde in ihrer Macht, die raue Wirklichkeit zu entschärfen.

Nachdem er seine Schwierigkeiten mit dem Bezahlenkönnen erwähnt hatte, fuhr er also fort: »Mit dieser rhetorischen Parade wollte ich darauf hinweisen, dass sich das Können und das Wollen in meinem Fall geradezu austauschen ließen.« – »Wie bitte?« – »Ich meine, auf schalkhafte Art ausgedrückt zu haben, dass ich nicht bezahlen *kann* und trotzdem bleiben *will*, anstatt, wie Sie sagten, nicht bezahlen *will* und also gehen *kann* … Ich sehe schon, meinem Versuch, dieser Unterhaltung eine Prise Pfiff beizumengen, ist das Glück des Gelingens nicht beschieden.«

Ohne im entferntesten daran gedacht zu haben, begriff der Fuchtler, dass seine Anstrengungen, den neuen Mietern in seinem Haus ein vorbildlicher Nachbar zu sein, zwar zu positiven Ergebnissen geführt haben mochten, dass er diese Anstrengungen aber eher als eine Art Fingerübung betrachten sollte, die er in naher Zukunft, gewissermaßen aus dem Handgelenk oder Effeff, an einer anderen, kostengünstigeren Adresse, diesmal aus der entgegengesetzten Warte, nämlich der des Neuzüglers, auf ihre Tauglichkeit hin würde überprüfen müssen.

Das Kapitel will gelesen werden als ein finanzwirtschaftskritisches: Es gibt keinen Grund dafür, dass die Wurst teurer wird, außer demjenigen, dass alles teurer wird. Und alles wird teurer, weil die Wurst teurer wird. Genaueres darüber ist in Fachbüchern über Struktur und Dynamik von Wurstpreisen nachzulesen.

Den Stehempfang verließ er bald. Was es dort zu essen und zu trinken gab, hatte ihm vorzüglich geschmeckt. Doch fühlte er sich nach der Plauderei über die Entwicklung der lokalen Mietpreise bis in die Knochen erschöpft und elend. Er taumelte hinaus in die kühle Nacht und sehnte sich nach einer sonnenbeschienenen Wiese, auf die er sich gern rücklings hätte legen mögen, mitten ins warme Gras, unter einen Apfelbaum am liebsten, die Hände überm Bauch gefaltet, den Blick verloren im Blau des Sommernachmittagshimmels. Diese Vorstellung übermannte ihn, sodass er sich kurz auf eine Bank niederlassen und nach Luft ringen musste. Nachdem das aufsteigende Würgen sich gelegt hatte, setzte er seinen Heimweg fort.

Zu Hause machte er kein Licht im Treppenhaus und ging auf Zehenspitzen. Er mochte nicht begrüßt werden von seinen neuen Nachbarn. Er wusste nicht, was er hätte erwidern sollen. Sonderbarerweise war er nämlich bereits nach vierzehn Tagen vorbildlicher Nachbarschaft vollkommen erschöpft von seinem täglichen *Guten Morgen, wie geht's, guten Abend, wie steht's?*. Er brachte es nicht mehr über die Lippen. Er wartete an der Hausecke – wenn er sah, dass die Nachbarn vor ihm nach

Hause kamen oder das Haus gerade verließen – so lange, bis er davon ausgehen konnte, dass die Luft rein war.

Einer, der keine Arbeit hat, stürzt sich mit wahrer Gier auf jede Kleinigkeit, die es zu tun gilt, in der Hoffnung, sich an dieser Aufgabe beweisen zu können und als Folge davon bald mehr zu tun zu bekommen. So hatte sich der Fuchtler beispielsweise eben auf die Frage, wie man im Treppenhaus die Nachbarn jeden Tag frisch und ohne Abnutzungserscheinungen begrüßen könnte, mit der Intensität eines Studienabgängers gestürzt, der zum ersten Mal in seinem erlernten Beruf tätig werden darf, und sagte dann sein *guten Tag* mit einem solch diabolischen Grinsen und irren Flackern im Blick, dass jeder treusorgende Familienvater, der ihm begegnet wäre, erschreckt seine Kinder an die Hand genommen hätte – was den Mann mit den zwei Augen begreiflicherweise ziemlich bedrückte.

Er bewunderte, wie die anderen rund um ihn herum ihren Alltag bestanden und wie sie aushielten, was sie machten, was sie dachten, was sie sich wünschten und was ihnen nicht gelang. Er bewunderte ihren Mut, den Mut zur Liebe, den zur Einsamkeit, den zur Verzweiflung, den zur Hoffnung und den zum Irrsinn.

Rosaura, Sie haben mein Vertrauen gewonnen. Sie schauen mich jedes Mal, wenn ich Ihre Bar betrete, so an, als seien wir einander noch nie begegnet und als hätte ich in Ihren Augen von neuem alle Chancen, mich als guter oder schlechter Charakter zu entpuppen. Das tut mir wohl. Ich selbst kenne mich und weiß, dass ich nicht anders auftreten kann, als ich bin: langweilig, ohne jedes Geheimnis, durchschaubar für jeden, geradezu durchsichtig. Das lassen Sie mich nicht spüren. Sie sind wahrscheinlich eine besonders gute Geschäftsfrau und wissen Ihre Kunden an sich zu binden mit dieser Methode. Einer, der sich nicht mag und Abend für Abend bei Ihnen auftaucht und immer neu die Chance von Ihnen bekommt, sich als etwas anderes zu entpuppen als das, was er von sich kennt, der schaut den Abenden bei Ihnen voller Zuversicht entgegen. Er denkt, heute Abend werde ich vielleicht über mich hinauswachsen – oder sonst halt heute – oder dann heute. Sie bleiben mir gegenüber immer gleich offen und vertrauensselig, so als stünde mir die Tür jederzeit offen, noch Ihr bester und zuverlässigster Freund zu werden. Ich kann Ihnen von meinen Sorgen berichten und von Ihnen Dinge erfragen, die ich sonst nirgends vorzutragen wagen würde. Das ist schön.

Heute möchte ich etwas mit Ihnen besprechen, das mir schon lange auf dem Herzen liegt. Wie Sie vielleicht festgestellt haben – auch wenn Sie immer wieder betonen, ich sei ein Fremder für Sie –, sehe ich immer gleich aus, schlage nie über die Stränge, trete bei Ihnen auf die gleiche Weise ein, mit dem rechten Fuß zuerst, bestelle das gleiche Getränk, die gleiche Menge, sage das Gleiche, wechsle mit den wenigen Gästen, die dann und wann auftauchen und die ich nicht kenne, die gleichen Belanglosigkeiten, gebe das gleiche Trinkgeld, verabschiede mich zur gleichen Zeit mit dem gleichen Spruch ... Manchmal fragen Sie sich wahrscheinlich, ob ich überhaupt am Leben sei – oder ob ich ein Automat, ein hohler Abguss meiner selbst sei, der hier bei Ihnen verkehre. Früher habe ich unter meinem Hang zur Wiederholung, zur Ordnung und zum Gleichmaß gelitten. Ich trat irgendwo ein und fürchtete, Gähnen auszulösen. Menschen ziehen Abwechslung vor. Ich öde sie an. Das weiß ich. Sie hingegen, Sie haben mich nie spüren lassen, wenn ich Sie ermüdet habe. Sie schlummerten vielleicht schon oft in meiner Anwesenheit, aber Sie behielten aus Höflichkeit immer mindestens ein Auge offen. Wie wenige machen sich diese Mühe! Eigentlich ertrage ich mich nur noch in Ihrer Nähe, weil Sie mich nicht spüren lassen, wie ich bin.

Mein Freund aus Contamine zum Beispiel hat sich am letzten Geburtstag, an dem wir uns trafen, die Mühe des Sich-wach-Haltens nicht mehr gemacht. Ich habe Ihnen von unserem jährlichen Geburtstagsessen in Straßburgs *Crocodile* erzählt? Das letzte Mal hat er entweder während des Essens einen schleichenden Hirnschlag erlitten, oder meine Anwesenheit hat ihn dermaßen eingeschläfert, dass er davon gelähmt wurde. Ich war im – wie heißt es?, être en train de, dabei sein, im – im Begriff sein, ja, genau: Ich war im Begriff, ihm etwas aus meinem Alltag zu erzählen, das er mit kurzen Zwischenbemerkungen kommentierte. Seine Kommentare wurden jedoch seltener und seltener, er artikulierte langsamer und langsamer, undeutlich, sein Blick wurde glasig, seine Augenlider senkten sich, er lallte Wörter, die ich nicht verstand, vielleicht französische, aber mir kamen sie vor wie erfunden, er gab Laute von sich wie ein fremdes Tier, und wenn ich nachfragte, was er damit meine, schreckte er hoch und äußerte unverständliche Brocken, so als redete er in Zungen. Er schwankte am Tisch vor und zurück, sein Kopf neigte sich auf seine Brust, und ich kriegte es mit der Angst zu tun, weil ich zufälligerweise zwei Tage vorher in der Seniorenpost einen Bericht gelesen hatte, in dem erklärt wurde, wie sich ein Hirnschlag ankündige. Die Symptome, die da beschrieben wurden, glichen denen, unter denen mein Freund litt, aufs Haar. Im Artikel stand, dass man, wenn man bei seinem Gegenüber solche

Veränderungen im Verhalten feststelle, unbedingt auf diese oder jene Weise reagieren müsse, um den Betroffenen davor zu bewahren, für den Rest seines Lebens gelähmt zu sein oder gar zu sterben. Ich hatte aber vergessen, wie man reagieren sollte, da ich beim Lesen nicht damit gerechnet hatte, selbst jemals in solch eine Situation zu geraten. Sollte ich ihn aufrichten und mit ihm ein paar Schritte im Lokal auf und ab gehen, sollte ich ihm eine Ohrfeige verabreichen, sollte ich ihm ein Haar aus seiner Nase zupfen, sollte ich ihn auf den Boden legen und seine Beine in die Höhe halten? Ich hatte keine Ahnung, rief in meiner Not völlig überraschend ein lautes »Prost, auf unsere Geburtstage!«, worauf er mich entgeistert anstarrte und etwas lallte, dann aber wieder vor und zurück zu schwanken begann. Ich fürchtete das Schlimmste. Ich bezahlte, und wir gingen ins Hotel. Er torkelte an meiner Seite durch die leeren Gassen, machte aber eher einen betrunkenen als einen gelähmten Eindruck. Im Hotelzimmer schrieb ich ein Erinnerungsprotokoll, in der Absicht, es meinem Freund am nächsten Morgen zu überreichen, damit er damit zu einem Arzt gehen könne, um sich gründlich untersuchen zu lassen. Ich dachte, der Arzt werde sich ein Bild machen können vom Zustand meines Freundes, wenn ich die merkwürdigen Verhaltensweisen, die ich beobachtet hatte, genau genug festhalten würde. Für einen Fachmann seien das zweifellos deutliche Symptome eines sich anbahnenden Hirnschlags. Mit einem Hirnschlag in Contamine in der ersten Etage über einer Autogarage aufgefunden zu werden, womöglich zu spät, das würde bestimmt keine schöne Sache sein. Als ich am nächsten Morgen meine Aufzeichnungen durchlas, kamen sie mir vernebelt vor – ich hatte am Abend vorher viel getrunken –, und der Verdacht stieg in mir auf, mein Freund habe sich möglicherweise bloß sterblich gelangweilt mit mir und sei beim Anhören meiner Geschichten aus dem Alltag ganz einfach eingedöst und habe mich nur noch auf der Schwelle zwischen Wachsein und Schlaf wahrgenommen und mir in einer Traumsprache geantwortet. Ich habe ihm den Krankheitsrapport deswegen nicht überreicht, frühstückte mit ihm im Hotel und fuhr nach Hause.

Nun aber zu meiner Bitte: Könnten Sie mir vielleicht behilflich sein bei meinem Versuch, auf andere weniger langweilig zu wirken, aus meiner Haut zu schlüpfen, mich selbst zu knacken? Es ist zum Ersticken, in sich gefangen zu sein. Sind Sie schon einmal vor dem Tapirgehege stehengeblieben in einem Zoologischen Garten? Der Tapir ist etwas vom Langweiligsten, das ich kenne. Meistens sieht man in seinem Gehege nichts als Gestrüpp. Nach langem Warten erst bewegt sich manchmal etwas in der von Ihnen am weitesten entfernten Ecke. Dann trabt dort der Tapir vorbei, eine Grützwurst auf dünnen Beinchen. Man kann kaum etwas erkennen. Töne gibt er ebenfalls keine von sich. Nachdem ich ihn niemals entdecken konnte bei meinen Zoobesuchen, packte mich die Neugierde, und ich harrte so lange vor seinem Gehege aus, bis ich ihn endlich einmal erblickte. Die Enttäuschung war groß. Dann aber dachte ich, nun ja, er wird sein Leben führen müssen wie jeder andere das seine auch. Vielleicht verbirgt er sich vor den Blicken der Besucher, weil er sich selbst als langweilig empfindet und sich dafür schämt. Trotzdem muss er sein Tapirleben zu Ende führen, so wie ich meins, denn es wird auch seine Gattung geben müssen auf der Welt, so wie es meine geben muss. Nicht jeder kann Tiger sein.

Später einmal sah ich im Fernseher eine Sendung über Tiere im Zoo. Da wurde unter anderem eine Tapirmutter vorgestellt, die ein Junges kriegen sollte. Die Aufregung war groß. Der Kommentator berichtete, in Gefangenschaft würden Tapire nur selten Kinder zeugen und noch seltener lebende zur Welt bringen. Als die Mutter da so lag, diese Grützwurst mit ihrem Ansatz eines Rüssels im Gesicht, wartend darauf, dass das Junge aus ihr herausflutsche, fand ich, eigentlich sehe sie recht eigenartig aus, fast verwegen, wie sie den Zuschauer anblinzelte aus ihren kleinen Schweinsäuglein. Und da dachte ich, so will denn auch ich zufrieden sein damit, wie ich bin. Sollen die anderen halt wegsehen, wenn ich auftauche und in ihnen Langeweile auslöse. Aber diese Gelassenheit hält nicht ein ganzes Leben an. Immer wieder bricht die Angst, überdurchschnittlich langweilig zu sein, in mich ein und sprengt mich fast auseinander. Ich möchte dann dringend aus meiner Tapirhaut fahren und etwas Überraschendes tun, etwas Ungewöhnliches, vielleicht einmal tanzen oder zu viel Alkohol trinken, jemandem mit der Faust ins Gesicht schlagen, um von ihm im Gegenzug niedergeschlagen zu werden, irgendetwas, das man in der Regel nicht tut … Können Sie mir beim Übertreten meiner Grenzen möglicherweise behilflich sein?«

Ein Geräusch dringt von draußen herein. Es klingt wie erste Regentropfen auf Rhabarberblätter beim Beginn eines Sommergewitters.

Rosaura antwortet: »Ich hatte schon die Befürchtung, sie wollten mich um etwas Unangenehmes bitten und würden nun lange um den heißen Brei herumreden. Zum Beispiel werde ich manchmal von älteren Kunden gebeten, eines der Schulmädchen, die tagsüber an meinem Geschäft vorübergehen, hereinzubitten, ihm ein süßes Getränk anzubieten, in welchem ich vorher Schlaftabletten aufgelöst habe, und das ohnmächtige Mädchen dann oben aufs Bett zu legen und für die älteren Kunden herzurichten. Solche Aufträge lehne ich ab.

Was Ihr Problem betrifft, so bin ich überfordert. Ich weiß nicht, ob Kleopatra interessanter war als ich, und es beschäftigt mich auch gar nicht. Ich stehe morgens auf und versuche, den neuen Tag mit Zuversicht anzugehen. Manchmal nehme ich ein Bad, manchmal wasche ich mich von Hand. Nicht mit Eselsmilch, sondern mit Wasser und Seife aus Aleppo. Die schwimmt in der Badewanne obenauf, was mich für sie von Anfang an eingenommen hat, weil es meiner Meinung nach ein Beweis ist dafür, dass sie aus purem Olivenöl hergestellt wird und ohne Ballaststoffe. Öl schwimmt auf Wasser. Die Angst davor, langweilig zu sein, ist mir fremd. Wer ist Ihrer Meinung nach langweilig? Ich kenne niemanden. Einer, der jeden Morgen um sieben aufsteht, eine Tasse Kaffee trinkt, sein Jackett anzieht, die Tür hinter sich abschließt, zur Bahnstation geht, auf dem Weg dorthin ein Croissant kauft, es im Zug langsam kauend vertilgt, sich die Brosamen von den Hosenbeinen wischt, um acht Uhr fünfzehn im Büro ankommt und dort Statistiken ausfüllt bis zur Mittagspause, ohne ein Wort zu sagen, der kommt mir ebenso rätselhaft vor wie einer, der mal um sieben aufsteht, mal erst um zehn, der seine Arbeit schon oft verloren hat, weil er sich keinen Regeln unterziehen mag, der mit kleinen Handlangerarbeiten seinen Lebensunterhalt verdient, der eine Freundin hat und eine heimliche Geliebte, der Drogen nimmt, an Sexorgien teilnimmt, der vielleicht sogar schon einmal einen anderen übel zugerichtet oder gar einen Einbruch verübt hat ... Ein Gast erzählt mir manchmal von seinem heimlichen Liebesleben. Er ist verheiratet mit einer Frau und hat eine Geliebte. Mit beiden schläft er. Beide wissen nichts voneinander. Er sagt, nach jedem Geschlechtsverkehr durchriesele ihn ein Glücksgefühl, weil er ein weiteres Geheimnis zu den vielen bereits bestehenden hinzugefügt habe. Er empfindet sich als Abenteurer. Ich verstehe das nicht. Warum ist es ein Abenteuer, vor den anderen Dinge zu verbergen? Warum soll das spannender sein, als nichts zu verbergen? Ich bin froh um alles, das man von mir weiß. Kaum taucht irgendwo etwas auf, das im Verborgenen bleiben soll, beelendet mich das. Meistens sind es diejenigen, die ein besonders geordnetes Leben führen, welche darum buhlen, für geheimnisvoll gehalten zu werden. Und so leistet sich denn der Filialleiter einer Sparkasse ein Verhältnis mit seiner Angestellten, und das wird dann allgemein für abenteuerlich gehalten. Das verstehe ich nicht. Mein Zahnarzt zum Beispiel, dem fällt nie irgendetwas anderes ein als das, was er gerade tut. Er schaut sich die Zähne in den Mündern an und repariert sie, so gut er kann, tagaus, tagein. Wenn er abends fertig ist damit, geht er nach Hause und isst Abendbrot mit seiner Frau. Danach geht er ins Bett und schläft. Ich halte ihn für einen wohltuenden Mann. Warum sollte der sich in ein Verhältnis stürzen, nur um anderen abwechslungsreicher vorzukommen? Er ist doch schön und reich, so wie er ist: Ein Esel, der dasteht, mitten auf der versteppten Wiese, in der prallen Sonne, mit hängendem Kopf, vor sich hin schauend, stundenlang – was für ein wohltuender Anblick. Warum sollte der langweilig sein? Oder der Stein, den der Esel anschaut – was ist an dem langweilig? Seien Sie einfach, wie Sie sind. Wenn Sie sich langweilig fühlen, dann seien Sie langweilig. Ich habe noch nie einen langweiligen Menschen kennengelernt. Ein wenig ungeduldig werde ich nur gegenüber Leuten, die sich bemühen, interessant zu erscheinen. Die sind anstrengend.«

Sie beugt sich über den Tresen zu ihm, so als wolle sie ihm ein Geheimnis anvertrauen. Er neigt ihr seinen Kopf entgegen. Sie spuckt ihm ins Ohr. »Nun fragen Sie sich bestimmt, warum ich das getan habe? Sie halten mich für rätselhaft. Aber so richtig anziehend bin ich für Sie deswegen trotzdem nicht geworden, würde ich vermuten. Sie verstehen mein Beispiel?« – »Meiner Meinung nach haben Sie sich mit diesem sonderbaren Verhalten eher der Gefahr ausgesetzt, missverstanden zu werden. Von einer gesteigerten Attraktion würde ich in diesem Zusammenhang in der Tat jedenfalls nicht reden wollen.«

Er wischt sich mit dem Taschentuch verärgert sein Ohr trocken. Draußen gießt es inzwischen wie aus Kübeln.

Nachdem beide eine Weile lang stumm vor sich hin geschaut und dem Regen zugehört haben, fragt sie ihn: »Waren Sie in den letzten Tagen unten am Fluss? Haben Sie die Ente mit ihren Jungen gesehen? Das ist für mich jedes Jahr ein Vergnügen. Ich kann's jeweils kaum erwarten, bis sie geschlüpft sind. Wenn sich der Termin nähert, gehe ich Tag für Tag die Uferpromenade auf und ab, lausche auf das erste helle Piepsen – Entenküken piepsen auf eine unverwechselbar helle Art –, starre ins Schilf und unter die betonierten Vorbauten, um die Kleinen möglichst früh zu entdecken. Interessieren Sie sich für Schwimmvögel? Haben Sie die Erklärungen unseres Ornithologenvereins zu den verschiedenen Arten mal durchgelesen? Die auf den Blechtafeln am Geländer? Wussten Sie, dass Kuddi Exoten züchtet? Haben Sie die Aufregung mitbekommen, als ihm letztes Jahr eine Nonnengans entwischt ist? Oder waren Sie damals noch nicht hier? Die großen, grünen Kanarienvögel, die in den Trauerweiden leben, stammen ursprünglich auch aus seiner Zucht. Bestimmt haben Sie die schon schreien gehört? Kein schönes Geräusch. Vor ein paar Jahren sind ihm außerdem zwei schwarze Schwäne entkommen, die seither regelmäßig für rassistische Leserbriefe in unserer Zeitung sorgen, weil sie nicht einheimisch sind und also nicht hierhergehören – obwohl sie besonders edel aussehen und viel sanfter sind als unsere weißen. Die Nonnengans, die letztes Jahr ausgebüxt ist, hatte sich vor der Kaserne im Waffenparcoursgelände niedergelassen, das bis dahin den Stockenten vorbehalten war. Vor ein paar Wochen tauchte sie plötzlich auf dem Dach des Bootshauses unterhalb vom Bahnhof auf, setzte sich hin und rührte sich nicht mehr vom Fleck. Viele dachten, es sei eine vom Fremdenverkehrsverein neu aufgestellte Skulptur, so ruhig hockte sie da. Dass sie lebendig war, konnte man eigentlich nur am rundum vollgeschissenen Dach erkennen. Und manchmal, völlig unverhofft, stieß sie erschütternde Laute aus und stürzte sich auf einen Entenerpel, der ihrer Ansicht nach offenbar zu nah am Bootshaus vorüberschwamm. Ich dachte, sie habe einen Einsamkeitskoller oder sei sonst irgendwie psychisch gestört. Doch dann erklärte mir der Bootswart, zur Flussseite hin würden vor dem Haus Blumenkisten hängen. In einer von denen brüte eine Ente. Die Nonnengans bewache und beschütze sie. Es sei ihm seit einigen Tagen nicht einmal mehr möglich, die Blumen zu gießen, ohne von der Gans, die wohl ein Gänserich sei, angegriffen zu werden. Inzwischen sind die Entchen geschlüpft und schwimmen piepsend herum, begleitet von ihrer Mutter – und vom riesigen Gänserich, der so tut, als sei er der Vater der Jungen. Er verjagt ausnahmslos alles, was sich der Familie nähert. Bei Enten ist es nicht üblich, dass sich der Vater um den Nachwuchs kümmert. Doch diese Mutter hier lässt es sich gefallen. Niemand weiß, was die beiden miteinander verbindet. Ich habe keine Ahnung, ob Gänse sich mit Enten überhaupt paaren können. Die Kleinen haben nichts Gänsernes an sich. Aber vielleicht wachsen sie erst noch in ihre Rolle hinein? Oder aber der Gänserich hatte einfach nur das Bedürfnis nach Familienanschluss, weil er so einsam war? Die Kleinen akzeptieren ihn jedenfalls ohne Vorbehalt als Vater. Manchmal habe ich geradezu den Eindruck, sie bewunderten ihn. Was aus denen wohl mal wird?«

Der Einfachheit halber sagte der Mann mit den zwei Augen zu allem und allen *ich*, auch zur Frau, die mit ihm zusammen in derselben Wohnung lebte. Egal, ob er oder sie Geburtstag hatte, sagte er, um ein Beispiel zu nennen: »Ich habe heute Geburtstag.« Als Kind war es bei ihm zu Hause Brauch gewesen, dass derjenige, der Geburtstag hatte, bestimmen durfte, was tagsüber getan wurde. Also fuhr er jeweils fort: »Sie müssen mir deswegen heute gehorchen und alles tun, was ich wünsche.«

Er war im späten Herbst geboren worden, sie im frühen Frühling. Meistens regnete es an den betreffenden Tagen.

Von einer Bekannten hatte er vor Jahren einen Schirm geschenkt bekommen, der ihr für ihre Zwecke wenig dienlich war. Sie brauchte einen, um darunter mit trockenen Haaren von der Wohnungstür zum Auto, von diesem zum Lebensmittelladen und denselben Weg dann wieder zurück zu gelangen. Der Bequemlichkeit halber sollte der Schirm sich per Knopfdruck automatisch öffnen lassen, weil sie in der Regel nur eine Hand frei hatte – in der anderen trug sie die Einkaufstasche.

Derjenige, den sie ihm schenkte, hatte keine Öffnungsautomatik und war groß und schwer, ein sogenannter Paarschirm. Er stammte aus einem noblen Londoner Hotel, dessen Name neben fünf Sternen auf den grauen Stoff gedruckt war.

Diesen Schirm ergriff er jeweils zur Feier des Tages und wünschte, dass die Frau, die vielleicht Geburtstag hatte, vielleicht nicht, ihn auf einen Einkaufsbummel begleite. Da es regnete, war ihm das Bummeln jeweils rasch verleidet, worauf er wünschte, dass die Frau mit ihm nun in ein Café gehen und Kuchen essen und Wein trinken solle. Sie mochte zwar keine Süßigkeiten, und Alkohol vertrug sie tagsüber schlecht. Da jedoch Geburtstag war, machte sie jeweils eine Ausnahme für ihn. So aßen sie gemeinsam Kuchen, tranken Wein dazu und gingen dann weiter. Wegen des Regens mussten sie öfter als einmal einkehren. Kaufen mochten sie sich in der Regel nichts. Alles, was sie in Erwägung zogen, kam ihnen letztendlich zu teuer und überflüssig vor, also ließen sie es liegen. Die Preise der liegengelassenen Sachen addierten sie unbewusst und hatten dadurch am Abend das Empfinden, Geld gespart, im Grunde genommen welches geschenkt bekommen zu haben, das sie dann zusammen in einem Restaurant seiner Wahl verprassten, woraufhin sie heiter nach Hause schwankten und sich in ihre Betten fallen ließen. Am nächsten Morgen kroch er jeweils ächzend aus seinem heraus. Der Kopf dröhnte ihm, in den Schläfen pochte das Blut, die Augen brannten. Er war überzeugt davon, dass das zunehmende Alter schuld war an diesem üblen Zustand.

Da er es nicht ertragen konnte, wenn in seiner unmittelbaren Umgebung etwas nicht in Ordnung war, eilte er eines solchen Morgens, nachdem er sein von Alkohol und Kuchen entstelltes Gesicht im Spiegel gesehen hatte, ins nächstgelegene Reisebüro und fragte, ob es irgendwo in erreichbarer Nähe einen Jungbrunnen gäbe, in den er steigen könne, um nach überschaubarer Frist frisch und heil daraus wieder entsteigen zu können.

Die Angestellte im Reisebüro hieß Anastasia. Ihr Vater war Grieche und stammte von der Insel Kos, wo sie als Kind deswegen regelmäßig die Sommerferien bei ihren Großeltern verbringen konnte. Die Frage nach einem Jungbrunnen ließ sie aufleben. Sie erklärte, die beste und gesündeste Therme gäbe es auf der Insel Kos, wo schon der Begründer der modernen abendländischen Medizin, Hippokrates, praktiziert habe. Auf Kos schieße an einer bestimmten Stelle der Südwestküste heißes Schwefelwasser aus dem Erdinnern und fließe direkt ins offene Meer. Ihre Großmutter sei jeden Morgen mit dem Stadtbus dorthin gefahren und habe sich ein paar Minuten in dieses heiße Wasser gesetzt, jeden Tag, auch im Winter. Als kleines Mädchen sei sie manchmal mitgefahren, habe den Ort aber nicht gemocht. Erstens habe das Wasser gestunken und zweitens hätten lauter alte Leute darin gehockt. Meistens sei der Grund zudem noch aufgewühlt gewesen und das Wasser dadurch trüb. Es habe ausgesehen wie verfault. Die alten Leute hätten Geschwüre gehabt, schuppige Haut und schlechte Zähne, was sie alles mit diesem Wasser benetzt hätten. Selbst ihre triefenden Augen hätten sie mit handgeschöpftem Wasser betupft und ausgespült. Sie habe sich geekelt. Außerdem sei der Abschnitt des Strandes, an dem das heiße Wasser aus dem Boden quelle, mehr als beengt. Man komme einander unweigerlich nahe. Die Gefahr, mit fremder, nackter Haut in Berührung zu kommen, sei groß. Sie habe sich gefürchtet, eines Tages aus Versehen in ein offenes Geschwür zu fassen. Deswegen habe sie lieber oberhalb der Therme an der Straße gewartet. Die Küste falle an der Stelle steil ab. Der Bus halte etwa fünfzig Meter über dem Meeresspiegel in einer scharfen Kurve. Dort habe damals eine Imbissbude gestanden und eine Ziegenherde sei oberhalb und unterhalb davon über den felsigen Hang geklettert. Da habe sie sich jeweils auf einen Stein gesetzt, übers offene Meer geschaut und in der Ferne Schiffe vorüberfahren sehen. Die Ziegen seien mit den Resten aus der Imbissbude gefüttert worden, mit ausgepressten Orangenschalen, trockenem Brot, Keksen und so. Nach etwa einer Stunde sei ihre Großmutter jeweils wieder angeschnauft gekommen. Sie habe geschwitzt und nach Schwefel gerochen. Der Aufstieg vom Wasser bis zur Bushaltestelle sei beschwerlich und staubig gewesen. Die Großmutter habe von Jahr zu Jahr krummere Beine gehabt. Sämtliche Gelenke hätten ihr wehgetan. Man hätte beinahe denken können, das Wasser sei eher schädlich als heilsam gewesen für sie. Überhaupt: Alle, die dort gebadet hätten, seien krumm und schief dahergewankt. Sie hätten ausgesehen wie welkes Laub. Irgendwann habe die Großmutter es sich nicht mehr zugetraut, den steilen Weg hinunter- und heraufkraxeln zu können. Am Ende ihres Lebens habe sie überhaupt nicht mehr gehen können und in einem Rollstuhl sitzen müssen.

Trotzdem, diese Therme empfehle sie von ganzem Herzen. Damals sei sie schließlich noch ein Kind gewesen und habe nichts verstanden von Badekuren. Heute wisse sie es besser. Nach Kos fliege jeden zweiten Tag eine Maschine. »Ich kann Ihnen einen günstigen Flug raussuchen, und dann nichts wie hin. Am liebsten käme ich gleich selbst mit, so schön ist es dort. Und wenn Sie zurückkommen, müssen Sie mir bitte unbedingt berichten, ob die Therme noch existiert und was Sie davon halten und ob die Kur bei Ihnen angeschlagen hat. Sie würden mir damit eine große Freude bereiten.«

Der Mann mit den zwei Augen ging nach Hause und schaute im Lexikon nach, was dort über Kos geschrieben stand. Tatsächlich war die Therme erwähnt, in deren Wasser man bei allerlei Gebrechen Linderung finden könne. Die Insel gehöre zu den Sporaden und sei berühmt für ihren Wein. Auf Italienisch heiße sie Stanco. Das notierte er sich auf einem Zettel.

Am nächsten Tag kehrte er ins Reisebüro zurück, ließ Anastasia zwei Flüge buchen, zahlte und eröffnete am Abend der Frau, die mit ihm zusammen in derselben Wohnung lebte, sie soll ihren Koffer packen für eine Woche, sie würden zusammen nach Kos fliegen, um dort in heißem Schwefelwasser zu baden. Das würde ihrem Knie bestimmt guttun. Sie sagte, sie hasse Thermen und ihr Knie sei längst wieder in Ordnung. Es handle sich bei ihm wohl um ein sogenanntes Schnappgelenk. Er sagte, auch Schnappgelenken tut heißes Schwefelwasser gut. Wir reisen.

Am Flughafen mussten sie lange anstehen. Die halbe Stadt wollte offenbar nach Kos. Im Flugzeug waren die Sitze schmal und die Reihen eng, sodass mehr Passagiere als gewöhnlich reinpassten. Die Stuhllehnen ließen sich nicht zurückkippen. Alle Reisenden saßen bolzengerade wie auf den Holzbänken einer calvinistischen Kirche. Überdies hatten alle große Koffer bei sich, die sie mit in die Kabine genommen hatten. Beim Starten spürte man, wie schwer die ganze Ladung wog. Das Flugzeug nahm lange Anlauf, zitterte und brummte. Erst im letzten Augenblick, kurz vor Ende der geteerten Piste, gelang es ihm, vom Boden abzuheben.

In Kos hatte er die Nase gestrichen voll von den Mitpassagieren. Er mochte sich nicht auch noch mit ihnen gemeinsam an den Taxistand stellen und warten. Nachdem er einen Blick auf seinen Zettel mit den Kos-Notizen geworfen hatte, sagte er deswegen zur Frau, die neben ihm stand: »Folgen Sie mir nach, Stanea. Sie haben hoffentlich nichts dagegen, wenn ich Sie während des

Urlaubs der Einfachheit halber Stanea nenne? Ich habe meine Gründe dafür. Kommen Sie, ich mag diesen Zirkus nicht länger mitmachen. Dort vorne ist ein Loch im Zaun, der ums Flughafengelände gezogen ist. Bestimmt ist das eins für die Einheimischen. Es wird dahinter einen Pfad geben, der uns zur Haltestelle des Regionalbusses führt. Denn jeder Flughafen in Griechenland muss mit einem Regionalbus zu erreichen sein. Griechen sind arm, die können sich nicht alle ein Taxi leisten.«

Die beiden krochen also mit ihrem Gepäck hintereinander durch das Loch im Zaun, gingen über einen versteppten Acker, auf dem dorniges Gestrüpp wucherte, und kamen schließlich auf eine Landstraße, an der eine Taverne stand. Dort traten sie ein, wuschen sich auf der Toilette den Schweiß von den Gesichtern, klebten Pflaster auf die blutenden Stellen an den zerkratzten Beinen und bestellten dann türkischen Kaffee, der, wie er gelesen hatte, in Griechenland aus Rücksicht auf die Einheimischen hellenisch genannt werden soll, ein Tipp, den er befolgte. Nachdem sie sich erholt hatten, fragte er, ob ein Bus in die Stadt fahre. Der Wirt deutete auf eine rostige Stange mit einem kleinen verbeulten Schildchen dran, auf der anderen Straßenseite schräg gegenüber vor seiner Taverne. Dort stellten sich der Mann und die Frau hin und warteten eine Stunde. Dann kam ein Bus. Er war bis auf den letzten Platz besetzt mit erschöpften Badegästen, die vom Strand zurück in die Stadt in ihre diversen Hotels fuhren.

Die beiden zwängten sich mit ihren zwei Koffern zur vorderen Tür hinein und standen während der Fahrt neben dem Fahrer, der durch eine Plexiglaswand von den Fahrgästen abgeschirmt wurde. Da es zu eng war, konnten sie sich nicht umdrehen, standen also mit dem Rücken in Fahrtrichtung und sahen nur seitwärts zur offen gebliebenen Falttür raus. Was sie sahen, deprimierte sie. Nichts als versteppte Felder und mit Abfall übersäter Schotter aus Schiefer und Kreidekalk. Vor und hinter ihnen fuhren niedrige Go-Karts, in denen braungebrannte Paare in kurzen Hosen und ärmellosen Leibchen saßen, mit Baseballmützen auf den Köpfen und Sonnenbrillen vor den Augen. Der Fahrer musste ihretwegen oft scharf bremsen, wodurch im Rücken des Mannes mit den zwei Augen ein brennender Schmerz ausgelöst wurde, weil sich ihm dort eine Schraube ins Fleisch bohrte, deren Spitze offen aus dem Stahlrahmen ragte, an welchem die Plexiglaswand fixiert war. Der Chauffeur bemühte sich, die Go-Karts jeweils so rasch wie möglich zu überholen und hinter sich zu lassen. Beim Beschleunigen löste die Schwerkraft den Mann mit den zwei Augen von der Schraube, was ihm Linderung verschaffte, schob ihn dafür aber mit seiner Nase in die Achselhöhle eines Badegastes, der vor ihm stand und sich an der Haltestange festklammerte, die längs über den Köpfen der Fahrgäste entlanglief. Es roch dort nicht nach Mittelmeer.

Die Stadt war am Abend mit Touristen vollgestopft. Am alten Hafen, der nur noch von Ausflugsbooten benutzt wurde, reihte sich eine Gaststätte an die andere. Auf der Promenade standen Werber, die die Vorübergehenden ansprachen und ihnen große, in Plastik eingeschweißte, bunt bemalte Karten vor die Nase hielten. Darauf waren braunglänzende Hackfleischröllchen und Koteletts abgebildet, weiße Haufen und gelbe Pommes frites mit brombeerfarbenen Klecksen, daneben Gläser mit blauen, grünen und lila Flüssigkeiten drin. Neben jedem Bild stand eine bunte Zahl, rot durchgestrichen und durch eine andere, niedrigere ersetzt. Über den niedrigeren Zahlen war eine kleine stilisierte Uhr gemalt, auf der Zeitsegmente als rote Keile hervorgehoben waren. Das bedeutete, dass man die entsprechenden Speisen und Getränke zu den markierten Zeiten billiger serviert bekam. Alle Lokale hatten eine Terrasse. Auf jeder standen große Fernsehgeräte, auf deren Bildschirmen englisch kommentierte Fußballspiele gezeigt wurden. Aus Lautsprechern erklangen griechische Schlager.

»Lassen Sie uns von hier verschwinden, Stanea«, sagte der Mann mit den zwei Augen.

Sie verstand nicht, was er sagte, da der Lärm zu groß war, und rief: »Warum nennen Sie mich neuerdings eigentlich Stanea?« Er antwortete mit erhobener Stimme: »Die Insel hieß früher auf Italienisch Staneo, wie ich bei meinen Recherchen herausgefunden habe. Dadurch, dass ich Sie Stanea nenne, werde ich daran erinnert und weiß immer etwas, das die meisten anderen hier nicht wissen. Das setzt mich ab vom gemeinen Touristen und gibt mir ein erhabenes Gefühl.« – »Das verstehe ich gut. Würde es Ihnen viel ausmachen, mit mir woanders zu flanieren als gerade auf dieser Uferpromenade?« – »Das habe ich doch eben gerade vorgeschlagen?! Wir gehen dort vorne links und biegen in die dunkle Gasse ein.«

Kaum hatten sie das getan, wurde es ruhig. Betäubt gingen sie weiter bis ans Ende der Gasse, wo in der Dunkelheit ein Schild funzelte, auf dem eine Art Säge abgebildet war. Es handelte sich um eine Fischtaverne. Die Säge stellte die stilisierte Nase eines Schwertfischs dar oder eine Harpune oder ein Ruder. Es war nicht mehr zu erkennen. Die Sonne und die salzige Luft hatten das Gemälde zerfressen.

Da sie beide Hunger hatten, entschlossen sie sich, einzutreten. Fischernetze hingen von der Decke, bunte Keramikbötchen standen auf Simsen, Hummer aus Plastik kletterten über die Wände, die mit weißem Gips tropfsteinhöhlenartig verputzt waren. Überall saßen Einheimische und aßen, meist in Gruppen, an zusammengeschobenen, mit weißem Papier bedeckten Tischen. Ein Mann, offenbar der Wirt, machte den beiden neuen Gästen Zeichen, ihm zu folgen. Er führte sie an den letzten leeren Tisch, auf dem eine karierte Plastikdecke lag. Sie setzten sich hin und warteten. Der Wirt breitete ein weißes Papier über die Plastikdecke, bedeutete dann dem Mann mit den zwei Augen, er möge ihm folgen, und führte ihn in eine große Küche. Mittendrin stand dort ein Tisch mit Blechen drauf, die von feuchten Tüchern zugedeckt waren. Der Wirt hob die Tücher eins nach dem anderen in die Höhe und zeigte, was darunter verborgen war. Dazu erklärte er dies und das. Auf dem einen Blech lagen Fische verschiedener Art und Größe, akkurat gestaffelt, auf dem nächsten lagen schwarze Muscheln, auf dem dritten Krabben, auf dem vierten Krebse, auf dem fünften Tintenfische, auf dem sechsten Meeresschnecken, auf dem siebten Algen, auf dem achten rosa Muscheln. Der Mann mit den zwei Augen wurde ganz aufgeregt, fuchtelte mit den Armen herum und deutete auf dies und das. Er wollte von allem haben. Der Wirt schüttelte den Kopf und machte besänftigende Gesten. Er legte einen großen Fisch auf einen Teller und bedeutete mit der ausgestreckten rechten Hand, die er abwechselnd nach oben und nach unten wendete, den werde er auf dem Grill zubereiten. Dann legte er die linke Hand aufs Herz, hob die rechte mit der Fläche nach außen in die Höhe, wie ein Verkehrspolizist, der ein Stoppzeichen macht, schloss die Augen, senkte den Kopf und gab so zu verstehen, er werde für die beiden eine Mahlzeit zusammenstellen, die ihnen schmecken werde und an die sie bleibende gute Erinnerungen haben würden; man möge ihm vertrauen. Der Mann mit den zwei Augen eilte zu

Stanea zurück und rief begeistert: »Sie können sich nicht vorstellen, was ich eben sah. Wir sind in eine echte Fischtaverne geraten, auch wenn der Grottenputz und die aprikosenfarbenen Plastikhummer an den Wänden das nicht vermuten lassen. Da ist alles frisch in der Küche. Wie in alten Filmen. Hier will ich jeden Abend hin. Das ist mein Traumrestaurant. Hoffentlich kennen die hier keinen Wirtesonntag und machen morgen oder übermorgen nicht zu.«

Er fühlte sich so wohl, dass er anfing, drauflos zu reden: »Wir haben einander noch nie so richtig von uns erzählt, Sie Hauch, Sie Lüftchen, Sie leichte Brise. Das wollen wir heute nachholen. Wussten Sie zum Beispiel, dass ich die Schweizer Grenzstadt Schaffhausen kenne? Dort wohnte eine Jugendliebe von mir. Ich war in den Ferien, etwa vierzehn Jahre alt, und presste das Mädchen an mich, bis ihm schier die Augen aus dem Kopf traten, weil ich glaubte, durch heftiges Pressen würden die geheimnisumwitterten Empfindungen aus ihr oder aus mir hervorquellen, von denen ich da und dort gehört hatte. Und sie ließ sich pressen in der gleichen Annahme. Über uns glitzerten die Sterne. Der Rhein fließt kräftig, kalt und schlank durch das kleine Städtchen, in dem es Kalbsbratwürste gibt, die verdienen, auch in zweihundert Jahren noch bekannt zu sein, weswegen ich sie hier und heute erwähne. Warum pressen Knaben Mädchen wohl so heftig an sich? Ich erinnere mich nur daran, dass es anstrengend war, körperlich anstrengend, wie Armdrücken vielleicht, und dass wir uns gegenseitig bis zum Schielen in die Augen gestarrt und uns bemüht haben, dabei so etwas wie Wehmut zu empfinden, weil wir glaubten, Verliebtsein habe mit Wehmut zu tun. Es waren quälend lange Stunden, aus heutiger Sicht. Am schönsten war es, wenn die Turmuhr schlug und uns das Zeichen gab, uns endlich voneinander verabschieden zu dürfen, weil wir nach Hause mussten. Langeweile empfand ich, dass es wehtat! Ja, dieser Schmerz ist mir noch gegenwärtig: bohrende Langeweile. Vor lauter Angst, mein restliches Leben in solcher Langeweile absitzen zu müssen, spielte ich damals geradezu mit Selbstmordgedanken. Ich fürchte, wenn ich jetzt sage, Sie wissen ja, wie das ist als Kind, werden Sie verneinen?«

»Ja.«

»Dachte ich's mir. Aber an irgendetwas werden doch auch Sie sich erinnern können aus Ihrer Kindheit?«

»Nein.«

»Macht nichts. Dann erzähle eben ich weiter. Zum Beispiel vom Buch, das ich gerade im Begriff bin zu lesen. Im Flugzeug kam ich darin an eine Stelle, an der unverhofft ein Knabe namens Philipp auftauchte. Ich muss seither dauernd an dessen rote Wangen denken, Wänglein aus bessern Zeiten, rein und leuchtend, und an seine blauen Augen. Hirtenjungen kamen mir in den Sinn beim Lesen, Alpwiesen, aromatische Luft, Gebirgswasser und Dotterblumen. Golden strahlte die Sonne, die ich mir vorstellte, und ließ das Gras glitzern, an das ich dachte, während meine Hände, in denen ich das Buch hielt, mich im Flugzeug blendeten, so weiß waren sie. Alles nur wegen dieses gelockten, duftenden Philipps, den ich in dem Buch aufgeschnappt hatte, wo er am unteren linken Rand einer Seite stand und nichts anderes zu tun hatte, als sich erwähnen zu lassen. Die Geschichte handelt von einer Tochter, die stickt – ein altmodisches Buch ist es, aus dem vorletzten Jahrhundert, eines von denen, die immer schon aus der Zeit gefallen sind. So eine liebe, kleine Unterbrechung des Alltags, eine Störung, der niemand recht böse sein kann. Bitte nicht jetzt, sagt man, vielleicht ein anderes Mal; wir haben gerade etwas Wichtiges zu besprechen, bitte, ja? Und mit zartem Erröten zieht sich das Buch zurück, kommt vielleicht noch zwei-, dreimal vorbei, wird aber immer wieder auf später vertröstet, bis es ganz wegbleibt. Denn es hat kein brennendes Anliegen, es geht nur so dahin und ist eines Tages nicht mehr da mit seinen roten Wänglein. Man versäumt nichts, wenn man es nicht gelesen hat. Doch wenn man in einer wichtigen Besprechung sitzt, und es klopft leise an die Tür, und so ein Buch streckt vorsichtig den Kopf herein, zu dem man freundlich, aber bestimmt sagen kann, nicht jetzt, bitte, später, und das Buch zieht die Tür beschämt wieder zu, dann bewundern einen die Geschäftspartner für die liebenswürdige Bestimmtheit, mit der man der Störung zu begegnen in der Lage war, und sagen: Das ist wahre Führungsqualität. Hier herrscht ein guter Ton, hier möchte man arbeiten. – So ein Buch ist es, in dem der duftende Philipp am unteren linken Seitenrand steht und darauf wartet, überlesen zu werden. Und nun geht er mir nicht mehr aus dem Kopf. Dabei bin ich fest gewillt und eisern darauf bedacht, genau solche Philipps ein für alle Mal aus meinen Gedanken zu streichen und mich künftig auf das Wesentliche zu konzentrieren. Deswegen nun endgültig zu Ihnen, Sie Hauch, Sie Lüftchen, Sie leichte Brise …«

Nachdem es längere Zeit still blieb am Tisch, sagte Stanea, die ahnte, dass nun wohl sie dran war mit Reden: »In der Zeitschrift, die ich im Flugzeug las, stand, ein Vogel singe nicht, weil er eine Antwort kenne, sondern weil er ein Lied kenne.«

Der Mann mit den zwei Augen starrte sie entgeistert an. Dann lachte er laut heraus und hielt sich fast gleichzeitig die Hand vor den Mund. »Mein Lachen wirkt möglicherweise wenig ansteckend auf Sie, fürchte ich.

Meine Zähne schimmern nicht mehr so weiß wie früher. Es ist wohl besser, mir das Lachen abzugewöhnen? Ich gewöhnte mir in letzter Zeit so einiges ab, auch das Rennen und das Hüpfen, weil ich beides nicht mehr so gut kann wie früher. Ich gehe geradeaus, sitze auf Stühlen, liege in Betten … Ganz aus sich selbst heraus, denke ich, ganz aus sich selbst heraus schöpfen, wie Haare aus meinem Kopf herauswachsen, so möchte ich einmal in meinem Leben einen Gedanken aus meinem Inneren herauswachsen lassen, wie eine Blume aus meinem Mund – sie braucht nicht schön zu sein, die Blume; das Wunder, dass sie aus meinem eigenen Mund herauswächst, würde mir genügen; ich würde sie anstarren und immer wieder ausrufen, eine Blume! Eine Blume aus diesem meinem Mund! … Die Überzeugung, die gnadenlose Entdeckung, dass wir nichts aus uns heraus erschaffen können, dass alles sich selbst denkt und schafft, dass wir es zwar dressieren können, beschneiden, dass wir ein geducktes oder auftrumpfendes Wesen aus ihm machen können, dass wir aber nichts, gar nichts wirklich allein aus uns heraus erschaffen können! Entweder fließt es durch uns hindurch in den unendlichen Raum, oder es fließt nicht. Das Einzige, was wir in unserer Beschränktheit tun können, ist, es in seinem Fließen auszurichten, ja – oder es abzuwürgen, indem wir den Mund schließen, ihn zuhalten, uns auf die Zunge beißen, sodass es nur gerade noch als ein verhaltenes Wippen zwischen den Klimm… Wimmern zwischen den Klipp… Wimmern zwischen den Lippen hervorklingt, wollte ich sagen …«

Er hatte sich verheddert und fand keinen Schluss.

Sie sagte: »Am Ende konnte ich Ihnen nicht mehr richtig folgen. Sie sind bestimmt auch müde? Ich freue mich schon die ganze Zeit aufs frisch gemachte Bett.«

Mit dem Hotel hatten sie nämlich ebenso großes Glück gehabt wie mit dem Restaurant. An der Uferpromenade, auf welcher der gesamte Inselverkehr in die Stadt hinein- und wieder aus ihr herausfloss, standen landwärts Repräsentationsbauten aus der vorletzten Jahrhundertwende. Zwischen ihnen auch ein ehemaliges Grandhotel, das jedoch wegen des Lärms und wegen der Abgase geschlossen und umgerüstet worden war. Die Hafenpolizei benutzte nun einen Flügel davon, außerdem waren ein Tourismusinformationsbüro und Teile der Stadtverwaltung darin untergebracht. In unmittelbarer Nachbarschaft, schräg gegenüber, auf der Uferseite, war von jungen Investoren aus Athen ein Neubau als Ersatz errichtet worden. Von der Straße aus sah man nur eine sehr hohe Betonwand, die an einer Stelle aufgeschlitzt war. Der Schlitz war von oben bis unten verglast. Der untere Teil davon ließ sich öffnen und diente als Eingangstür. Durchs Glas war das Foyer des Hotels zu sehen und auf der anderen Seite eine Terrasse mit Sonnensegeln, zwischen denen das Meer glitzerte. Wenn man eintrat, öffnete sich einem der Blick über den gesamten Golf. Das Wasser glaubte man an den Füßen zu spüren, so nah stand das Gebäude am Ufer. Die gesamte Front bestand vom Boden bis zur Decke aus Glas. Der Lärm von der Straße war, kaum fiel die Tür hinter einem zu, nur noch als dunkles, fernes Rauschen zu vernehmen. Die Schiebetüren zur Terrasse standen tagsüber offen, man hörte das Glucksen der Wellen, das Geplauder der Gäste, die dort saßen, freischwebend über dem Wasser, und dann und wann das tiefe Brummen eines Schiffs, das weit draußen vorüberglitt.

Das Hotel war gerade erst fertiggebaut geworden und bot die Zimmer zu Einführungspreisen an. Der Mann mit den zwei Augen und Stanea buchten eins für die ganze Woche und konnten sich kaum fassen vor Glück, als sie es zum ersten Mal betraten. Von der Decke bis zum Fußboden war auch da die ganze Breite zur Meerseite verglast, davor ragte ein Balkon ins Freie, dessen Geländer einer Reling nachempfunden war, mit dicken Drahtseilen anstelle von Stangen. Man konnte im Bett liegend über den Golf bis zur türkischen Küste hinüber sehen. Da das Hotel mit dem Rücken zur Stadt gebaut war, konnte man den Rummel, der dort herrschte, nur ahnen.

Das Frühstück wurde unten auf der großen Terrasse serviert.

Wenn der Mann mit den zwei Augen aufwachte und die Sonne über dem türkischen Festland aufgehen sah, schnürte es ihm jeden Morgen beinahe die Luft ab vor Glück. Er rief: »Stanca, aufstehen!« Er hatte sich zwar nichts vorgenommen für den Tag, und es gab auch nichts zu tun, aber der Sonne beim Aufgehen zuzuschauen, das fand er der Mühe wert. Die Frau setzte sich im Bett auf und blinzelte, während er im hoteleigenen weißen Morgenmantel auf dem Balkon stand und das Ereignis verfolgte.

Vor ihm auf dem Balkontisch lag der Zettel mit den Kos-Notizen, den er neben seinem Bett auf dem Boden gefunden hatte. Offenbar war er beim Kofferauspacken rausgefallen und liegen geblieben. Beim Entziffern seiner schwer lesbaren Schrift kamen ihm Zweifel, ob da wirklich stand, die Insel habe auf italienisch Staneo geheißen, oder ob das e nicht viel mehr ein c war, der Name also Stanco war. Da die Frau so gern schlief, fand er, Stanca, was auf Italienisch die weibliche Form von *müde* war, sei eigentlich passender für sie als Stanea. Doch das kam ihm kurz darauf zu plump vor, weswegen er sich korrigierte und nachschob: »Stanea, wollte ich sagen.« Sie streckte sich und sagte, das habe er doch sowieso gesagt.

Nachdem sie von der Insel zurück waren, stellte er beim Öffnen der Bankbelege mit Entsetzen fest, dass ihr Geld nur noch für drei Monate reichte. Die Erbschaft ihres Vaters, von der er geglaubt hatte, sie reiche aus, um damit ihr restliches gemeinsames Leben zu bestreiten, war aufgebraucht.

Sie war an Geld nicht interessiert. Nach dem Tod ihres Vaters erhielt sie einen Brief, las ihn und sagte: »Mein Vater hatte offenbar Geld auf der Bank, das mir nun überwiesen werden soll. Ist es Ihnen recht, wenn ich Ihre Kontonummer angebe statt meiner? Sie kommen mir immer so betrübt vor, wenn Ihr Konto leer ist. Das würde dann bis auf weiteres nicht mehr passieren. Die Summe sollte meiner Meinung nach reichen bis an unser beider Lebensende. Es ist zwar nicht die sagenumwobene Million, die uns zufällt, aber der Haufen, der sich da angesammelt hat, kommt mir größer vor als jeder, den ich bislang gesehen habe.«

Er fragte, warum sie das Geld ihm überweisen wolle? Nicht jeder Mann sei dafür geboren, mit Geld umgehen zu können. Vielleicht solle sie es besser einem Finanzberater anvertrauen.

»Lieber nicht. Mein Großvater hat in seiner Jugend Geld besessen. Das ließ er von einem Finanzberater verwalten, dem es zwischen den Fingern zerronnen ist. Der Großvater musste daraufhin in eine kleine Dachkammer ziehen, ohne Klo und Bad, wo er bis zu seinem Tod lebte. Er war immer sehr lieb mit mir. Nur manchmal wirkte er besorgt und sagte dann ohne jeden Zusammenhang, falls ich jemals zu Geld kommen sollte, dürfe ich's auf keinen Fall einem Finanzberater anvertrauen. Das seien Verbrecher.« Sie kriegte einen roten Kopf und sagte: »Ich erzähle Ihnen hier noch mein ganzes Leben …«

Diese Erbschaft war nun also aufgebraucht. Das gähnend leere Konto versetzte ihn in Panik. Er fing an zu jammern. Stanea schaute ihn an und wusste nichts zu sagen. Dann hellte sich ihr Gesicht auf. Ihr war ein Vers eingefallen, der ihr zur Situation zu passen schien. Glucksend sagte sie: »Es hockt en Frosch im Chämmerli und brüelet furchbar jämmerli.«

Der Vers stammte aus einer Schweizer Kinderfibel, die sie vor drei Jahren an einem Adventsbasar gekauft hatte. Sie betonte jede einzelne Silbe in einer Weise, die ihr besonders gebirgig vorkam. Der Mann mit den zwei Augen verstand kein Wort von dem, was sie sagte. Da es seiner Meinung nach nichts zu lachen gab, schüttelte er unwirsch den Kopf, ließ sie stehen, ging in die Küche, setzte sich an den Tisch und starrte vor sich hin. Stanea folgte ihm, nachdem sie sich erholt hatte von ihrer Fröhlichkeit. Sie entschuldigte sich. Der Vers sei ihr halt so eingefallen. Als er eben angefangen habe zu jammern, sei er ihr kurz vorgekommen wie dieser Frosch. Was die Finanznot anbelange, sei sie von ihr ebenso überfordert wie er. Vielleicht sollten sie sich an die Chinesen halten? Die würden sich die Welt als ein Gebilde aus lauter Rhizomen vorstellen, habe sie gelesen. Alles sei nach deren Überzeugung unterirdisch miteinander verbunden, verwachsen und verwoben. Kein Mensch könne demzufolge wissen, wie auf eine bestimmte Situation am besten zu reagieren sei, da kein Mensch eine Ahnung haben könne, was wie miteinander zusammenhänge. Daraus hätten chinesische Weise den Schluss gezogen, Nichthandeln sei besser als Handeln. Man müsse den Dingen ihren Lauf lassen und spüren, wo sie hinwollten. Das Äußerste, was man versuchen solle, sei, sie in die Richtung zu lenken, die einem vernünftig vorkomme, oder ihnen, wenn einem das möglich sei, ihren Weg zu ebnen, damit sie ungehindert etwas schneller laufen konnten in die Richtung, in die sie sowieso laufen wollten. Doch da sie beide müde seien von der Reise, schlage sie vor, erst einmal ins Bett zu gehen und den folgenden Morgen abzuwarten. Vielleicht werde sich über Nacht herauskristallisieren, wie die momentane Situation sich weiter entwickeln wolle.

Er fand den Vorschlag wenig hilfreich und blieb deswegen am Küchentisch sitzen, um weiter vor sich hin zu brüten, während sie ins Bett ging – ohne vorher ihren Koffer ausgepackt zu haben, was ihn beim Brüten störte. Immer wieder schaute er zum Koffer, der im Flur auf dem Boden stand, und dachte, den hätte sie wenigstens leeren und wegräumen können, bevor sie ins Bett ging.

Er überprüfte in Gedanken sämtliche Möglichkeiten, zu Geld zu kommen, die ihm einfielen. Da er nie in die unbequeme Lage von Kindern aus unbegütertem Haus gekommen war, in die unbequeme Lage also, sich durch eigene Anstrengung eine Existenz schaffen zu müssen, hatte er nie gelernt, sich anstellig zu benehmen und eine bezahlte Arbeit zu suchen oder gar eine zu finden. Seine Gedanken drehten sich dementsprechend im Kreis. Stunden später saß er immer noch am Küchentisch, steif geworden inzwischen und mit kalten Füßen. Heute Nacht werde ich das Problem wohl nicht mehr lösen, seufzte er, erhob sich und ging ebenfalls zu Bett.

Am nächsten Morgen war alles wie am Abend zuvor. Das Konto leer und keine Aussicht auf Besserung. Mit bitterem Spott in der Stimme begrüßte er Stanea. »Das Nichthandeln bringt wohl nicht immer die erhoffte Lösung?«, sagte er und fügte hinzu: »Vielleicht wäre jetzt der Moment gekommen, das Boot auszuschöpfen?« Sie verstand seinen Grimm und die Anspielung aufs Boot nicht, schaute ihn ratlos an und fragte dann, ob sie es seiner Meinung nach vielleicht noch einmal mit dem Singen versuchen solle? Was früher in den Ohren der Mehrheit falsch geklungen habe, klinge in deren Ohren heute vielleicht richtig? In den anderen Künsten sei dieses Phänomen oft zu beobachten: Was heute Missfallen und Hohngelächter hervorrufe, löse morgen Entzücken aus. Vielleicht könne sie inzwischen irgendwo Geld verdienen mit ihrem Gesang und so bis auf weiteres für ihrer beider Kost und Logis aufkommen? Die Weltwirtschaft sei einem ewigen Auf und Ab ausgesetzt. Mal gehe es gut, mal schlecht. Jetzt sei offenbar für ihn und sie eine schlechte Zeit angebrochen, morgen vielleicht schon wieder eine gute.

Der Mann mit den zwei Augen schüttelte den Kopf: »Danke. So weit kommt es noch, dass Sie für unsere Kost und Logis arbeiten gehen! Es wird sich bestimmt ein anderer Ausweg aus der Misere finden lassen. Unabhängig davon rate ich Ihnen, sich das mit dem Singen aus dem Kopf zu schlagen. Ihre eigenwillige Art würde auch heute noch auf Ablehnung stoßen. Wie können Sie bloß auf den unsinnigen Gedanken kommen, gerade mit derjenigen Beschäftigung Geld verdienen zu wollen, die den Widerstand der breiten Masse weckt? Das ist ein Phänomen, das ich schon verschiedentlich beobachtet habe: Immer genau das, woran sich einer am meisten reibt, reizt ihn zu tun. Ein Farbenblinder will Maler werden, ein Hänfling Zehnkämpfer. Sie wollen Sängerin werden? Ich bezweifle, dass das Ihre Bestimmung ist.«

Er hörte den Briefträger die Post einwerfen und ging die Treppe runter zum Kasten, um nachzusehen, ob etwas für ihn drin liege. Tatsächlich steckte ein an ihn adressiertes Kuvert im Schlitz. Zurück in der Küche, öffnete er es und sagte, nachdem er den daraus entnommenen

Brief gelesen hatte: »Da haben wir ihn schon, den Ausweg. In einer mir nicht näher bekannten deutschen Stadt an der Grenze zu Polen hat man das Archiv aufgeräumt. Dabei stieß man auf einen berühmten Mann aus dem vorvorletzten Jahrhundert, der den gleichen Namen führt wie ich. Ich habe Ihnen nie erzählt, was für einen bedeutenden Namen ich trage, weil es keinen Sinn hat, sich eines Namens zu rühmen, den man sich nicht selbst gemacht hat. Mein Ururgroßvater väterlicherseits ist ein bedeutender politischer Kopf gewesen. Lange Zeit blieb er allerdings vergessen, weil man in der Deutschen Demokratischen Republik, welcher seine Geburtsstadt nach der Aufteilung des tausendjährigen Reichs zugeschlagen worden war, eine andere Art von Geschichtsschreibung betrieben hat als die bei uns im Westen. Nachdem das Unrechtsregime niedergerungen war – wie man offiziell den historischen Umbruch nennt, der dazu führte, dass Deutschland heute wieder ein ziemlich großes Ganzes ist –, besann man sich im Osten zurück auf die Vorvergangenheit und versucht seither, die abgerissenen Geschichtsfäden zusammenzuflicken und den Anschluss an unsere westliche Welt zu finden, indem man die gemeinsamen Wurzeln freilegt. Dabei kommen lauter Dokumente ans Tageslicht, die nicht weiter von Bedeutung wären, wäre nicht der Anspruch aus ihnen abzuleiten, dem Westen ebenbürtig zu sein und eine ebenso glorreiche Vergangenheit zu haben wie dieser.

Meinen Ururgroßvater hatte ich vergessen, weil sein Vermögen und sein Ruhm von seinen Nachkommen aufgebraucht worden waren, bevor etwas davon an mich hätte übergehen können. Ich habe somit kaum noch etwas mit ihm zu schaffen. Doch nun stellte sich offenbar heraus, dass er Gründungsmitglied der Freimaurerloge dieser Stadt an der Grenze zu Polen war. Ich weiß nicht, ob Sie mit dem Gedankengut der Freimaurerei vertraut sind? Ich nehme es nicht an. Ich bin's jedenfalls nicht. Was ich davon weiß, ist immerhin elektrisierend: Freimaurerlogen sollen oft sagenhafte Vermögen und immer sagenhaftes Geheimwissen horten.

Da hat man sich also in dieser Stadt an der polnischen Grenze, von der ich – nachdem ich ihren Namen inzwischen mehrmals in meinem Kopf wendete – durchaus schon einmal meine gehört zu haben, auf die Vergangenheit gestürzt und entdeckt, dass mein Urahne, ein Republikaner und Aufklärer des frühen achtzehnten Jahrhunderts, dort geboren worden ist und später eine Freimaurerloge gegründet hat. Man plant zum zweihundertjährigen Jubiläum der Loge einen Festvortrag über dieses Gründungsmitglied zu halten. Bei den Vorbereitungen stieß man im Internet auf meinen Namen – als Gerichtsreporter bin ich offenbar weit über unsere Stadtgrenze hinaus ein Begriff – und fragt nun in diesem Brief an, ob ich möglicherweise ein Nachkomme des besagten großen Sohnes der Stadt sei. Falls ja, würde man sich freuen, mich als Ehrengast bei dem Vortrag begrüßen zu dürfen.

Ja, ich bin ein Nachkomme jenes großen Mannes, werde ich ihnen antworten, und ich nehme die Einladung dankend an. Aus so einem Anlass kann nämlich leicht das Angebot einer Ehrenmitgliedschaft in der Loge resultieren, und bin ich erst einmal Mitglied dieses weltumspannenden Geheimbunds, wird es uns künftig an nichts mehr mangeln – ich knüpfe Ihr Schicksal, wie Sie feststellen, in meiner überschwänglichen Zuversicht auf Verdeih und Gederb an meins, auf Gedeih und Verderb, wollte ich sagen, und Finanzsorgen, wie ich sie noch gestern Abend gewälzt habe, werden uns nie wieder plagen: Wir werden nicht unter den Brücken enden, wie ich mir das heute Nacht in meinen finstersten Phantasien ausgemalt habe, sondern wir werden in dieser Wohnung bleiben können, und auch für Speis und Trank wird bis an unser Lebensende gesorgt sein.«

»Das«, antwortete Stanea erleichtert, »scheint mir ein schönes Beispiel für die chinesische Rhizomtheorie zu sein. Da kehrt man von einer griechischen Insel zurück und weiß nicht mehr, wie es mit einem weitergehen soll, und schwupp, flattert ein Brief in den Kasten und öffnet einem ein neues Tor zur Welt.«

»Lassen Sie uns zurück ins Bett gehen, wo ich Ihre Schenkel auseinanderbiegen und in Sie eindringen will. Vielleicht erleben wir ein kurzes Glück dabei. Und danach schlafen wir noch einmal ein. Das Telefon lassen wir ins Leere klingeln, den Regen lassen wir rauschen, die Vorhänge ziehe ich zu. Nur die drei Fruchtfliegen am Fenster muss ich vorher noch rasch zerquetschen, die lassen mir sonst keine Ruhe. – Meine Kleidung ist schadhaft, sehe ich gerade, derweil ich im Begriff bin, sie abzustreifen. Ich habe mich mit den Jahren gehenlassen. Ein Freimaurer sollte das nicht tun. Beispielsweise wiederholte ich eben gerade auch fünfmal hintereinander das Wort *lassen*, was von der erwähnten Nachlässigkeit beredtes Zeugnis ablegt. Es gelingt mir nicht mehr zu glauben, eine intakte, saubere Kleidung sei besser als eine unreine, schadhafte. Doch wenn ich ins derzeit beste Theater der Saison gehe, fällt mir auf, wie heruntergekommen ich bin. Die Männer im Zuschauerraum des jeweils besten Theaters der Saison sind in der Regel fabelhaft rasiert. Die Hälse ihrer Frauen sind von einer Reinheit, die blendet. Manchmal gelingt es mir kaum, neben all der Schönheit auch noch das derzeit beste Theater aufzunehmen. Es macht Freude, so viel Glanz auf sich einwirken zu lassen.

Bevor wir nach Griechenland flogen, fällt mir dazu ein, habe ich eine Veranstaltung besucht, bei der im Zuschauerraum die allerschönsten, am besten gewachsenen, gekleideten und erzogenen Menschen der Saison beisammensaßen. Wir hörten einem Podiumsgespräch älterer Herren zu, die in ihrem Leben mit der Reinlichkeit bereits ihre ersten kleinen Dispute auszutragen gehabt zu haben schienen. Die Haare auf den Köpfen jedes einzelnen konnten sich jedenfalls sichtbar nicht dazu durchringen, solidarisch miteinander in ein und dieselbe Richtung zu streben, und ihre Jacketts hatten sich seit längerem damit abgefunden, dass ihnen manchmal ein Tröpfchen oder ein Bröckchen vom Esstisch zugeworfen wurde, an denen sie sich laben sollten. Die Hosen waren verbeult und glänzten fiebrig, die Schuhe hatten sich nach zähem Ringen an die Form der schiefgewachsenen Füße gewöhnt und es aufgegeben, sich nach Eleganz zu strecken.

Die Herren, von denen hier die Rede ist, beschäftigten sich mit dem Wort. Die einen waren sogenannte Dichter, die anderen ihre Übersetzer. Bei diesen Tätigkeiten scheint ihnen die Zeit abhandengekommen zu sein, sich mit ihrem Äußeren herumzuschlagen. Oder es fehlte ihnen das Geld dazu, ihrem Äußeren jenen Schliff zu geben, den die meisten von uns für sich erträumen. Jedenfalls hatten sie sich in ihr Schicksal ergeben und sahen verwaschen und abgestanden aus, während die Leute im Zuschauerraum glitzerten und funkelten, dass es eine Freude war. Wohl aus diesem Grund kümmerten sich die Leute im Zuschauerraum auch mehr um sich selbst und um ihre Nachbarn als um die älteren Herren auf der Bühne. Man musterte sich gegenseitig, nickte einander anerkennend zu und freute sich über den guten Eindruck, den man insgesamt erweckte. Was die älteren Herren auf der Bühne vertraten, nahm man mit Wohlgefallen zur Kenntnis, überzeugt davon, es eindeutig richtig gemacht zu haben, als man sich seinerzeit dafür entschieden hatte, im Theater lieber unten als oben Platz zu nehmen. Nachher gab's Cocktails zu trinken, die unter dem Namen *Hahnenschwänze* einen sehr viel kleineren Bekanntheitsgrad genießen. Man plauderte miteinander, wobei es nicht so sehr darauf ankam, etwas zu sagen, als vielmehr darauf, alles und jedes, worüber zur Zeit gerade gesprochen wurde, ebenfalls in den Mund zu nehmen, mit seinem Speichel zu befeuchten und dann wieder aus ihm zu entlassen, während man von Minute zu Minute mehr zur Überzeugung gelangte, der eindeutig wichtigsten und besten Veranstaltung der Saison, wenn nicht gar des ganzen Jahres, durch seine eigene Anwesenheit ein wenig mehr Glanz verliehen zu haben. Nun aber Schluss mit reden«, sagte der Mann mit den zwei Augen zur Frau, die ihm gegenüberstand, »jetzt lassen Sie mich bei sich eindringen; das wird schön.«

Zwei Tage nachdem er seine Zusage zum Freimaurerlogengründungsjubiläum abgeschickt hatte, klingelte das Telefon. Eine Frau stellte sich vor als diejenige, die den angekündigten Vortrag halten werde. Sie freue sich, einen Ururenkel des großen Sohnes ihrer Stadt ausfindig gemacht und als Zuhörer gewonnen zu haben. Ob er mit dem Auto anreise? Nein, mit dem Zug. Gut, dann werde sie ihn am Bahnhof abholen. Er werde sie leicht erkennen. Sie sei relativ klein und werde eine rote Redingote tragen.

Sie drückte sich auffallend gewählt aus und mit glasklarer Diktion. Er wusste nicht, was eine Redingote ist, und fragte, wie er sich so eine vorzustellen habe. Sie erklärte, das sei ein taillierter Damenmantel mit Reverskragen. Ach so, sagte er, einen Mantel. Einen roten Mantel also. Auch ich komme im Mantel, in einem sandfarbenen, und in der linken Hand halte ich voraussichtlich einen kleinen sandfarbenen Koffer. Ich bin durchschnittlich groß, habe durchschnittlich kurzes, sandfarbenes Haar, und rechts von mir wird eine Frau gehen, die etwa einen Kopf kleiner ist als ich und die Sie sich der Einfachheit halber am besten auch gleich sandfarben vorstellen – wir werden einander bestimmt nicht verpassen.

Auf dem Bahnsteig wartete mutterseelenallein eine greise Zwergin in einem taillierten roten Mantel. Aus dem Zug stieg außer dem Ururenkel und Stanea niemand. Die drei taten ein Weile so, als würden sie jemanden suchen, traten dann aufeinander zu und fragten: »Sind Sie …?«

Der Meister vom Stuhl (so wird, wie an jenem Abend zu erfahren war, der Vorsitzende der örtlichen Loge genannt) entpuppte sich als ein im Zusammenhang mit der deutschen Wiedervereinigung arbeitslos gewordener Operettenbuffo aus einer benachbarten Provinzstadt. Er war mit einem Regionalzug angereist, um während des Vortrags die Originalzitate des berühmten Logengründungsmitglieds zu rezitieren. Die Zwergin war eine pensionierte Oberstudienrätin. Sie hatte den Vortrag ausgearbeitet und trug ihn persönlich vor – heutzutage dürfen auch Frauen an Logentreffen teilnehmen und sprechen. Der Bürgermeister der Stadt gab sich die Ehre, dem Abend als Zuhörer beizuwohnen. Er war als Statthalter aus dem Westen eingesetzt worden und dazu da, die kapitalistischen Maximen einzuführen und hochzuhalten, was ihm sichtbares Unbehagen bereitete. Er hob in kurzen Abständen immer wieder die Schultern, rollte sie vor und zurück, wendete den Kopf auf seinem Hals hin und her und machte mit dem Rücken Wellenbewegungen, als würden sein Jackett und insbesondere sein Hemdkragen ihm starken Juckreiz verursachen.

Etwa hundert Logenbrüder waren gekommen. Bevor es losging, wurde der Mann mit den zwei Augen ihnen feierlich als Urururenkel des großen Sohnes der Stadt und ihres Logengründers vorgestellt, worauf der ganze Saal sich erhob und ihm applaudierte.

Er trug aus Respekt vor dem Anlass seinen dreiteiligen Anzug, den er sich von einem türkischen Änderungsschneider hatte nähen lassen, um darin vor die Richterin treten zu können, die er damals von seinem Mietanliegen hatte überzeugen wollen. Das Änderungsatelier lag drei Straßen hinter dem Untersuchungsgefängnis, an dem er jeweils vorübermusste, wenn er mit dem Rad zum Kriminalgericht fuhr. Es war eine kleine, dunkle Ladenwohnung.

Der Inhaber des Ateliers war klein und ausgemergelt. Er arbeitete seit mehr als vierzig Jahren an dieser Adresse und hatte sich angewöhnt, in einem selbsterfundenen Kauderdeutsch mit seinen Kunden zu sprechen, womit er deren Sympathie und ein wenig auch deren Mitleid zu wecken verstand. Der Mann mit den zwei Augen hatte bei ihm zweimal seine Hosen weiter machen lassen und fragte, nachdem es auch beim zweiten Mal gut herausgekommen war, ob der Schneider auch ganze Anzüge nähen könne. Ein Wort ergab das andere, und schon kniete der kleine Mann vor ihm auf dem Boden und maß die Länge des einen Beins. Da er alt war und die meiste Zeit seines Lebens in der dunklen, feuchten Ladenwohnung verbracht hatte, schmerzten ihn die Gelenke. Er konnte sich nur mit Mühe aufs Knie hinunterlassen und danach wieder erheben. Da er klein war, konnte er mit seinen kurzen Armen die Beinlänge vom Boden bis zur Hüfte außerdem nicht mit einer einzigen, weit gespannten Geste ermitteln. Er klemmte den Anfang des Maßbandes deswegen mit dem rechten Daumen am Boden fest, rollte das Band bis zum Knie des Kunden, hielt es dort mit der linken am Stoff der Hose fest, zog sich daran in die Höhe, wodurch die Hose um mindestens fünf Zentimeter nach unten rutschte, rollte dabei das Maßband weiter aus bis zum Hüftknochen und notierte sich die so ermittelte Länge des Beins. Dann klemmte er den Anfang des Messbands am gegenüberliegenden Hüftknochen fest, rollte das Band bis zum Knie, ließ sich ächzend auf den Boden sinken, wobei er sich am Stoff der Hose erneut festhielt und diese wieder um mindestens fünf Zentimeter nach unten zog, rollte das Band weiter ab bis zum Boden und notierte sich die so ermittelte Länge des zweiten Beins. Stolz zeigte er dem Mann mit den zwei Augen den Zettel und sagte: »Sehen Sie, es lohnt sich immer, die Beine einzeln auszumessen. Ihr linkes ist zwei Zentimeter länger als Ihr rechtes.« Dem Mann mit den zwei Augen kamen die ermittelten Zahlen nicht besonders vertrauenerweckend vor. Er bat, die Hosenbeine freundlicherweise fünf Zentimeter länger zu machen als nötig; er halte eine gewisse Überlänge bei Herrenhosen für besonders elegant.

Beim Messen des Brustumfangs musste sich der Schneider auf die Zehenspitzen stellen. Er warf dem Mann mit den zwei Augen das Maßband wie ein Lasso über den Kopf und zog es rasch an sich, bevor es auf dem Rücken bis zum Po runtergleiten konnte. Das wiederholte er dreimal. Beim ersten Mal verfing sich das Band auf Höhe des Nackenwirbels im Hemdkragen. Beim zweiten Mal zog der Schneider es zu spät an sich, sodass es erst unter den Rippen, auf der Höhe des Bauchs zur

Ruhe kam. Beim dritten Mal blieb es auf Höhe der Schulterblätter hängen. Jedes Mal rief er aus: »Sehr gut Brust, starke, starke!« Aus den drei unterschiedlichen Zahlen errechnete er den Mittelwert. Nach zehn Tagen war der Anzug fertig. Die Brustpartie war mächtig ausgefallen. Von vorne sah der Mann mit den zwei Augen aus wie ein türkischer Politiker aus den fünfziger Jahren.

Die anwesenden Logenbrüder hielten ihn, wie er da in diesem wuchtigen Anzug mit den zu langen Hosen vor ihnen stand, für einen Heilsbringer und Türöffner zum Westen, der ihnen Geld, Glück und Glanz verschaffen möge. Er war den Tränen nah, weil er das Ausmaß des Missverständnisses ahnte, das sich im Raum ausbreitete.

Die Referentin hatte Stanea und ihm vor dem Vortrag in verschwörerischem Ton zugeraunt, dass man, wenn alles vorbei sei, zu ihr nach Hause gehen werde, wo sie Häppchen vorbereitet habe.

Also fuhren der Meister vom Stuhl, ein Siegelbewahrer der Patenloge aus einer wohlhabenden großen Stadt am Rhein, die Referentin, Stanea und der Ururururenkel später am Abend im Taxi in einen Außenbezirk, an endlosen Plattenbauten entlang, in eine winzige Zweiraumwohnung mit Fenstern auf Schießschartenhöhe. Der sehr dicke Meister vom Stuhl – er war Diabetiker und hatte außerdem Verdauungsprobleme, wie er erklärte; seine Darmwände waren ein paar Tage zuvor durchgebrochen; er sei innerlich beinahe verblutet und mache seither eine Diät, die er der *Nordostdeutschen Apotheken Illustrierten* entnommen habe (keine Zitrusfrüchte, kein Fasergemüse) – und der lange, dürre Siegelbewahrer der Patenloge mussten sich nebeneinander auf eine niedrige Couch setzen, wo sie beide nach hinten kippten und sich nur mit Mühe aufrecht halten konnten. Von dort aus sollten sie Stanea und den Urururenkel unterhalten, die ihnen auf zwei Campingstühlen gegenübersaßen, während die frühpensionierte Oberstudienrätin in der winzigen offenen Küche ein Abendessen mit Vorsuppe, Hauptgericht und Dessert kochte. Als es so weit war, mussten sich aus Platznot alle erheben und zur Seite treten, damit die Oberstudienrätin an ihnen vorbeigehen konnte, ins Schlafzimmer, von wo sie eine fünfte Sitzgelegenheit herbeischaffte, einen Schemel, den sie ans Kopfende des niedrigen Couchklapptischs stellte, den der Meister vom Stuhl, der sich in der Wohnung auskannte, in der Zwischenzeit aufgestellt hatte. Nun konnten sich alle setzen, doch rühren konnte man sich endgültig nicht mehr. Die Luft wurde knapp, die Fensterscheiben liefen an – draußen war es bitter kalt; die Heizung stand aus Spargründen auf der niedrigsten Stufe.

Spätergeborene werden nicht verstehen, was sich hier abspielte, weit draußen vor der Kulisse einer Stadt, die nach dem Krieg von den alliierten Streitkräften dem Erdboden gleichgemacht und danach in der DDR zur Grotesken verzerrt neu aufgebaut worden war, mit dem mausarmen Urururenkel eines ehrwürdigen Republikaners, der darauf hoffte, dank seiner Herkunft in gehobene Logenkreise zu geraten und all seiner wirtschaftlichen Sorgen künftig entledigt zu sein, der aber zu seiner Enttäuschung erfahren musste, dass Freimaurerlogen im Dritten Reich verboten und enteignet worden und in der DDR verboten geblieben waren. Erst nachdem sich die beiden deutschen Staaten vereinigt hatten, waren solche Logen wieder im Entstehen begriffen, mit lauter mittellos gewordenen Nachkommen ehemaliger Mitglieder, die sich vom Ehrengast aus dem Westen erhofften, er würde ihnen auf die Beine helfen und Kontakte knüpfen zwischen ihnen und potenteren Geheimbünden in aller Welt.

Ergänzend ist noch nachzutragen, dass es vor dem Aufbruch zu den Häppchen, im direkten Anschluss an den Vortrag, einen Umtrunk gegeben hatte. Dabei stellte sich dem Ururrenkel der siebzigjährige Bruder der Referentin vor. Er hatte wässrig helle Augen und einen stechenden Blick. Hätte man diese Augen bei einem Tier, etwa einem Hund, gesehen, so hätte man verwundert und begeistert ausgerufen: Nein so was! Das ist unglaublich, dieses Wesen hat die Augen eines Menschen! Er sei Ingenieur und habe in der DDR die Bananenreifehallen unter sich gehabt, erzählte er, ein System, das Chiquita nachempfunden gewesen sei. Der Mann mit den zwei Augen lachte hell auf und sagte, na, da haben Sie ja nicht allzu viel zu tun gehabt, es gab doch kaum Bananen in der DDR? Das hätte er nicht sagen sollen. Es brachte den Bruder der Referentin aus dem Konzept. Seine Augen verengten sich zu schmalen Schlitzen. Er wechselte abrupt das Thema und behauptete, inzwischen führe er eine eigene Firma für Elektronik und habe ein Überwachungssystem entwickelt, das er an Polen verkaufen werde. Es koste hundertfünfzig Millionen, eine englische Bank werde es finanzieren, er treffe den Bankier in ein paar Tagen in der Schweiz. – Was für ein Überwachungssystem denn? – Eines für die Grüne Grenze. Alles, was diese überquere, werde lückenlos registriert, Insektenbefall, Chemie, Zweibeiner, Vierbeiner, Vögel – alles, lückenlos, infrarot, Bewegungsmelder. Es gehe um Menschenschmuggel und dergleichen Vergehen. So viele Grenzwächter könne man gar nicht anstellen, wie das benötigen würde.

Auf der Rückreise saßen der Mann und die Frau stumm nebeneinander im Zug und schauten in die Dunkelheit hinaus. Nach einer Weile seufzte er tief auf, nahm eine liegengebliebene Zeitung aus der Gepäckablage über seinem Kopf, öffnete den Bund der zu engen Anzughose und begann zu lesen. Das Wort Knetterheide fiel ihm ins Auge. Was für ein Wort! Ihm allein ist es zuzuschreiben, dass hier kurz an einen Bürgermeister erinnert wird, der – wie dem Zeitungsartikel zu entnehmen war – während einer abendlichen Wahlveranstaltung im Knetterheider Fernfahrergasthof *Zum Anker* vor die Tür trat, um auf der Landstraße ein paar Schritte auf und ab zu gehen und ein wenig Luft zu schnappen, wobei er von einem vorbeifahrenden Kleintransporter am Mantelzipfel erfasst und in einen Acker geschleudert wurde, in welchem er mit gebrochenem Genick liegen blieb. Der Bürgermeister geriet dadurch, in diesem Acker knapp außerhalb von Knetterheide, in die von ihm bevorzugte Situation, von allen Seiten beleuchtet zu werden und im Zentrum des Interesses zu stehen. Sein Körper war ganz weiß, ganz hell, ganz kalt und ganz strahlend.

Als wir eine Woche glücklich waren miteinander und Sie mich Stanea nannten, damals auf Kos, wo wir jeden Abend auf dem großen Platz unter den Arkaden saßen, neben uns die greisen Honoratioren der Insel, die, sichtbar ohne etwas dafür geleistet zu haben, zu Geld und Macht gekommen waren; wo die letzten Sonnenstrahlen immer so überwältigend schön links und rechts ums Minarett herum flossen bis in die hinterste Ecke des Cafés, vor dem wir saßen, wo sie vom Spiegel, der dort hing, zurückgeworfen wurden auf Ihr Gesicht, das in dem satten, warmen Rot aufglühte, während wir Ouzo tranken, zu dem Pistazien gereicht wurden; wo wir uns frei aller Sorgen fühlten – damals bin ich, wie ich inzwischen annehme, schwanger geworden. Vor ein paar Tagen habe ich ein entsprechendes Set in der Apotheke gekauft und den Test durchgeführt. Mein Verdacht hat sich erhärtet: In mir scheint ein Kind heranzuwachsen. Können Sie sich ein Kind in dieser Wohnung vorstellen?«

»Eher nicht. Das arme Ding würde mit uns bestimmt nicht froh. Wir reden doch kaum miteinander. Neugeborene brauchen, um sich entwickeln zu können, menschliche Laute um sich herum. Das habe ich gelesen. Außerdem scheinen Sie mir von Ihrer Veranlagung her grundsätzlich eher wenig geeignet zu sein, um eine Mutterrolle zu übernehmen. Das Kind würde geboren, und dann würde es daliegen, und Ihnen würde beispielsweise einfallen, dass Sie vergessen haben, Brot zu kaufen. Dann würden Sie loslaufen und zurückkommen, und das Kind wäre tot. Ich habe im selben Zusammenhang gelesen, Neugeborene seien extrem empfindlich, fast wie Eier ohne Kalkschale, welche manchmal unerklärlicherweise von Hühnern gelegt würden. Man dürfe sie in den ersten Wochen jeweils nur eine sehr kurze Frist allein lassen. Würde die Frist überschritten, würden Neugeborene verdursten, erfrieren oder ersticken. Mag sein, das waren nur Theorien eines weltfremden Wissenschaftlers. Aber wen kennen wir mit einem Neugeborenen, den wir um praktischen Rat fragen könnten? Niemanden. Die Kinder von den wenigen, die wir kennen, sind längst erwachsen. Die können sprechen und zuhören. Die melden sich zu Wort, wenn sie frieren oder Durst haben. Winzige Frischlinge kriegt man heutzutage nur noch selten zu Gesicht, in der U-Bahn manchmal, oder im Supermarkt, wo sie in Schutzbehältern, abgeschirmt von der Umwelt, hinter Plastikfolien liegen. Ich denke, es ist nicht einfach, in der heutigen Welt einen Menschen großzuziehen. Man muss dafür Kurse besuchen und Diplome erwerben. Und dann muss man dauernd zu Ärzten laufen und den

Gesundheitszustand dieser kleinen Wesen überprüfen lassen. Das ist nichts für uns; wir hassen Termine. Früher wäre es vielleicht noch etwas gewesen für uns. Da kauerten sich die Frauen hin, und die Kinder glitten aus ihnen heraus und krabbelten auf dem Boden herum. Doch diese Zeiten sind längst vorbei. Heute muss der Boden sterilisiert werden, bevor man ein Kind unbekleidet darauf setzen darf, sonst holt es sich gleich den Tod, und wir würden umgehend wegen Mordes angeklagt. Nein, das ist nichts für uns, erst recht nicht für mich. Was sollte ich mit so einem winzigen Wesen anfangen? Es würde mir bestimmt gleich am ersten Tag, an dem ich es mir genauer anschauen wollte, zwischen den Händen durchgleiten und zu Boden fallen. Nein, ich glaube, das sollten wir uns definitiv aus dem Kopf schlagen.«

»Eben. Das habe ich mir alles auch überlegt. Deswegen habe ich mich danach erkundigt, wo man ungeborenes Leben entfernen lassen kann, und eine Adresse im Süden der Stadt ausfindig gemacht. Dort habe ich angerufen und mir einen Termin geben lassen. Offenbar herrscht zurzeit kein großer Andrang. Ich kann gleich morgen Nachmittag hingehen. Würde es Ihnen etwas ausmachen, mich zu begleiten? Die Frau am Telefon sagte, es wäre besser, wenn jemand dabei sei, weil man sich nach dem Eingriff ziemlich wackelig auf den Beinen fühle und Hilfe gebrauchen könne auf dem Nachhauseweg. Sonst falle man noch hin und breche sich was.«

Der Mann mit den zwei Augen saß anderntags an der angegebenen Adresse im Süden der Stadt lange im Salon einer Gründerzeitvilla und harrte der Dinge. Neben ihm wartete ein berühmter Schriftsteller, der gedankenverloren zum Fenster hinausschaute und mehr als zerknittert aussah. Die Haut in seinem Gesicht war grau wie nass gewordene und wieder getrocknete Wellpappe. Der Mann beobachtete ihn und überlegte, ob er ihn wohl um ein Autogramm bitten dürfte. Der Schriftsteller galt als schwierig und eigenbrötlerisch. Er lebte weltabgewandt in einer riesigen Wohnung im noblen Westen der Stadt, wo er sich dann und wann abfotografieren ließ zum Beweis dafür, dass er tatsächlich in Einsamkeit lebte und menschenscheu war. Auf den Fotos waren hohe, weite Räume zu sehen, spärlich möbliert, hier ein Sessel, dort ein leerer Tisch mit einem Stuhl davor. Ganz klein, am Rand der Bilder – als sei er zufällig gerade vorbeigehuscht, während sie gemacht wurden –, war jeweils der Dichter zu erkennen, der sich grundsätzlich vom Betrachter abwendete und nach draußen oder hinter sich, in die Tiefe des Raums, blickte. In den begleitenden Kommentaren der Illustrierten stand, er gebe keine Interviews, trete niemals öffentlich auf und verweigere jeden Kontakt zu seinen Lesern.

In diesem Wartesalon hier wird er vielleicht umgänglicher sein, dachte der Mann mit den zwei Augen. Immerhin befinden wir uns ja in einer – wie heißt es? Solidargesellschaft? Schicksalsgemeinschaft? Beide müssen wir warten, während drin, beim Arzt, die Frauen, die wir herbegleitet haben, sich ein in ihrem Bauch heranwachsendes Kind entfernen lassen. Das verbindet doch irgendwie?

Doch bevor er den berühmten Dichter auf ihre Gemeinsamkeit ansprechen konnte, wurde der von einer Sprechstundenhilfe gebeten, ihr ins benachbarte Zimmer zu folgen, wo die Frau, die er hergebracht hatte, auf einer Pritsche lag und ächzte. Die Tür schloss sich hinter den beiden, und der Mann hatte das Empfinden, im Wartesalon sei dadurch die Luft zusammengepresst worden. Es begann in seinen Ohren zu knistern und zu surren, und was er durch die Nase einsaugte, kam ihm dick vor, trocken, verbraucht. Er wurde unruhig, begann zu schwitzen, atmete schneller und schneller und überlegte, ob er vielleicht nicht ernsthaft genug alle Facetten der Schwangerschaftsproblematik ins Auge gefasst hätte.

Vom Titelblatt der Regionalzeitung, die in der Ecke des Salons auf einem Tisch lag, starrte ihn Satan an, flankiert von zwei bleichen Gesellen. Der Satan entpuppte sich als Professor Doktor Texel, einer der erfolgreichsten Herztransplanteure Europas, wie der Mann mit den zwei Augen im Zusammenhang mit dem blockierten Knie der Frau damals vom Notdienst habenden Arzt erfahren hatte. Inzwischen wusste er, dass dieser Professor seinem blutigen Handwerk in einer riesigen, düsterroten Backsteinburg nachging, im Nordosten der Stadt. Jedes Mal, wenn es ihm gelang, einen besonders aussichtslosen Fall dem Tod von der Schippe wegzuschnappen, tauchte er auf der Titelseite der lokalen Tageszeitungen auf und erschreckte die Leser mit seinem diabolischen Grinsen.

Als er sich vor vielen Jahren für die hiesige Klinik entschieden hatte, war offenbar die halbe Stadt aus dem Häuschen geraten: Man hatte es geschafft, ihn allen anderen, oft viel renommierteren Universitätskliniken im In- und Ausland abzujagen und hierher zu verpflichten. Darauf war man so stolz, dass der Etat für Herzchirurgie damals sofort um mehrere Millionen erhöht wurde. Und wann immer Professor Doktor Texel seither aufbrüllt, erblassen die Stadtväter und werfen ihm weitere Millionen in den Rachen.

Jetzt tauchte er mit seinem stechenden Blick also einmal mehr auf der Titelseite auf, neben sich zwei lange, dürre Gestalten mit aufgetriebenen Bäuchen, die er – wie der Schlagzeile zu entnehmen war – davon hatte überzeugen können, eine bahnbrechende Erfindung an sich ausprobieren zu lassen: das Texelherz, das aus Kunststoff bestand und nach dem Prinzip der Turbine arbeitete. Es pochte nicht mehr, imitierte also nicht mehr auf altmodische Weise die Pumpbewegung, sondern es presste das Blut mit feinem Sirren, in hohem Tempo und dünnem Strahl durch die Adern. »Die Tage des Pulses sind gezählt!«, triumphierte Texel im begleitenden Interview, das der Mann mit den zwei Augen nun las. »Alles funktioniert mit Puls, selbst die simpelste Molluske – meine neuen Herzen nicht! Wollen wir doch sehen, wer Recht bekommt. Diese beiden tapferen Pioniere hier an meiner Seite haben sich bereiterklärt, je eine meiner Turbinen bei sich einsetzen zu lassen, und sie sind, wie jedermann deutlich erkennen kann, wohlauf. Sie tragen eine Art Briefträgertasche mit sich, in der die Batterie untergebracht ist, die sie antreibt. Eine Batterie hält zwölf Stunden und kann an jeder gewöhnlichen Steckdose nachgeladen werden. Hätten die beiden Herren sich meine Turbine nicht einsetzen lassen, wären sie längst im Begriff, sich in Gemüse zu verwandeln. Derjenige soll vortreten, der sich auf dem Gebiet der Herzchirurgie weiter wähnt als ich! Das rufe ich nicht nur in den nationalen Klinikenwald hinein, sondern auch nach Amerika, China, Indien und Russland hinüber: Wagt einer, sich mit mir zu messen?! Professor Doktor Texel ist mein Name, merken Sie sich den!«

Die herausfordernde Ansprache bezog der Mann mit den zwei Augen auf sich. Die Luft kam ihm immer stickiger vor im Salon. Vom stechenden Blick des Chirurgen fühlte er sich geradezu gelähmt. Er hatte den Eindruck, der schaue einzig und allein ihn an und drohe: Auch dich krieg ich noch unter mein Messer.

Dann ging eine andere Tür auf. Stanea kam herein und sagte, sie sei nicht schwanger. Offenbar würden diese

Testsets, die man in Apotheken kaufen könne, nicht hundertprozentig zuverlässig funktionieren. Es sei bei ihr alles in Ordnung. Sie könnten nach Hause gehen.

Er war bleich. Seine Stirn und sein Nacken glänzten feucht. »Schön, schön«, antwortete er, »dann lassen Sie uns bitte rasch an die frische Luft gehen. Mir ist hier drin nicht richtig wohl.«

Draußen schlug er vor, sich kurz auf eine Bank zu setzen und ein wenig der Natur zuzuschauen; wo sie doch schon einmal im Villenviertel seien. Im Warteraum habe eine schreckliche Atmosphäre geherrscht, eine Art Überdruck. Ein berühmter Dichter sei übrigens auch da gewesen und ganz fahl geworden im Gesicht. Wahrscheinlich habe der sich in seiner überbordenden schriftstellerischen Phantasie ausgemalt, wie aus den Resten seines beinahe entstandenen Kindes nun Kosmetik hergestellt würde.

»Schön, wie die Wolken ziehen«, fuhr er nach einer Pause fort. Dann schlug er vor: »Heute Abend brate ich für uns zwei Würste. Morgen koche ich Spaghetti. Einverstanden?« – »Gut, gern, ja«, sagte die Frau.

Nach einer weiteren Pause erhoben sie sich und fuhren zusammen quer durch die Stadt nach Hause. Von sämtlichen Plakatsäulen herunter grinste sie die kardiologische Kapazität an, stehend zwischen den beiden hoch aufgeschossenen Männern, die ihre nackten, weiß geschwollenen Bäuche mit einer lila Narbe drauf vorzeigten, eine Briefträgertasche umgehängt hatten und verlegen dreinschauten. Sie gehörten beide sichtbar nicht zu denjenigen, denen es vergönnt war, Texels Schulkameraden gewesen zu sein. Sie waren vielmehr dort zur Schule gegangen, wo die Flüsse hin und wieder über die Ufer treten. Im Frühling und im Herbst kriegten sie deswegen bestimmt öfter Wasser zu schöpfen als Wissen. Um auch künftig Wasser schöpfen zu können, wenn Not am Mann ist, entschlossen sie sich bereits damals, lieber einen Bogen um die Universitäten zu machen und geradeaus auf Tätigkeiten zuzustreben, für die es keine langen Anfahrtswege der Ausbildung zurückzulegen galt. Sie wohnten deswegen heute noch knapp unter Normalnull, wie dem Artikel, der im Salon auslag, zu entnehmen gewesen war, und wurden dann und wann überflutet. So etwas schlug aufs Herz, wenn man Professor Doktor Texels Aussage Glauben schenken wollte. Mindestens hatte er ihnen diesbezüglich einen gehörigen Schrecken eingejagt, indem er drohte, wenn sie sich von ihm nicht sein Herz mit Turbinenantrieb einsetzen lassen würden, hätten sie garantiert zum letzten Mal Wasser geschöpft. Das hatte die beiden dermaßen eingeschüchtert, dass sie sich auf der Stelle unter sein Messer legten.

Nun lächelten sie verlegen von den Fotos herunter, die überall an den Plakatsäulen klebten, und freuten sich ihrer schwarzen Ränzlein mit den Batterien drin. Professor Doktor Texel hatte ihnen zwar versprochen, sobald er ein Herz kriege, wie man es aus der Natur kenne, es ihnen an Stelle der Turbinen einzusetzen und sie springen zu lassen. Vorläufig sei aber an ein Ersatzherz nicht zu denken, wie der Meister versicherte, und das werde sich, so wahr er Professor Doktor Texel heiße, so schnell auch nicht ändern. Die Turbinen habe er schließlich nicht aus Jux und Tollerei erfunden und eingesetzt, sondern um der Welt zu demonstrieren, dass Menschen heute mit Düsenantrieb funktionieren können. Bevor man nun auf gute alte Schweineherzen zurückgreife oder gar auf blutig frische von Unfallopfern, müsse der Beweis fürs zuverlässige Funktionieren seiner Turbinen erst einmal nach allen Regeln der kardiologischen Kunst erbracht werden.

Im Mann mit den zwei Augen setzte sich die unbegründete Angst fest, sobald das Texelherz auf dem freien Markt offiziell zugelassen sein würde – also spätestens in einem halben Jahr –, von den Häschern des Professors geschnappt zu werden und sein Herz einem der beiden Postboten opfern zu müssen, dem es zum Dank für dessen Tapferkeit im Dienst der Wissenschaft anstelle der Turbine eingesetzt würde.

Er war völlig abwesend, als sie zu Hause ankamen, und schlief die folgenden Nächte ausgesprochen schlecht.

Über das beinahe entstandene Kind redeten sie nur noch selten. Manchmal sagte er, Stanislaus hätte es heißen können, worauf sie ihn lange anschaute und dann erwiderte, vielleicht lieber Stanea. Zum Glück mussten sie das nicht entscheiden. Es hätte möglicherweise Streit gegeben. Sie mochten beide keinen Streit.

Ein paar Monate später – die Angst vor Texels Häschern hatte sich gelegt – wurde es eines Vormittags plötzlich von Sekunde zu Sekunde dunkler. Der Mann und die Frau traten ans Fenster und staunten den schwarzen Himmel an, der sich vor ihnen auftürmte und den Eindruck erweckte, als wollte er sich über sie stülpen.

»Was soll das wohl werden?«, fragte der Mann. »Ich denke, ich bleibe lieber noch einen Moment zu Hause und vertiefe mich in ein Gespräch mit Ihnen, anstatt mich auf den Weg zur Arbeit zu begeben. Beispielsweise könnten wir darüber reden, warum in den Zeitungen seit einigen Monaten mehr und mehr Politiker abgebildet werden, die in kurzen Hosen durch Wälder laufen. Ist Ihnen das auch schon aufgefallen? Und am nächsten Tag prosten sie dem Leser von den Titelseiten herunter mit einem mächtigen gefüllten Bierseidel augenzwinkernd zu. Außerdem tauchen häufiger Kindervergewaltiger in den *Aus aller Welt*-Seiten auf, und Glatzköpfe, welche Ausländer an ihren Rockzipfeln angezündet haben. Dazu neuerdings dann und wann auch noch Hunde, die in Mädchengesichter gebissen haben. Vor allem aber immer wieder Politiker, die in kurzen Hosen durch Wälder laufen oder Bier trinken. Was die Bilder sagen wollen, bleibt im Verborgenen. Als Zeitungsleser soll man sich wohl seine eigenen fruchtlosen Gedanken darüber machen, sich unbehaglich fühlen und grübeln.

Ich vermute, die Politiker in den kurzen Hosen wollen mit ihrer Aufmachung zu verstehen geben, dass sie willensstark und jederzeit in der Lage sind, in kurzen Hosen weite Strecken zu laufen und kurz darauf in einem Zug einen halben Liter Bier auszutrinken. Seit einiger Zeit scheinen deren Berater der Überzeugung zu sein, der Wähler erwarte von Politikern stramme Waden und trockene Kehlen. Mir ist ein Rätsel, warum man das annimmt. Wie ich rätselt bestimmt die halbe Welt von morgens bis abends an sich herum und stirbt, ohne etwas begriffen zu haben. Ich freue mich auf die Zeit, in der Politiker wieder weniger Bier trinken und seltener durch Wälder laufen. Ich fürchte nämlich, während sie draußen im Land Bier trinken und herumrennen, könnte jemand zu Hause, hinter ihrem Rücken, ihre Arbeit für sie erledigen. Was meinen Sie dazu?«

Das fragte der Mann mit den zwei Augen die Frau, die neben ihm am Fenster stand und in die Schwärze hinausschaute. Er war dumm. In seiner Jugend hingen ihm die Trauben des Geistes zu hoch, weshalb er sich damals dazu entschlossen hatte, sie für zu sauer zu halten. Er weigerte sich, von ihnen zu naschen und irgendetwas zu lernen. Er trödelte unwissend und ohne Neugier durch seine Tage. Er fuhr nach Paris, um den Louvre zu ignorieren, fuhr nach Madrid, um den Prado zu ignorieren, fuhr nach Granada, um die Alhambra, nach London, um die Tate Gallery zu ignorieren, und er redete sich ein, das sei kühn, sein Hirn bleibe dadurch rein und frisch, er behalte so einen klaren Kopf, er bleibe unverbildet und denke pur. Insgeheim wuchs parallel dazu allerdings sein Respekt vor jeglicher Art von Bildung ins Unermessliche. Aus lauter Angst vor ihr mied er Wissende, wo immer es ging. In deren Nähe brach ihm sofort der Schweiß aus. Erst als Erwachsener traute er sich, mit dem Denken anzufangen, zögerlich, ohne Richtung, ohne Anleitung. In der Öffentlichkeit stellte er sich weiterhin dumm, dümmer als er jemals war sogar, in der Hoffnung, dadurch lasse sich sein wahres Unwissen kaschieren. In einem Buch hatte er gelesen, das Hirn ließe sich trainieren wie ein Muskel; es könne groß und stark werden oder verkümmern. Er fürchtete, seins sei verkümmert. Trotzdem fuhr er fort:

»Es ist mir unerträglich, nicht eingreifen zu können und alles, was so ist, wie es ist, mit ansehen zu müssen, dieses ganze Leben, wie wir es uns eingerichtet haben. Das ist nicht gut: Brötchen zu essen und genug Zeit zu haben, zu bemerken, dass es keine Brötchen, sondern nur Brötchenattrappen sind, Zeitungsnachrichten zu lesen und genug Zeit zu haben, festzustellen, dass das gar keine Zeitungsnachrichten, sondern bloß Nachrichtenattrappen sind, durch Städte zu gehen und Muße genug zu haben, festzustellen, dass es sich dabei um gar keine Städte, sondern um bloße Städteattrappen handelt, dass alles, was uns umgibt, nur Überreste einmal gehabter Vorstellungen sind, abgenagte, aufgegebene Ideen, hohle Wörter, das ist grauenhaft, nicht zum Aushalten. Nirgends mögen wir uns mehr aufhalten, überall nur noch aufbrechen und weggehen. Oder wie sehen Sie das?«

Er schaute sie mit bohrendem Blick an und machte damit unmissverständlich klar, dass er eine Antwort erwartete. Sie hob die Schultern, ließ sie sinken und sagte zögerlich: »Mich plagt nicht nur Wissensdurst, sondern Magenknurren und Lust auf Wurst.« Nach einer Pause, während der er sie verdattert angestarrt hatte, fügte sie erklärend hinzu: »Das steht heute auf dem Abreißblatt des Hundekalenders, der in der Küche hängt. Darunter ist ein Foto abgebildet von einem Wuschel, der so guckt, als hätte er sich eben gerade dieses Gedicht ausgedacht.«

»Es interessiert Sie mit anderen Worten also nicht, was ich sage? Es hat Sie aber zu interessieren, denn es kann gar nicht anders sein, als dass auch Sie zwischen all den hohlen Wörtern herumirren und sich in dieser sinnentleerten Gegenwart nach etwas Greifbarem sehnen. Nur manchmal, im Übermut, gelingt es mir heute überhaupt noch, dem Inhalt eines Wortes nahezukommen. Ich spaziere dann an einem Kanalufer entlang, und es ist tatsächlich ein Kanalufer; ich setze mich in den Garten eines Restaurants, und es ist tatsächlich der Garten eines Restaurants; ich sitze auf einem Stuhl, schaue ins Grüne, sehe eine Wolke am Himmel, die langsam dahinzieht und mir vorkommt wie dies oder jenes, und es ist tatsächlich ein Garten, ein Stuhl, eine Wolke. Ich rieche den Duft von Nelken, ich sehe am Boden das abgefallene Blatt eines Baums, das vom Wind im Kreis bewegt wird, und alles ist nicht mehr und nicht weniger als das, was es darstellt. Das gefällt mir. Ich meine dann, mittendrin zu stehen in der Welt, in mir, in meinem Leben. Meistens jedoch habe ich den Eindruck, Sprache und Dinge würden auseinandertreiben; die Wörter würden weit vor oder hinter meiner Wirklichkeit herrennen; ich sei aus den Zusammenhängen gefallen. Die Dinge, die hergestellt würden, würden zwar so oder so genannt, stellten aber etwas ganz anderes dar und müssten dementsprechend auch ganz anders heißen. All diese Stühle, die sich bei näherem Hinsehen als bloße Stuhlattrappen herausstellen, diese sogenannten Plätze, die sich als Platzattrappen herausstellen, über welche der Wind pfeift, vollgerümpelt mit unsinnigen Hydranten, abgestellten Reklametafeln, zurückgelassenen Autos, liederlichen Verkaufsbuden! Oder gar die Kunst! Wahllos werden Wörter auf Papier gekippt, ein Vorgang, der dann als Dichten bezeichnet wird. Oder Tubenfarben werden auf Leinwänden verteilt, was wiederum als Malen bezeichnet wird. Die Machwerke, die dabei herauskommen, werden je nachdem Buch oder Bild genannt, und was wir damit anstellen sollen, wird als Lesen oder als Betrachten bezeichnet. All die uralten Wörter werden auf diese Weise gedankenlos in alle Ewigkeit weiter repetiert, ohne dass einer sich die Mühe macht, sie zwischendurch neu mit Leben anzufüllen. Man hastet über leere Flächen, nennt die Fläche *Piazza*, hetzt zwischen seelenlosen Glasfassaden durch, nennt diese Art der Fortbewegung *bummeln*, und keiner ist da, der prüft, ob die Erzeugnisse und die Tätigkeiten mit ihren Bezeichnungen auch wirklich noch übereinstimmen. Nicht einer lässt sich tatsächlich jemals auf so ein Piazza genanntes Ding ein und versucht dort zu tun, was auf einem Platz zu tun möglich sein sollte, nämlich verweilen. Oder wo ist derjenige, der versucht, in Räumen, die die Bezeichnung *Wohnung* tragen, auch wirklich zu wohnen? Alle bringen doch alles nur noch so schnell wie möglich hinter sich, in der Hoffnung, endlich an den Punkt zu gelangen, an dem für einmal etwas mit seinem Namen zusammenfällt, was man dann erleichtert mit seiner eigenen Gegenwart ergänzen und ausfüllen möchte. Doch keiner kommt jemals beim Eigentlichen an.

Und so hudeln wir in alle Ewigkeit durch eine immer ausgeleiertere Welt. Wir trinken lauwarmen Spülicht, essen Abfall, hören Gewinsel, riechen Verwesung und nennen den Spülicht Kaffee, den Abfall Kuchen, das Gewinsel Musik, den Verwesungsgestank Parfüm. Wir sitzen auf unbequemen Stuhlattrappen vor aufgetakelten Kaffeehaussimulationen, die jahrtausendealten Spatzen scheißen uns auf den Kopf, wir putzen uns, bleiben verwirrt, springen zum Nächsten über, schauen nirgends genauer hin, haken nicht nach …«

Seine Wangen glühten. Er fixierte sie mit fiebrigem Blick. Sie wusste nicht, was er genau von ihr wollte. Eine Weile dachte sie darüber nach, wie sie ihn wieder zur Vernunft bringen könnte. Endlich sagte sie: »Hoffnungen gleichen den Wolken: Einige ziehen vorüber, andere geben Regen. Das ist ein arabisches Sprichwort. Es fällt mir ein wegen der schwarzen Wolken, die sich da vor uns aufgetürmt haben.« Er war baff.

»Aber ich sehe es Ihnen doch an: Auch Sie möchten den Dingen lieber nahe sein und ihre Namen ahnen, als immer nur so über sie hinweghuschen zu müssen! Auch Sie macht es traurig, vom Platz zu erfahren, wie er sich schämt, weil man ihm alles vorenthalten hat, was ihn zu einem wahren Platz hätte heranwachsen lassen können; wie verlegen die hochgezogenen Fassaden herumstehen, überzeugt davon, dass aus ihnen nie ein echtes Haus werde, ein Haus, das einen Verhetzten in sich aufnehmen, ihn wärmen, ihn schützen, ihn trösten, ihn beruhigen könne; wie jedes Ding jammert und winselt, wie es leidet darunter, nicht annähernd das sein zu dürfen, was es vorgeben muss zu sein. Was wir herstellen, errötet beim Gedanken an seine eigene Behelfsmäßigkeit. Nur da und dort, vereinzelt, findet sich ein Gegenstand, der in sich ruht und bei sich ist, es sind meistens einfache

Dinge, ein Bleistift manchmal, ein Messer, ein Feldweg, ein Schuh, ein Wollpullover.«

Während er diese Betrachtungen anstellte und am Fenster neben der Frau, mit der zusammen er nun schon seit dreißig Jahren in derselben Wohnung lebte – vielleicht waren es auch mehr oder weniger –, darauf wartete, dass der Himmel sich wieder aufhelle, hatte es angefangen zu hageln. Die Körner prasselten draußen aufs Fensterbrett und hüpften von der Balkonbrüstung und den Blumenkästen zu Boden. Tauben und Krähen flogen zwischen den weißen Kügelchen hindurch und schlugen in der Luft Purzelbäume.

Die Frau an seiner Seite sah gut aus. Zumindest hatte er diesen Eindruck, wenn er mit ihr zusammen in ein Restaurant ging und sie einander gegenübersaßen. Sie hatte ihm nie viel von sich erzählt. Er hatte irgendwann aufgegeben, sie nach ihrem Befinden oder nach ihren Gedanken zu fragen, weil sie mit kalter Verachtung auf seine Fragen reagierte, so als seien sie eine Art von Verhör. Er wusste deswegen nicht, wer sie war, wo sie herkam, was sie dachte und was sie tagsüber tat. Ein seltsamer Unglücksfall, über den er nichts wusste, war die Ursache gewesen, dass sie vor langer Zeit in die Stadt kam und in ihr hängengeblieben war. Sie hatte ein Schnurrbärtchen aus Flaum auf ihrem Nasenrücken. Das gefiel ihm. Sie wusch sich stets sorgfältig und roch angenehm. In der Wohnung hinterließ sie keine Spuren, weswegen er sie manchmal Hauch nannte oder Lüftchen.

Als sie damals im Chor auftauchte, war sie, wie bereits erwähnt, verheiratet gewesen. Es war ihr daher nicht geheuer, wenn er sich auf der Ringstraße abends an ihr rieb. Später schliefen sie dann und wann miteinander. Der

Mann mit den zwei Augen hatte nicht den Eindruck, dass sie beide trunken waren vor brennender Leidenschaft.

Ihr Ehemann war einer gewesen, wie er im Buch steht. Er akzeptierte nicht, dass seine Frau mit einem anderen Mann körperlichen Kontakt pflegte, was er als Betrug bezeichnete und kategorisch ablehnte. Nachdem er erfahren hatte, dass sie sich über dieses Betrugsverbot hinwegsetzte, entschloss er sich, sie umzubringen. Er tauchte eines Nachts stark betrunken bei ihr auf, mitten in der Woche, ging in die Küche, griff nach dem Brotmesser und stellte sich damit furchterregend brüllend vor das Bett, in dem sie schlief. Sie schreckte hoch, schrie entsetzt auf und sprang, nackt wie sie war, ohne eine Sekunde zu überlegen, aus dem Schlafzimmerfenster. Unter diesem Fenster hatte ihr Vormieter ohne Bauerlaubnis eine Behelfsgarage mit gewelltem Flachdach aus Eternit für sich errichtet. Seitdem er ausgezogen war, stand die Garage leer, das Tor war nur angelehnt, und Gerümpel hatte sich über die Jahre darin angesammelt. Das Dach war alt und bemoost. Die Frau, obwohl sie jung und leicht war, brach durch es hindurch und hing fest. Die Beine zappelten zwischen Spinnweben in der Düsternis, und oben lagen ihre beiden kleinen, weißen Brüste neben den schlanken, weißen Armen auf dem grau bemoosten, gewellten Eternitdach. Sie schrie um Hilfe.

In der Etage über ihr wohnten drei Nonnen. Die öffneten ihre Fenster und riefen mit dünnen Stimmen in die Finsternis: »Wir helfen Ihnen, wir helfen Ihnen«, während direkt unter ihnen ihr Ehemann schwankend am Schlafzimmerfenster stand und brüllte: »Ich bring dich um, ich bring dich um.« Bald tauchten zwei Polizisten auf, die von den Nonnen telefonisch herbeigerufen worden waren. Die nahmen den betrunkenen Gatten in Gewahrsam und befreiten die junge Frau aus ihrer misslichen Lage. Es war eine angenehme Aufgabe für die Polizisten, der jungen, nackten Frau auf den Boden hinunterzuhelfen. Sie mussten kräftig zupacken.

Nachdem sich der betrogene Ehemann in seiner Wut dazu hatte hinreißen lassen, ihr zu drohen, sie mit dem Brotmesser zu erstechen, ließen sich die beiden voneinander scheiden, was eine umständliche und kostspielige Angelegenheit war. Später zogen die geschiedene junge Frau und der Mann mit den zwei Augen zusammen in eine Wohnung und schliefen manchmal miteinander.

Sie stand, während er philosophierte, neben ihm und schaute den Hagelkörnern zu, die linsengroß waren und von den Blumenkästen auf der Balkonbrüstung zu Boden hüpften. Die blühenden Veilchen, oder waren es Stiefmütterchen, wurden zerfetzt von den kleinen Geschossen. Eine Krähe auf der Dachkante des Hauses gegenüber ließ sich seelenruhig davon beprasseln. Sie schien das zu mögen. Sie suchte keinen geschützten Platz auf, sondern saß im Freien, schaute dem Treiben um sie herum zu, ging in die Knie, reckte den Kopf nach vorne und krächzte, indem sie den Hals nach oben bog und auf diese Weise eine Art Schöpfbewegung machte mit ihrem Schnabel. Sie schaufelte gewissermaßen das Krächzen aus ihrem Inneren ans Tageslicht.

Dann wurde es plötzlich sehr hell, die Sonne brach durch die schwarzen Wolken, die davonjagten, silberhelles Weiß blendete, und nach kurzem war der Himmel tiefblau, und der Mann mit den zwei Augen sagte: »So, dann wollen wir wohl mal wieder«, und er wendete sich der Frau am Fenster zu, die weiter hinausschaute. Wenn er sie so dastehen sah, klopfte ihm manchmal das Herz hinter den Ohren und in den Fersen vor Glück.

»Der April weiß nicht, was er will«, sagte die Frau. Das hatte sie schon einmal gesagt, vor etwa zwanzig oder dreißig Jahren. Zumindest kam es ihm so vor, als hätte sie es schon einmal gesagt. Außerdem kannte er den Spruch aus seiner Jugend und sagte deshalb: »Ja, richtig April, obwohl erst März ist.«

»Im Supermarkt arbeitet eine junge Kassiererin, die neuerdings an einer blubbernden Pfeife saugt. Jeden zweiten Tag fehlt sie bei der Arbeit. Gestern erzählte sie, sie müsse leider dauernd zu Ärzten gehen, weil sich an ihrem Fuß einzelne Knochen zurückbilden würden, die, sobald sie eine gewisse Kleinheit erreicht hätten, sich loslösten und auf Wanderschaft gingen. Winzige, spitze Knöchelchen, die sich verkrümeln würden und möglicherweise anderswo im Körper böse innere Verletzungen verursachen könnten. Die junge Frau hat ein schönes, lachendes Puttengesicht. Sie ist liebenswürdig und durchaus arbeitswillig, nur hindern sie diese vermeintlich losen Knöchelchen morgens oft daran, aus dem Bett zu steigen. Sie hat erzählt, sie liege dann starr auf dem Rücken und wage sich kaum noch zu rühren vor Angst, sich innerlich an einem der Wanderknöchelchen zu verletzen. An Arbeit sei dann natürlich nicht mehr zu denken. Sie rufe also den Filialleiter an, entschuldige sich für den Tag, bestelle ein Taxi und lasse sich zu einem Arzt fahren, von dem sie notfallmäßig untersucht und geröntgt werde. Bislang habe noch kein Arzt einen dieser Wanderknochen finden können, weswegen sie jeweils erleichtert aufatme und sich freue über die Tatsache, dass sie noch einmal mit dem Leben davongekommen sei, weil die Knöchelchen sich offenbar rechtzeitig ganz aufgelöst hätten und sie demzufolge innerlich nicht verbluten müsse. Nun sei aber ein neues Problem aufgetaucht: Die Atemwege. Die würden nach ihrer neuesten Überzeugung in Gefahr stehen, verstopft zu werden, was zum Tod durch Ersticken führen würde, weswegen sie sich angewöhnt habe, während der Arbeit an der Pfeife, einer sogenannten Salzpfeife, zu saugen, was ein glucksendes Geräusch verursache. Alle paar Sekunden müsse sie sich außerdem gut vernehmlich räuspern, habe sie gelesen, damit sich an der Luftröhreninnenwand weder Schleim noch Kalk ablagern könne. Für die anderen Kassiererinnen sei ihr dauerndes Glucksen und Sich-Räuspern offenbar nicht leicht zu ertragen.«

»Sie haben mir einmal mehr nicht zugehört«, wies der Mann sie zurecht. »Ich habe eben gerade sprachphilosophische Probleme vor Ihnen ausgebreitet, und Sie erzählen mir etwas von Wanderknochen und Salzpfeifen.«

Die Frau sagte, doch, sie habe sehr wohl zugehört und versucht, seinen Ausführungen zu folgen, wie jedes Mal, wenn er davon anfange. Bloß, was solle sie dazu sagen? Er habe schneller und schneller gesprochen, wie im Galopp, sodass ihr mittendrin plötzlich das Märchen vom Pfannkuchen eingefallen sei, welcher *kantapper, kantapper in den Wald hinein* gelaufen sei. Doch das habe sie lieber für sich behalten, weil es ihn bestimmt aus dem Konzept und damit unnötig in Rage gebracht hätte. Im Übrigen solle er sich warm anziehen, wenn er gleich das Haus verlasse; die weiße Frühlingssonne sei tückisch. Das habe ihre Mutter in dieser Jahreszeit immer gesagt. Sie habe an solchen Tagen als Kind immer einen Mantel und lange Wollstrümpfe anziehen müssen, während die anderen Mädchen längst schon in kurzen Röcken und ohne Jacken hätten herumlaufen dürfen.

Ja, ja, sagte er, das sei bei ihm dasselbe gewesen.

Er antwortete auf alles, was man ihm erzählte, mit einem *Ja, das kenne ich, das ist bei mir dasselbe (gewesen)*, weil er vergesslich war und sich nicht daran erinnern konnte, wie die Dinge bei ihm wirklich gewesen waren oder sind. Meine Mutter wird mir als Kind bestimmt auch lange Wollstrümpfe und einen Mantel aufgezwungen haben in dieser Jahreszeit, dachte er.

Wenn er den anderen beipflichtete und sagte, bei ihm sei etwas dasselbe gewesen, dann brauchte es keine weiteren Worte; so wurde er nicht heiser, und es kehrte jeweils rasch wieder angenehme Stille ein an den Orten, an denen er sich aufhielt. Wenn er hingegen widersprach, konnten sich die Angelegenheiten in die Länge ziehen. So waren seine Erfahrungen.

Selbstverständlich werde ich mich nicht warm anziehen, dachte er für sich, denn er hatte seinen Mantel bereits in den Winterschrank gehängt und war nicht bereit, ihn vor dem folgenden Herbst noch einmal hervorzuholen.

Rosaura, ich grüße Sie!«

»Wie bitte?«

»Ich grüße Sie! Wo ich früher wohnte, betrieb im Gartenhaus zu ebener Erde eine Frau eine psychotherapeutische Praxis. Sie empfing ihre seltenen, meist unglücklich dreinschauenden und leicht somnambul wirkenden Klienten jeweils mit einem stereotyp gutgelaunten *Ich grüße Sie*. Das artikulierte sie mit solchem Nachdruck, dass ich jedes Mal zusammenzuckte, wenn bei mir oben das Fenster offen stand und ich sie hörte. Es lief immer gleich ab: Der aus dem Lot geratene Klient drückte auf der Straße neben der Haupteingangstür den Klingelknopf. Die Psychotherapeutin betätigte den elektrischen Öffner. Während der Klient niedergeschlagen durch den Vorderhausflur und dann über den Hof zum hinteren Gebäude ging, machte sie sich, wie ich annehme, vor dem Spiegel frisch, setzte ein positives Gesicht auf und öffnete mit Schwung ihre Tür genau in dem Moment, in dem der Niedergeschlagene die Hand hob, um den Klopfer zu betätigen. Sie schaute ihm aufmunternd ins Gesicht und schmetterte ihm ihr *Ich grüße Sie* entgegen, sodass man es im ganzen Haus hören konnte und jeder froh war darüber, dass die gesetzliche Krankenkasse wieder einmal einer Überweisung an sie zugestimmt hatte – freiwillig suchte diese Praxis nur selten jemand auf. Der Niedergeschlagene erschrak, richtete sich auf und murmelte seinen Namen und etwas von einem Termin, den er habe. Sie machte einen Schritt seitlich rückwärts in ihr dunkles Entree, ließ den Patienten eintreten und schloss die Tür hinter seinem Rücken. Eine Dreiviertelstunde später öffnete sich die Tür wieder, der nach wie vor Niedergeschlagene trat heraus, wurde aus der Dunkelheit mit einem *Schön, dass es geklappt hat; bis dann dann* verabschiedet und trottete mit hängendem Kopf davon. Dieses *Ich grüße Sie* und das spätere *Bis dann dann* hat mich immer durchzuckt. Ich nahm mir, wenn ich es hörte, jeweils auf der Stelle vor, mich von Stund an sinnvoll zu betätigen. Deswegen bediente ich mich eben dieser Anrede. Ich möchte mich damit anspornen dazu, aktiv zu werden. Können Sie mir beispielsweise erklären, womit Kutschi oder Kuddi oder wie er heißt genau sein Geld verdient?«

»Er lockt Passanten in mein Lokal. Bei jedem, der anbeißt, ist er prozentual an dessen Konsum beteiligt. Sie waren, als Sie neulich hier auftauchten, kein besonders großer Fisch an seiner Angel. Manchmal aber gelingt es ihm, jemanden anzuschleppen, der Cognac bestellt oder so etwas. Dann lohnt es sich. Kutschi macht das nur nebenbei, abends, von neun bis ein Uhr nachts. Tagsüber ist er Fahrer bei Getränke-Klaus. Kutscher nennt er das, deswegen Kutschi. Er heißt mit richtigem Namen – nein, den verrate ich Ihnen nicht. Er mag ihn nicht, seinen Namen, weil einer berühmt geworden ist, der gleich heißt und den er nicht ausstehen kann. Wenn Sie Johann Wolfgang hießen, würden Sie sich wahrscheinlich auch lieber Jupp oder Wolle nennen oder so. Außerdem fährt er noch den Bus der anthroposophischen Schule, mit dem er jeweils morgens die Kinder aus dem Villenvorort abholt und sie abends wieder dorthin zurückbringt. Und einmal in der Woche begleitet er den Geldtransporter der Firma Kudjelska, deswegen manchmal auch Kuddi. Und am Sonntag bringt er die auf einen Rollstuhl angewiesenen Insassen des Altersasyls in die Kirche und zurück. Zwischen ein Uhr nachts und morgens um sieben schläft er im Warenlager von Söhnlein & Söhnlein, als Wachmann, weswegen wir ihn manchmal auch Filin nennen.«

»Filin?! Das ist ja ein Ding. Ich kenne eine Filine. Daher also dieser Name … Ich habe mich immer gefragt, wo der wohl herkommt. Denken Sie, aus dem Lateinischen? Irgendwie von Filius abgeleitet?«

»Keine Ahnung. Ich kann kein Latein. Vielleicht habe ich mich auch verhört, und dabei ist es dann geblieben. Ich höre nicht sehr gut. Kann sein, dass er von den anderen Phil oder Philipp gerufen wurde, und ich habe Filin verstanden. Jedenfalls läppert sich bei ihm auf diese Weise so einiges zusammen.«

»Könnte auch ich bei Ihnen anfangen zu arbeiten? Wie er? Als Lockvogel? Ich hasse zwar jede Art von Arbeit, weiß aber, dass Arbeiten jedem guttut und jeden befriedigt. Gibt es nicht sogar ein geflügeltes Wort, das die befreiende Wirkung von Arbeit umflattert? Eins aus der Bibel? Oder aus der Kriegsphilosophie? Jedenfalls scheint es angeraten zu sein, Arbeit zu mögen, was mir beim besten Willen nie gelungen ist. Meine Initiativkraft war immer schon nur schwach ausgeprägt und verlor sich in den letzten Monaten fast ganz. Am liebsten würde ich ja wieder Schachteln falten. Das habe ich zuletzt gemacht. Nachdem sich das mit den Gerichtsreportagen nicht mehr rechnete, bot mir eine Bekannte an, so lange für sie Kartonschachteln zu falten, bis ich eine Beschäftigung fände, die mich mehr ausfüllen und mir mehr einbringen würde. Sie war so eine Art Erfinderin, die sich schöne, nutzlose Gegenstände einfallen ließ, welche reichen Leuten, die traurig sind, weil sie bereits alles besitzen und also keine Sehnsüchte mehr kennen, ein Lächeln aufs Gesicht zu zaubern vermochten. Das war die einzige Aufgabe, welche die Gegenstände zu erfüllen hatten: Sie sollten Licht in den Alltag der gut verdienenden Bevölkerung bringen, allein dadurch, dass sie ebenso schön und liebenswert wie nutzlos waren. Für diese schönen Dinge, deren Anblick jeden entzückte wie derjenige von blühenden Wasserlilien, ließ sie in einer Kartonagenfabrik Verpackungen stanzen. Diese mussten dann nur noch geknickt und zusammengesteckt werden – kleine Schatzkästlein aus Karton in japanischer Falztechnik. Eine Arbeit, die sie mich machen ließ. Jede Woche einen Vormittag lang setzte ich mich bei ihr in einen kleinen Raum mit einem großen, glatten, sauberen Tisch darin. Links auf dem Boden waren die vorgestanzten, flachen Kartons aufgeschichtet, auf dem Tisch lag ein Falzbein aus gelblichem Walfischknochen, rechts stapelte ich die fertigen Schachtelchen auf dem Boden. Die Sonne wärmte mir den Rücken. Wenn alle Kartons zu Schachteln geworden waren, füllte ich sie mit den wasserlilienschönen Gegenständen und war nachmittags jeweils ganz erfüllt von der Befriedigung, mich sinnvoll betätigt zu haben.

So eine Arbeit möchte ich wieder finden. Dieses ewige Nichtstun hier in Harenberg ist nicht zum Aushalten.

Ich döse auf meinem Bett in der Pension, schrecke hoch und bin demjenigen, zu dem ich auf gar keinen Fall werden möchte, schon wieder ein Stückchen näher gekommen. Kennen Sie das? Oder sind Sie etwa in der Lage, sich dann und wann noch selbst überraschen zu können und einen unerwarteten Haken zu schlagen? Ich nicht. Alles, was mir einfällt, ist mir schon einmal eingefallen. Ich lebe auswendig. Mein Körper wiederholt nur noch, was er schon kann. Von Tag zu Tag weniger. Ich kenne mich, kenne mein Gesicht, meine Masken.

Eigentlich kann sich längerfristig wahrscheinlich nur ertragen, wer allein lebt und ohne Spiegel. Von der Frau, die mit mir zusammenlebte, fühlte ich mich immer öfter ertappt dabei, so zu sein, wie ich war. Doch anstatt mich zu ändern und anders zu sein, warf ich ihr vor, dass sie mich so sah, wie ich war. Wäre sie nicht da gewesen und hätte nicht wahrgenommen, wie ich bin, hätte ich mich ebenfalls nicht wahrgenommen und nicht weiter darüber nachgedacht, wie ich bin. Sie war aber da und sah mich, und ich litt darunter, mich durch ihre Augen sehen zu müssen. Wie erbärmlich man ist, wenn man sich durch die Augen von jemand anderem sieht! Eine Erbärmlichkeit, die einer allein sich gar nicht vorstellen kann. Und wie wenig man die Richtung ändern kann, in die man sich entwickelt ... Das sagte ich wohl schon? Es ist in einem drin angelegt, wie man wird – so wie man ist eben. Wir haben keine Wahl. Alles zieht und schiebt uns in diese vorgegebene Richtung.

Heute Nachmittag war's wieder einmal so weit: Ich sah mich im Spiegel und dachte: vor die Wand gefahren. Ja, so kann man's ausdrücken: vor die Wand gefahren. Ich glaube nicht, dass es jemanden gibt, der fähig ist, sein Wesen willentlich zu ändern – sagte ich das schon? Wenn man Bekannten zufällig auf der Straße begegnet, in einem Moment, in dem sie sich unbeobachtet wähnen, kommen sie einem manchmal fremd vor. Sobald sie einen jedoch erkennen, erröten sie und schlüpfen in die Haut, die sie sich zurechtgeschneidert haben, in ihre Rüstung, von der sie glauben, sie passe und stehe ihnen, und sind wieder so, wie man sie kennt. Jeder trottet seinem Bankrott entgegen. Als es heute Nachmittag wieder mal so weit war bei mir, habe ich meinen Pensionswirt darum gebeten, das Bügeleisen und das Bügelbrett benutzen zu dürfen. Das tue ich in solchen Momenten, weil Bügeln mich in der Regel zu betäuben vermag, eine Art buddhistisches Wiederholungs-Exerzitium. Ich mache meine Hemden platt, meine Hosen, meine Unterhosen, meine Socken, und während ich das tue, breitet sich langsam Gleichmut in mir aus, und am Horizont steigt das Gefühl des Sich-ins-Unvermeidliche-Schickens auf. Friede kehrt ein.

Doch heute gelang das nicht. Im Gegenteil, ich sah mich vor diesem Bügelbrett stehen und fand das Bild so trostlos, dass ich vollends aus der Fassung geriet. In meinem Entsetzen ließ ich alles stehen und liegen und kam hierher, hinter den Bahnhof, um andere Sinn- und Ziellose wie mich zu sehen und mich an ihrem Anblick aufzurichten. Doch die Straßen waren leer. Ist heute ein Feiertag? Die Ziellosen halten sich ja streng an den Kalender und treiben sich an Sonn- und Feiertagen nicht draußen herum, sondern bleiben zu Hause im Bett liegen und warten, bis es vorüber ist. Wie gehen Sie mit diesen Momenten der Fassungslosigkeit um, die doch bestimmt auch bei Ihnen von Jahr zu Jahr öfter auftreten?«

»Ich verstehe nicht, was Sie da gakeln. Kennen Sie Kleist? Hier gab es früher ein Stadttheater. Irgendwann wurde es geschlossen – ich weiß nicht mehr, wann und warum. Als ich Kind war, sind wir mit der Schule einmal pro Jahr dort hingegangen und mussten uns eine Aufführung ansehen. Später wurde ich ins französischsprachige Mädchenpensionat gesteckt. Das habe ich Ihnen bestimmt schon mal erzählt? Als ich zurückkam, gehörte das Theater nicht mehr zu meinem Leben. Aber ich erinnere mich bis heute an einen Abend, an dem ein Schauspieler – das Stück spielte vor Gericht; ich glaube der Richter war's … nein, der Angeklagte –, wie auch immer, einer der Schauspieler hatte sich laut Vorlage zu ärgern über das lange Hin und Her, das seine Geliebte bei ihrer Aussage veranstaltete, und er fuhr sie an: Ach, was du da gakelst! *Der zerbrochne Krug* hieß das Stück, genau, jetzt erinnere ich mich wieder. Heinrich von Kleist der Dichter. Fällt mir nur gerade ein. Was du da gakelst?! Arbeit kann ich Ihnen keine geben. Die müssen Sie sich schon selbst nehmen. Zum Beispiel Bügeln, das sollten Sie nicht geringschätzen, sondern mit Hingabe betreiben. Ich habe in einem Buch gelesen, dass man alles, was einem im Leben begegnet, als Geschenk betrachten solle, dann entpuppe es sich auch als ein solches. Wenn Sie bestohlen werden zum Beispiel – ein Geschenk. Wenn Sie etwas erledigen müssen, das Ihnen zuwider ist – ein Geschenk. Wenn Ihnen ein Glas aus der Hand gleitet und zerbricht – ein Geschenk. Jedes Mal, wenn es mir gelingt, die Dinge so zu betrachten, breitet sich in mir so etwas wie Wärme aus, und ich ertappe mich dabei, wie ich vor mich hin lächle. Beim Bügeln oder beim Spülen oder beim morgendlichen Aufstehen oder so. Denn im Grunde genommen ist es doch wirklich einerlei, ob man vor einem Tresen sitzt und ein Bier trinkt oder ob man auf der anderen Seite des Tresens steht und das Bier ausschenkt oder ob man irgendwo sitzt und döst oder steht und Wäsche bügelt, denken Sie nicht?«

Nachdem sie beide lange wortlos vor sich hingeschaut hatten und er bei seinem dritten Bier bereits in der Hälfte angelangt war, fragte sie: »Was ist eigentlich aus Ihrem Freund geworden? Vielleicht sollten Sie den wieder einmal besuchen? Das würde Sie bestimmt auf andere Gedanken bringen.«

»Was für ein Freund? Ich habe keinen Freund.«

»Den aus jenem Ort da ... Wie hieß er noch gleich ... In Frankreich, glaube ich.«

»Ach, den aus Contamine? Keine Ahnung, was aus dem geworden ist. Ich habe meinen Computer in der Wohnung stehen lassen und aus diesem Grund den Kontakt zu ihm verloren. Er weigerte sich in den letzten Jahren, Briefe zu schreiben und sie in einen Kasten zu werfen oder gar zu einem Postamt zu gehen. Dafür gebe es heutzutage das Internet, sagte er. Außerdem sei die Post in Frankreich seiner Überzeugung nach ein Sauladen. Seinen eigenen Briefkasten leerte er höchstens einmal pro Woche. Wahrscheinlich ist er tot. Er war in letzter Zeit immer ausfälliger geworden gegen alles, was sich draußen vor seiner Tür abspielte. Zum Beispiel stand in einer seiner letzten Mails eine schäumende Tirade gegen Frauen, die in der Öffentlichkeit Mineralwasser aus Flaschen trinken. Um sich nicht ihretwegen übergeben zu müssen, weigere er sich, jemals noch nach Straßburg zu fahren, schrieb er. Wenn er aus Versehen auf einer seiner unvermeidlichen Einkaufstouren in Contamine so einer in der Öffentlichkeit aus der Flasche Mineralwasser trinkenden Frau begegne, fixiere er sie mit verachtendem Blick – Verachtung halte er für eine elegante, saubere Alternative für den Ekel und den Hass, mit denen er solchen Wesen im Grunde genommen gegenübertreten müsste, wenn er seinem innersten Impuls nachgeben würde. Es sei ganz und gar indiskutabel, in unserer mitteleuropäischen Zivilisation öffentlich aus Flaschen Mineralwasser zu saufen, als schleppe man sich durch eine afrikanische Wüste und sei am Verdursten. Überhaupt sei dieses ganze Getue um den Flüssigkeitshaushalt, insbesondere denjenigen alter Leute, eine Groteske. Er lehne es ab, auch nur noch einen einzigen Schluck Wasser zu trinken, solange diese Hysterie anhalte. Es sei eine Verschwörung der internationalen Wasserlobby, eine Hirnwäsche, dieses litaneiartige Wiederholen der Behauptung, der Mensch müsse täglich mindestens drei Liter Flüssigkeit zu sich nehmen. Und im gleichen Atemzug dann auch noch zu behaupten, Wein und Kaffee seien keine Flüssigkeiten, im Gegenteil, sie würden dem Körper diese sogar entziehen. Was für eine schamlose Ungeheuerlichkeit. Ihm sei der Durst gründlich vergangen. Er trinke bis auf weiteres aus Trotz ausschließlich Kaffee und Weißwein, warte derweil ungerührt auf sein Ende und überlege, ob er vorher zum Abendessen noch Spinat machen solle oder Spinat.«

»Aber an dieser Wassergeschichte scheint etwas dran zu sein; auch ich habe schon mehrmals darüber gelesen.«

»Ich seither auch; ich habe mich sogar sachkundig gemacht und aus medizinischen Fachblättern erfahren, dass unser Hirn tatsächlich mehr Wasser benötige als jedes andere Organ des Körpers. Es bestehe zu fünfundachtzig Prozent aus Wasser und leite seine Energieimpulse über Wasserdruck weiter. Wassermangel führe automatisch zu einer Verminderung des Hirnpotentials. Bei niedrigem Wasserstand, um es plastisch auszudrücken, sei es kaum noch möglich, die alltäglichen körperlichen, privaten und sozialen Herausforderungen des Alltags zu bewältigen. Überdies würden sich bei niedrigem Pegel aus dem Nichts Ängste, Sorgen und rasende Wut entwickeln – deswegen wohl auch seine Ausfälle gegen die wassertrinkenden Frauen.«

»Genau. Und auch die zweite Behauptung scheint Hand und Fuß zu haben: Alkoholische Getränke und Kaffee sollen Dehydrierung auslösen, was übersetzt werden kann mit Entwässerung. Kaffee und Alkohol führen somit gewissermaßen zu einer Gehirndürre, wodurch die Gehirnzellen geschädigt werden und schließlich absterben. Durch ein Glas Bier verliere der Körper, ähnlich wie durch eine Tasse Kaffee, bis zu drei Gläser Wasser.«

»Das ist ja auch der Grund, aus dem ich annehme, dass mein Freund längst mumifiziert über der Garage in Contamine liegt, vor laufendem Fernsehgerät. Etwas vom Letzten, das ich von ihm hörte, bevor ich meine Wohnung verließ, war, dass er sich einen zweirädrigen Einkaufswagen angeschafft habe, weil er es nicht mehr über sich bringe, die Weinflaschen und das Kaffeepulver zu sich nach Hause zu schleppen. Den Wagen nannte er in seinen Mails Hackenporsche. Dieser Hackenporsche war offenbar mit einer leuchtend gelben Deckklappe versehen, wahrscheinlich, um auf der Straße gut sichtbar zu sein und den Benutzer auf diese Weise davor zu schützen, von einem Auto überrollt zu werden. Eines Tages erlaubte sich ein entgegenkommender Passant, angesichts der gelben Klappe *Ich bin die Christel von der Post* zu trällern, was meinen Freund dermaßen erzürnte, dass er dem Passanten mit der Faust ins Gesicht schlug, wie er mir schrieb. Nach diesem Vorfall stellte er den leeren Wagen bei sich unten vors Haus, in der Hoffnung, dass ihn irgendwer mitnehmen würde, und ging nicht mehr einkaufen, sondern ließ sich Wein und Kaffee von einem Grossisten liefern. Doch die Lieferkosten empörten ihn so sehr, dass er diesen Service irgendwann auch nicht länger beanspruchen mochte. Da er inzwischen gegen das Schleppen von Einkäufen insgesamt einen unüberwindlichen körperlichen Ekel entwickelt hatte, änderte er radikal sein Konsumverhalten und reduzierte die Menge der Flüssigkeiten, die er zu sich nahm, indem er auf Wein verzichtete und zu hochprozentigen Getränken überging; er trank am Ende nur noch Stroh-Rum mit achtzig Prozent Alkoholgehalt. Und wird daran eben gestorben sein, nehme ich an, ausgetrocknet von innen. Die allerletzte Nachricht, die ich von ihm erhalten habe, war kurz und kryptisch. Aus dem medizinischen Fachblatt, das ich zu Rate gezogen hatte, wusste ich, dass die geistigen Fähigkeiten bei Dehydrierung abnehmen und dass Absenzen eintreten. Seine letzte Mail kam mir eindeutig verdämmert vor – deswegen meine Vermutung, er sei inzwischen tot.«

Nach einer weiteren langen Pause fuhr er fort: »Nachmittags ist es mir in der Pension unheimlich. Die ukrainischen Arbeiter sind dann auf ihren Baustellen. Alles ist totenstill; nichts rührt oder ändert sich, und das Alter der Welt kommt mir von Minute zu Minute bedrückender vor. Nur manchmal, alle zwei, drei Wochen, ist entfernt ein Klopfen zu hören, gefolgt vom leisen Bitten, Betteln und Flehen einer fistelnd hohen Frauenstimme. Einmal bin ich ins Treppenhaus geschlichen, um zu sehen, was das wohl für ein Geräusch sei und wo es herkomme. Zwei Etagen tiefer stand eine grauhaarige, gebeugte Frau vor einer Tür, klopfte daran und wiederholte mit verhaltener, brüchiger Stimme, den Mund ganz nah am Türblatt, Dinge wie: So mach doch auf, ich bin's, geht's dir gut, brauchst du was, so sag doch was, benötigst du irgendetwas, ich will dir doch nur helfen ... Von drinnen war zwischendurch eine gereizte Männerstimme zu hören, ebenfalls unterdrückt, kaum zu verstehen, Brocken wie: Hab jetzt keine Zeit, kann nicht, du störst, alles in Ordnung, geht dich nichts an. Alles extrem zurückgenommen, weil die Nachbarn offenbar nichts davon hören sollten. Ich schlich zum Flurfenster, von wo aus man die Straße überblicken kann, und wartete. Etwa fünf Minuten später hörte ich die Frau die Treppe hinabsteigen. Dann trat sie unten aus dem Haus und humpelte durch den Regen davon.

Als ich eine Viertelstunde später ebenfalls aus dem Haus ging, stand vor der Tür, an der sich die Szene abgespielt hatte, eine Plastiktüte auf dem Boden. Einen Tag später stand sie immer noch da. Zwei Tage später immer noch. Es begann im Treppenhaus nach gärendem Obst zu riechen. Fliegen krabbelten aus der Tüte, flogen in kurzen Bögen drum herum und krochen wieder hinein. Mit spitzen Fingern schob ich die Öffnung auseinander und guckte, was drin war: ein Päckchen mit eingeschweißten Fleischwurstscheiben, ein paar angefaulte Äpfel und drei braune Bananen. Ich fürchtete, hinter der Tür liege eine Leiche.

Mein Freund aus Contamine lebte, als er noch in derselben Stadt wohnte wie ich, einmal eine Woche lang neben einem in der Nachbarwohnung verstorbenen Rentner. Er sagte, zu riechen sei in dieser Woche nichts gewesen. Nur Fliegen seien aufgetaucht und hätten sich auf beunruhigende Weise vermehrt.

Ich wollte den Pensionswirt bitten, die Polizei zu benachrichtigen, traf ihn aber nicht an. Am Abend war die Tüte weg. Etwa zwei Wochen später hörte ich wieder das verhaltene Wispern, Klopfen und Ermahnen. Wieder schlich ich zum Flurfenster und schaute auf die Straße, wieder humpelte die grauhaarige Alte ein paar Minuten später davon, wieder stand, als ich danach das Haus verließ, eine Plastiktüte auf dem Treppenabsatz.

Einmal öffnete ein Mann von innen die Tür, als ich gerade im Begriff war, daran vorüberzugehen. Er wollte sie im ersten Reflex gleich wieder zuschlagen, fand das dann aber offenbar unpassend und blieb wie versteinert stehen. Er war eindeutig der Mieter, etwa in meinem Alter, hatte strähnige, dunkle Haare und trug einen zu kurzen, zu engen Anzug. Er schaute mich wild an, aus dunklen Augen, und sagte, ich solle mich in Acht nehmen. Meine Tarnung sei aufgeflogen. Die Behörden wüssten Bescheid über meine Spekulationstätigkeiten. Ich würde überwacht. In diesem Haus dürfe kein Gewerbe betrieben werden. Es sei ein Mietshaus. Auch die Pension, in der ich lebte, sei illegal. Das sei der Verwaltung alles bekannt. Dann trat er in seinen lichtlosen Flur zurück und schloss die Tür. Seither fällt mir manchmal ein hohes, leises Knistern dahinter auf, wenn ich dran vorübergehe, Stimmchen, Melodiechen, die aus winzigen Transistorlautsprechern oder aus Ohrstöpselchen zu dringen scheinen.

Immer mal wieder nachmittags ist die brüchige, leise, flehende Stimme der Alten zu vernehmen, dazwischen beharrliches Klopfen, ein helles *So mach doch auf* gefolgt von einem dumpf gereizten *Bin beschäftigt, kann jetzt nicht*. Dann hängt wieder ein Plastikbeutel an der Klinke oder steht auf dem Treppenabsatz rechts vor der Tür, manchmal mehrere Tage lang, immer mit Lebensmitteln drin. Irgendwann ist der Beutel jeweils weg. Die Alte scheint die Mutter oder die Tante des Mieters zu sein. Er verlässt seine Wohnung nur ein-, zweimal pro Woche. Wenn ich ihm unterwegs begegne, wechselt er die Straßenseite. Einmal prallten wir an der Ecke des Hauses beinahe ineinander. Da fauchte er mich an, ich solle ihn endlich in Ruhe lassen, sonst werde er meinem Spiel ein Ende bereiten. Er drückte sich gestelzt aus, drohte, *amtlicherseits aktiv* zu werden und mir *Wirtschaftsprüfer auf den Hals zu hetzen.*«

Aus dem Harenberger Tageblatt war die Nachricht zu entnehmen, dass ein Sohn der Stadt, der es zum überregional bekannten Dramatiker gebracht habe, in der Theatermetropole Berlin zur Überzeugung gelangt sei, er stehe am finanziellen Abgrund und könne seinen Untergang nur dadurch abwenden, dass er sich höchstpersönlich für Geld auf eine der dort vorhandenen großen Bühnen stelle und sich vom Publikum anstarren lasse, während er altdeutsches Gedankengut vortrage. Der Dramatiker, der mittlerweile von einigen sogar als Theatergenie bezeichnet werde, habe in seiner Verzweiflung einen schwarzen, aus der Mode gekommenen Gehrock angezogen, einen sogenannten Frack, sei darin ins Scheinwerferlicht getreten und habe Sätze des Philosophen Friedrich Nietzsche rezitiert, dessen Name empfindsame Naturen heute noch erblassen lasse. Einer der Sätze habe gelautet: Ich bin kein Mensch, ich bin Dynamit.

Der Mann im Frack war offensichtlich zu schüchtern, um die Verantwortung für einen solch explosiven Satz auf seine eigene Kappe zu nehmen und ihn kühn aus seinem eigenen hohlen Bauch herauszuposaunen. Laut Berichterstattung schien es dem Sohn Harenbergs eindeutig ein Anliegen gewesen zu sein, das Publikum in der Gewissheit zu wiegen, der Satz stamme nicht von ihm selbst, sondern von Friedrich Nietzsche, und er habe somit längst von höchster Instanz das Siegel äußerster Brisanz und tiefsten Tiefsinns aufgedrückt bekommen und sei folglich über jeden Zweifel erhaben. Indem der Harenberger im Frack also streng darauf achtete, unmissverständlich Klarheit darüber herrschen zu lassen, dass und wen er zitierte, um unter keinen Umständen in den Verdacht zu geraten, er bewege sich womöglich auf dem gefährlichen Parkett selbstgebastelten Gedankenguts – das bekanntermaßen immer unter dem Ruch steht, höchstens halbgar oder noch grün hinter den Ohren zu sein –, juckte es ihn andererseits doch ungemein, vom Berliner Publikum gefürchtet zu werden, als stamme der Satz vielleicht doch von ihm persönlich und als müsse man als Anwesender jederzeit darauf gefasst sein, umgehend mit ihm zusammen in die Luft zu fliegen. So zündelte er mit den in den Grüften philosophischer Seminare längst feucht gewordenen Merksätzen Friedrich Nietzsches, in der Hoffnung, einerseits für Dynamit gehalten zu werden und andererseits nicht für völlig verblödet, denn selbstverständlich war er sich bewusst, dass er beim besten Willen kein Dynamit war, sondern ganz schlicht ein Harenberger im Frack auf einer Berliner Theaterbühne. Er bemühte sich, knisternd wie eine brennende Lunte ins Publikum zu blinzeln, während er gleichzeitig damit beschäftigt war, in seinem Inneren pausenlos Funken zu schlagen, die er nach draußen zu versprühen für seine Pflicht hielt.

Die Berliner in den vorderen Reihen, wo sich für gewöhnlich das gehobene Bürgertum aufhält, seien ganz aus dem Häuschen geraten bei der Vorstellung, jeden Moment Feuer fangen und zerfetzt werden zu können.

Beim Lesen dieser Notiz fiel Philibert – der Einfachheit halber soll er bis auf weiteres Philibert heißen, der Mann, der nach Harenberg gezogen und eben im Begriff war, die Zeitungsnotiz zu lesen –, beim Lesen dieser Notiz fiel Philibert auf, dass er immer weniger verstand von all den Überzeugungen, die um ihn herum vertreten wurden.

Als Knabe hatte er einmal einen sogenannten Chinakracher in eine Wassermelone gesteckt und sie auf diese Weise gesprengt und in die Umgebung verspritzt. Er hegte den Verdacht, dass, wenn er das Harenberger Theatergenie beim Wort genommen und an seinem Frackzipfel angezündet hätte, dieses, im Unterschied zu seinem Chinakracher, noch nicht einmal einen Pudding zum Wackeln gebracht haben würde. Sonderbar, was für Phantasien Menschen entwickeln, kaum haben sie den Eindruck, es würden welche von ihnen verlangt, dachte er.

Philibert ist eindeutig kein Dynamit. Er ist er und weiß nicht, wer das ist. Manchmal möchte er sich deswegen am liebsten in die Luft sprengen. Und ist dann doppelt traurig darüber, kein Dynamit zu sein. Was für ein schöner Trost wäre es doch, von sich zu wissen, dass man insgeheim das Zeug dazu hat, in die Luft zu fliegen.

Der Harenberger Dramatiker auf der Hauptstadtbühne hatte offenbar allzu ausführlich mit seinem verdeckten Dasein als Dynamit geprahlt. Im Tageblatt stand jedenfalls weiter unten im Bericht, das Publikum sei seiner im Verlauf des Abends irgendwann überdrüssig geworden und habe angefangen zu gähnen, worauf das Harenberger Genie sich in den schummrigen Hintergrund der Bühne zurückgezogen und an seiner statt eine Schar halbentblößter Knaben ins Rampenlicht habe treten lassen, Knaben, die, ihre blassen, nackten Körper notdürftig unter feldgrauen Wollmänteln verbergend, einstimmig zwei, drei Volkslieder vorgetragen und sich dazu im Gleichschritt vor und zurück bewegt hätten. Um Mitternacht seien dann die Lampen von einem gewerkschaftlich engagierten Beleuchtungsmeister kurzentschlossen ausgeknipst worden und alle seien nach Hause und ins Bett gegangen.

Das war also gestern, morgen, vorgestern oder übermorgen. Der Theaterabend soll in dieser oder ähnlicher Form noch einige Male wiederholt werden, wurde in der Zeitung versprochen.

Philibert wird während der nächsten Tage demzufolge beim Bäcker, bei dem er sein morgendliches Croissant kauft, dann und wann noch über das Ereignis reden hören. Man wird ihm raten, sich ein Kombiticket zu besorgen – Zug, Hotelübernachtung und Eintrittskarte in einem –, solange es noch welche gäbe, um den Schauder ebenfalls zu erleben, den es auslöst, wenn ein ausgewachsener Mann auf einer Hauptstadtbühne von sich behauptet, er sei eine Bombe. Nachdem schließlich die meisten Theaterinteressierten aus Harenberg nach Berlin gefahren sein und dort den Mann in seiner nitroglyzerinenen Rolle gesehen haben werden, wird man, wenn man zusammenkommt, nicht länger über ihn sprechen müssen, sondern über etwas anderes, nicht weniger Aufsehenerregendes, das ihn ablösen und später ebenso als ein prägendes Ereignis in die Annalen der deutschen Theatergeschichte eingegangen sein wird. Fast nahtlos lösen so die einen Sensationen die anderen ab. Zurzeit ist es also ein Harenberger Dramatiker, der in Berlin von sich behauptet, er sei Dynamit (in Anlehnung an seinen Vorredner Friedrich Nietzsche, der diesem Irrtum als Erster aufgesessen war und die Folgen davon bis zur bitteren Neige auslöffeln musste) und gehe gleich in die Luft, so lange, bis ein Ersatz für ihn gefunden ist, »und so ist hier immer etwas los, herzliche Grüße aus dem schönen Leben, das ich nicht begreife, und erlöse mich von ihm, denn es ist anstrengend, nie zu verstehen, von was gerade die Rede ist, der Schädel will einem zerplatzen. In der Schule gab es einen Knaben namens Paul, genannt Päuli, der war unbegabt, konnte nicht rechnen, nicht schreiben, nicht singen, nicht turnen, und an einem heißen Sommernachmittag fiel er mitten im Unterricht in Ohnmacht, vielleicht, weil ihm sein Unbegabtsein und die damit verbundene Ratlosigkeit zu groß wurden. Er war kein schöner Knabe. Nur gerade dazu gut, Kopfnüsse einzustecken und hinterrücks auf den Boden geworfen zu werden. Bald falle auch ich ohnmächtig um vor lauter Unverständnis. Der Knopf möge mir endlich aufgehen oder noch besser der Kopf, herzlich Ihr Philibert.«

In einer anderen Zeitung las er im selben Zusammenhang: »Dass hochfahrende Gymnasiasten, die weiter vorausdenken als spucken können, irgendwann zwischen siebzehn und neunzehn Jahren einen Nietzschefimmel entwickeln, der mitunter erst im Berufsleben, also an den Gerichten, in den Redaktionen oder auf dem Lehrstuhl, wieder abklingt und manchmal gar nicht mehr, halten wir für den Lauf der Natur, so lange ist es schon das Gegebene. Bevor das Phänomen zum ersten Mal auftrat, waren diese Jugendlichen besser dran: Es gab eine Zeit, als statt des Nietzschefimmels der Hegelknall die entscheidenden Jahre adoleszenter intellektueller Selbstüberhebung prägte. Nietzsches pausbäckiger, aber ungesunder Stolz darauf, dass er *mit dem Hammer philosophieren* konnte, verstellt den Kleinen heute leider den Blick darauf, dass man es – wie Georg Wilhelm Friedrich Hegel – statt mit dem Hammer auch eher bohrend versuchen kann, als jemand, der seine Gedanken der Welt anzudrehen versteht wie eine Schraube, die eben noch locker war. Spekulatives Denken dieser Sorte sitzt nicht selten gerade deshalb, weil es zunächst andauernd im Kreis herumgeht, am Ende fester als das Behämmerte.«

Nachdem er auch die zweite Zeitung ausgelesen hatte, beschloss er, um seinem Leben eine neue Wendung zu geben, wieder einmal einen Spaziergang zu machen. Er ging über den Platz. Die Sonne schien. Er setzte sich vor dem jahrtausendealten Café auf einen Stuhl. Die Sonne wärmte ihn. Es war immer noch oder schon wieder März. Die jahrtausendealten Spatzen kamen angeflogen und hüpften vor seinen Füßen umher. Sie tschilpten. Auf einem kahlen Straßenbaum saß einer der jahrtausendealten grauschwarzen Raben. Er flog los, ließ etwas fallen. Eine jahrtausendealte Eichel wohl. Er folgte ihr im Sturzflug, landete auf dem Asphalt, hüpfte auf das kleine, runde Ding zu, hielt es mit einer Kralle fest, hackte mit dem großen Schnabel darauf ein, schaute es an, hackte, schaute. Eine Gruppe junger Frauen näherte sich. Der Rabe packte das Ding mit der Kralle und schwang sich in die Luft. Der Wind wehte kühl von der Seite. Philiberts Lenden fühlten sich kalt an. Er schaute den jahrtausendealten jungen Frauen hinterher. Sie gingen geschäftig. Eine sprach in ein tragbares Telefon und strich sich dabei eine Strähne aus dem Gesicht. Eine andere schmiss ihre Haare mit einem Schlenker nach hinten.

Philibert versteht es nicht, Zeit zu haben und sich auf das träge dahinziehende Leben einzulassen. Wenn er aus Versehen dazu verdammt ist, ein paar Minuten irgendwo untätig verweilen zu müssen, wird er nervös. Meistens kommt er von woher und will wohin. Dasein fällt ihm schwer. Der Platz in seiner ganzen Herrlichkeit (Hässlichkeit? unleserlich) stürzt auf ihn ein.

***

Etwa so hätte sich die Geschichte des Mannes mit den zwei Augen abspielen können. Der Titelheld hätte sich darin mehr und mehr auflösen und immer öfter in Zusammenhänge geraten können, die nicht die seinen gewesen wären. Er hätte von Seite zu Seite weniger verstehen können von dem, was rund um ihn herum für wesentlich erachtet worden wäre. Er hätte sich verlieren können in seinen Versuchen, etwas wirklich und wahrhaftig zu erleben und zu empfinden. Die Versuche hätten manchmal waghalsig sein und schieflaufen können, sodass er von ihnen übel mitgenommen worden wäre und Narben davongetragen hätte – ohne deswegen aber seine Neugier zu verlieren. Er wäre weitergetaumelt, von einer Ernüchterung in die nächste, und hätte die Hiebe, die er abbekommen hätte, kopfschüttelnd eingesteckt, bis das Ganze schließlich folgendermaßen hätte enden können:

Schön, dass ich Sie allein antreffe, liebe Rosaura. Was ich Ihnen zu sagen habe, hätte sich schlecht vertragen mit lautem Barbetrieb. Zumal meine Stimme sich angewöhnt hat, tief im Hals sitzen zu bleiben, sobald ich Anstalten mache, Dinge zu äußern, die mir wichtig erscheinen. Wären andere Gäste anwesend, müsste ich mich anstrengen, um von Ihnen akustisch überhaupt wahrgenommen zu werden, und ich wäre heiser, bevor ich zum finalen Punkt gekommen wäre, den ich mir für heute Abend vorgenommen habe. Dass ich so schnell heiser werde, hängt damit zusammen, dass mir von Tag zu Tag weniger einfällt, das ich für der Rede wert halte, also schweige ich meistens, wodurch die Stimmbänder verkümmern – was aber vielleicht bloß eine Frage der Perspektive ist. Einer, der im Stalingrader Kessel eingeschlossen war und später davon nur erzählt, saukalt war's, dem fehlt es bestimmt weniger an Stoff als vielmehr an der Gabe, diesen als solchen zu erkennen und zu präsentieren. Denn es ist doch wohl anzunehmen, dass er in Stalingrad einiges erlebt hat, das die meisten anderen nicht kennen und also gern erzählt bekommen würden, aber offenbar ist ihm nichts davon zu einer Geschichte geronnen. Manchmal bin ich überzeugt davon, meine Befürchtung, ein Langweiler zu sein, hänge weniger mit mangelnden Erlebnissen zusammen als mit der fehlenden Einsicht in die Tatsache, dass alles Erlebte ähnlich gehaltvoll ist. Möglicherweise ist es also nur eine Störung in meinem Kopf, eine Krankheit vielleicht, ein unnatürlicher Empfindungspigmentemangel, der mich zum Langweiler macht. Vielleicht bin ich eine Art Empfindungsalbino? Sobald ich mit anderen Leuten zusammentreffe, komme ich mir jedenfalls immer extrem blass vor, wie einer zum Wegniesen. Deswegen bin ich dankbar, dass außer mir vorläufig noch niemand im Lokal ist. Meine Stimme würde feierabendliches Gelächter und Gläsergeklirr nicht übertönen können.

Was Sie wissen sollten, bevor ich mich heute Nacht von Ihnen zum letzten Mal verabschieden werde: Es ist mir leider nicht gelungen, in Harenberg Fuß zu fassen und einen Kreis von Bekannten oder gar Freunden um mich zu scharen, in dem ich mich geborgen fühlte. Der Grund dafür ist wahrscheinlich meine Angewohnheit, nie zu sagen, was ich meine, und nie zu tun, was ich sage. Zwar denke ich, dass dies nicht nur eine Schwäche von mir ist, sondern diejenige der meisten, solange sie im Leben stehen. Gerade in Harenberg kommt mir die Fähigkeit, Handeln und Reden unabhängig voneinander zu pflegen, auffallend gut entwickelt vor. Das scheint man hier von Kindsbeinen an zu üben, so wie man im Klavierunterricht übt, die linken und die rechten Finger unabhängig voneinander zu bewegen. Ich bin hier also im Grunde genommen alles andere als eine Ausnahme. Trotzdem gelang es mir nicht, in die hiesige Gemeinschaft aufgenommen zu werden. Sie, Rosaura, sind die Einzige, zu der ich Vertrauen gefasst habe. Weil Sie mich von Anfang an für einen gehalten haben, der heute hü sagt und hott handelt, morgen umgekehrt, mit anderen Worten, für einen, den man sich nicht zu merken braucht, weil man sowieso nie weiß, woran man mit ihm ist. Das ließ mich frei atmen in Ihrer Nähe. Und das wollte ich Ihnen mitgeben auf Ihren weiteren Lebensweg, bevor ich Sie verlasse: Wenn es mehr Menschen Ihres Schlags gäbe, würden weniger den Drang verspüren, diese Welt verlassen zu wollen. Das schwöre ich. Ihnen gelingt es, mit Ihrem lächelnden Angesicht den Alltag der anderen aufzuhellen. Und das ist keine Kleinigkeit: anderen Menschen ihren Alltag aufzuhellen.

Sie behaupteten zwar jedes Mal von Neuem, sich nicht an mich erinnern zu können, was ich Ihrem Alter zuschreibe oder Ihrem Lebenswandel, bei dem Sie sich möglicherweise Ihr halbes Hirn weggetrunken oder weggeraucht haben. Doch im Herzen sind Sie gut. Schon ein paarmal haben Sie mir aus der Not geholfen. Wie Sie aller Wahrscheinlichkeit nach vergessen haben, tauchte ich dann und wann bei Ihnen auf und fragte um Rat oder gar um Hilfe. Bevor ich hier in der Pension ein Zimmer bezog, lebte ich in der Hauptstadt. Das habe ich Ihnen erzählt. Dort ging es mir gut. Meine Mietwohnung teilte ich mit einer Frau, die ich, wenn ich's aus heutiger Perspektive betrachte, wahrscheinlich liebte … Hinterher ist man immer klüger, wie man dort, wo ich herkomme, sagt. Doch verlor die Frau im Lauf der Zeit leider ihre ganze Zuversicht. Ich nehme an, daran waren vor allem wir Mitmenschen schuld, die einander, ohne es zu beabsichtigen, Löcher schlagen in die Hoffnungsschalen, welche jeder um sich herum zimmert, um darin einigermaßen trocken in die Zukunft hineingondeln zu können. Die Schalen der Frau waren eines Tages so leck, dass sie darin nicht weitergondeln mochte und sich dafür entschied, ihre Lenzpumpe nicht länger zu betätigen und unterzugehen. Dabei hatte sie doch immer davon gesprochen, das Boot dann ausschöpfen zu wollen, wenn es wirklich nötig sei. Das habe ich Ihnen bestimmt erzählt. Ich fürchte, unter uns gesagt, in erster Linie war es meine Schuld, dass sie keinen Sinn mehr darin sah, mit dem Ausschöpfen zu beginnen: Sie entschloss sich unterzugehen, weil sie sah, wie sehr ich ans Geld glaubte und wie ich verzagte, weil ich keins mehr anzuschaffen vermochte. Mein letzter Versuch, bei dem sie mich noch unterstützt und begleitet hatte, war ein besonders aussichtsloser gewesen. Ich wollte Mitglied werden in einer Freimaurerloge. Dazu kein weiteres Wort. Die Episode ist mir zu peinlich. Ich erwähne sie bloß, weil ich heute denselben dreiteiligen Anzug trage wie damals.

Kurz, unser Geld war weg, und ich war verzweifelt. Das mit anzusehen ertrug sie wohl nicht, weswegen sie zum Bibibecher mit dem Morphin griff und verschied. Ich kündigte daraufhin die Wohnung, räumte den Bleistiftspitzer, von dem ich Ihnen erzählt habe, und die restlichen Möbel, die noch herumstanden, in mein Büro, schloss es ab, packte meinen Koffer und fuhr hierher, weil die Frau mir früher einmal verraten hatte, dass sie, falls sie eines Tages Erholung und Heilung suchen wollte, dafür nach Harenberg reisen würde. So kam ich hier an und bezog ein Zimmer in der Fremdarbeiterpension nicht weit von Ihrem Lokal. Das Geld, das mir geblieben war, ist inzwischen aufgebraucht, und ich fühle mich alles andere als erholt und geheilt, im Gegenteil, ich fühle auch mich selbst aufgebraucht, so wie mein Geld. Deswegen fasste ich einen Entschluss und kam hierher, um Sie zu fragen, ob Sie jemanden kennen, der Sorgen gewohnt ist und trotzdem ein sonniges Gemüt hat?

Es geht um Folgendes: Ich möchte mich gern erhängen. Die Vorstellung, vom thailändischen Zimmermädchen gefunden zu werden, das in unserer Pension einmal in der Woche putzt, bereitet mir allerdings Unbehagen. Erstens habe ich gelesen, Erhängte würden einen erschreckenden Anblick bieten. Ihr Gesicht sei blau, die geschwollene Zunge hänge aus dem Maul, vor allem aber rage ihr Glied obszön in die Höhe und – je nachdem, wie lange sie hängen – ihre Hosen seien voller Ausscheidungen. Das arme Mädchen aus Thailand soll so etwas nicht sehen; die hat es so schon schwer genug. Kennen Sie einen belastbaren Mann, dem Sie auftragen könnten, mich morgen früh aufzusuchen und abzuhängen? Ich habe noch eine Hunderternote, die ich ihm für diesen Dienst gern überlassen würde.«

»Aber warum denn nicht lieber eine Arbeit annehmen? Aus Mangel an Geld braucht man sich doch nicht gleich aufzuhängen? Sie sehen das meiner Meinung nach zu dramatisch. Man kann zur Not sogar mal unter einer Brücke schlafen, wenn's knapp wird. Am nächsten Morgen wacht man auf und freut sich darüber, dass man sich getraut hat, so etwas Verwegenes zu tun. Sind Sie nicht derjenige, der neulich mit mir oben im Zimmer war und sein Glied in mich hineinsteckte? Schon damals hatte ich Sie im Verdacht, nicht richtig froh zu sein. Ich habe kein Verständnis für solche Launen. Tot sind wir noch lange genug. Warum mögen Sie Ihr Leben nicht weiterführen? Es gibt viele Möglichkeiten, unendlich viele, es damit auszuprobieren. Nicht nur wer im Wohlstand lebt, lebt angenehm. Die Fische zum Beispiel, denen ich manchmal zuschaue in unserem Fluss, die schwimmen hin und her, fressen, was ihnen fressbar vorkommt, lassen sich treiben, schlafen vielleicht auch manchmal, frieren vielleicht, dösen, springen in die Luft, manchmal beißen sie aus Versehen in einen Wurm, der an einem Angelhaken aufgespießt ist, werden aus ihrem Element gerissen und sterben eines gewaltsamen Todes, manchmal werden sie alt und groß – wussten Sie, dass Fische nie aufhören zu wachsen? Sie wachsen und wachsen bis zum letzten Kiemenschlag –, doch nie kommt einem von ihnen in den Sinn, sein Leben für fragwürdig oder gar verwerflich zu halten. Sie leben und sterben. Warum versuchen Sie nicht, das Leben, das Sie leben, so zu empfinden, dass es Ihnen Freude bereitet oder Sie zum mindesten neugierig macht auf jeden folgenden Tag? Was haben Sie gewonnen, wenn Sie sich abschaffen?«

»Ach, wissen Sie, nicht das Leben ist es, dem etwas vorzuwerfen wäre; ich selbst bin's, der mir keine Freude mehr macht. Das ist das Problem. Vor Ihnen stehen zwei: ich und mein Kummer. Er hockt mir auf der Schulter, wie ein Buckel, und lässt mich schief blicken. Das führt dazu, dass ich von allem und allen einen schiefen Eindruck habe und schief denke, zuallererst von mir selbst, naturgemäß. Ich verstehe nicht mehr, geradeaus zu gucken und zu empfinden. Wir zwei, mein Buckel und ich, verderben durch unsere schiefe Optik sämtlichen Leuten, denen wir begegnen, ihre Tage, weil wir sie als schief deklarieren. Auch Ihre Laune würde früher oder später welk, wenn Sie noch lange mit mir Umgang pflegen müssten, denn auch von Ihnen denke ich im Grunde genommen schief. Ich halte Ihr Leben für ebenso verfahren wie meins. Warum kommen Sie jeden Abend hierher und schließen diese Tür auf, um sich hinter diesen Tresen zu stellen und verworrenes Zeug zu brabbeln? Haben Sie dafür eine überzeugende Erklärung? Dazu kommen die Schmerzen des Körpers, die mit den Jahren mehr werden. Mal sind es die Zähne, mal die Gelenke, die wehtun. Und dazu die Angst vor der Zukunft, vor dem Verfaulen bei lebendigem Leib und so …«

»Das sind keine wirklichen Probleme. Ihnen scheint es zu ergehen wie mir. Unser Problem ist, keins zu haben. Solche wie Sie und mich mag niemand allzu lange in seiner Nähe ertragen. Deswegen ist es bei mir in der Bar auch immer so leer: Die Leute langweilen sich mit mir. Wenn ich den Mund öffne, dann ist das wie der Blick in die ungarische Tiefebene. Man wendet sich entsetzt ab angesichts von soviel Leere. Nur solche wie Sie halten das aus. Weil Sie vielleicht noch langweiliger sind als ich. Haben wir uns darüber nicht sogar schon einmal ausgetauscht? Während ich versuche, mich auszudrücken, wächst in mir der Verdacht, ich hätte neulich schon einmal mit einem, an den Sie mich erinnern, über die Angst, ein Langweiler zu sein, gesprochen und darüber, dass ich im Grunde genommen nicht verstehe, warum der eine langweiliger sein soll als der andere. Ist das so? Ich möchte mich auf keinen Fall wiederholen. In unserem Alter ist das eine ernste Gefahr.

Draußen vor meiner Tür werden die Kanalisationsrohre ersetzt. Jeden Morgen kommen zwei Arbeiter, ich nehme an, es sind Ukrainer, und tun, was sie tun müssen. Sie gefallen mir beide. Der eine hat den größeren Presslufthammer, der andere den größeren Bauch. Ich weiß nicht, welcher mir der liebere ist. Und so ist das doch immer und überall im Leben? Oder wissen Sie etwa, ob Ihnen Blau oder Rot lieber ist? Süß oder salzig? Heiß oder kalt? Ich nicht. Ich stehe ratlos da, wenn von mir eine solche Entscheidung verlangt wird. Ich habe keine Meinung dazu. Sie scheinen zu sein wie ich. Damit müssen wir leben: Wir haben keine Bestimmung, keine Haltung, kein Schicksal. Wir trotten unentschieden vor uns hin. Wenn Sie sich heute Abend aufhängen, würden Sie sterben, ohne sich ein Profil erarbeitet zu haben, ohne gelebt zu haben, gewissermaßen noch in der Verpackung, wie neu. Das wäre doch dumm? Sie kamen auf die Welt, wurden gefüttert und legten sich an die Sonne im Frühling. Im Sommer, wenn's heiß wurde, legten Sie sich in den Schatten und schliefen. Wie ein Tier. Wenn etwas geschieht, das Ihnen nicht gefällt, wenden Sie sich ab und trotten davon. Wenn etwas geschieht, das Ihnen gefällt, schauen Sie zu. Sie vermögen nicht zu erklären, warum Ihnen etwas gefällt und warum etwas nicht. Sie liegen da, sitzen da, stehen da, gehen hin, gehen her, trinken, essen, schlafen, und ob Sie da sind oder nicht, das hat keinen Einfluss auf den Fortlauf der Dinge. Das müssen Sie wissen: Ihre Anwesenheit ist in jedem Augenblick ganz und gar überflüssig. Bei Tieren nimmt man das hin, bei sich selbst weniger gern. Unendlich viele Insekten zum Beispiel haben Sie mit Sicherheit noch nie zur Kenntnis genommen. Die kommen auf die Welt, leben ihr Insektenleben, werden zertreten aus Versehen und sind weg. Niemand achtet auf sie. Nicht einmal die Wissenschaft weiß von ihnen. Höchstens das nächstgrößere Tier, das davon lebt, genau diese Art von Insekten zu finden und zu fressen, interessiert sich für sie. So ein Insektenleben fristen Sie und ich. Wie es ist, als Insekt geboren worden zu sein, ist schwer zu erklären; sein Leben als solches zu führen ist hingegen kinderleicht. Man setzt einen Schritt vor den anderen, und eines Tages fällt man um und ist tot. Ein Drama ergibt das natürlich nicht. Wenn jemand Sie fragt, was Ihr Leben für einen Zweck gehabt habe, was für ein Ziel, was für einen Sinn, dann werden Sie in Erklärungsnot geraten. Gehen Sie deswegen besser weg, sobald die Gefahr droht, dass Sie ins Zentrum des Interesses geraten und befragt werden könnten. Sie haben nichts zu berichten; Sie haben keine Probleme und machen sich keine Gedanken. Seien Sie, was Sie sind, von ganzem Herzen, doch lassen Sie sich nicht dazu verführen, es vor anderen rechtfertigen zu wollen. Sie werden sonst unglücklich. Sie würden feststellen, dass Ihnen wichtiger ist, ob Ihnen Ihr Kaffee schmeckt, als ob irgendwo gerade ein Krieg ausbricht. Dafür müssten Sie sich in der Öffentlichkeit schämen. Sie wissen aber nicht, warum Sie sich schämen sollten für etwas, das Sie nicht ändern können. Versuchen Sie bloß nie, sich wie die anderen für Kriege oder Gerechtigkeit auf der Welt zu interessieren. Sie würden sich lächerlich machen. Bleiben Sie im Abseits. Seien Sie zufrieden mit Ihrer Erinnerung an den rabenschwarzen Tag, an dem der Kellner vergessen hat, Ihnen Ihren bestellten Kaffee zu bringen, oder gar an den noch schwärzeren, denjenigen vor fünfzehn Jahren, als der Kellner Ihnen einen lauwarmen Tee an Stelle des bestellten heißen Kaffees servierte. Erzählen Sie niemandem, dass Sie die Erinnerung an diesen Moment bis heute aus der Fassung zu bringen vermag. Sagen Sie niemandem, dass das größte Unglück, das sie erlebt haben, jenes war, als Sie einmal als Kind Lust hatten auf ein Eis, und genau in dem Moment war nirgends ein Kiosk in der Nähe, an dem Eis verkauft wurde. Behalten Sie das alles für sich. Man würde Sie sonst für einen zu vernachlässigenden Faktor halten. Sie wissen zwar, dass Sie ein solcher sind. Doch wenn Sie die anderen merken lassen, dass Sie ein solcher sind, werden Sie deren Verachtung kennenlernen. Die Menschen ertragen nämlich keine zu vernachlässigenden Faktoren um sich herum. Wer zu vernachlässigen ist, vor allem, wer zu erkennen gibt, dass er es ist, den vergrämen sie. Bemühen Sie sich stets, sich selbst wichtig zu bleiben. Sie wollen zwar nichts dazulernen, nichts erfahren, nichts werden. Sie würden sich am liebsten im Nichts auflösen. Sie sind da und sind vollkommen überflüssig. Doch verraten Sie das niemandem. Das empfehle ich Ihnen und bitte Sie, mir zu versprechen: Lassen Sie es uns für uns behalten, dass wir ganz und gar überflüssig sind. Die meisten Menschen ertragen nämlich keine Überflüssigen um sich herum, weil sie deren Überflüssigkeit daran erinnert, dass auch sie selbst möglicherweise weniger unentbehrlich sind, als sie denken. Wenn Sie erst einmal geschluckt haben, dass Sie ein – wie nannten Sie es? – Gemütsalbino? sind, werden Sie ab dann Morgen für Morgen ohne Beschwerden aufstehen und offen in den Tag hinein gehen mögen. Falls mein Tipp nichts helfen sollte und Sie sich morgen ebenso bleiern fühlen wie heute, dann weiß ich auch nicht weiter; dann werden Sie wohl Ihren Vorsatz in die Tat umsetzen müssen. Ich will mir bis morgen Abend Gedanken machen darüber, wem man Ihren hängenden Anblick zumuten kann. Im ersten Moment dachte ich an Kuddi. Ich fürchte aber, der ist zu dünnhäutig. Er spielt zwar immer den starken Mann, aber ich traue ihm nicht recht über den Weg. Wann sollte es denn so weit sein?«

»Lieber heute als morgen. Mein Geld ist restlos aufgebraucht.«

»Hier haben Sie erst einmal einen Fünfhunderter für die nächsten Tage. Mehr ist nicht in der Kasse. Was möchten Sie gern trinken?«

»Wenn Sie schon so nett fragen, ein Bier bitteschön. Kuddi ist mir seltsamerweise gar nicht erst eingefallen. Ich dachte vielmehr an Branko. Der machte mir immer den Eindruck, ein zuverlässiger Praktiker zu sein. Ich habe ihn heute Nachmittag ins Café gebeten und ihm vorgeschlagen, morgen früh um elf Uhr zu mir in die

Pension zu kommen, um nach der Gasleitung zu sehen, die durch mein Zimmer führt. Ich erklärte ihm, ich würde dann allerdings die Tür nicht öffnen, morgen Vormittag, woraufhin er bitte zur Polizei gehen und diesen Umstand melden möge. Mehr brauche er nicht für mich zu tun. Und zwar soll er dort wahrheitsgemäß aussagen, wir hätten einander heute Nachmittag im Café getroffen, wo er mir unter anderem erzählt habe, er sei Installateur. Daraufhin hätte ich ihm berichtet, bei mir in der Pension rieche es seit längerem nach Gas. Er habe angeboten, sich die Sache mal anzuschauen. Nun würde ich aber die Tür nicht öffnen, was ihm sonderbar vorkomme, weil wir fest miteinander ausgemacht hätten, dass er gegen elf Uhr komme. Nicht dass er sich Sorgen mache wegen des ausströmenden Gases – Haushaltsgas sei seit Jahren nicht mehr giftig –, doch sollte die Polizei zur Sicherheit vielleicht trotzdem mal nachschauen – wie gesagt: nicht wegen des Gases, sondern eher wegen meines Gesundheitszustandes. Ich hätte, als wir miteinander gesprochen hätten, nämlich über Atemnot geklagt, das heißt, ich hätte nicht geklagt, sondern lachend davon erzählt, wie ich nachts, im Bett liegend, manchmal kaum noch Luft kriegen würde, weil mein eigenes Gewicht mich schier erdrücke. Um einigermaßen frei atmen zu können, müsse ich auf der Seite liegen. Das habe er, Branko, nicht weiter ernst genommen, aber vielleicht hätte ich ja ein schwaches Herz? Möglicherweise sei mir etwas zugestoßen? Und falls die Polizisten die Tür tatsächlich aufbrechen müssten, sollten sie vorsichtshalber keine Funken schlagen, sonst fliege aus Versehen noch die ganze Pension in die Luft. Von der Explosionsmöglichkeit abgesehen bestehe aber definitiv keine Gefahr für Leib und Leben wegen des allenfalls ausströmenden Gases, das könne er ihnen versichern.

Dafür, dass er das morgen für mich getan hätte, wollte ich ihm den letzten Hunderter geben. Die Polizei hätte dann die Tür geöffnet und mich gefunden. Die sind gewöhnt an solche Anblicke und kennen den weiteren Ablauf. Ich habe niemanden, dem mein Ausbleiben auffallen würde. Die Vorstellung, möglicherweise tagelang im Zimmer zu hängen, bis ich anfange zu riechen, ist mir unangenehm. Deswegen hätte ich gern vorab zuverlässig geklärt, dass mich jemand beizeiten findet, dem dieser Fund keinen Schock fürs Leben versetzt.

Doch Branko wollte nichts hören davon. Ihm war's spürbar unangenehm. Er wand sich auf seinem Stuhl. Er ist noch jung und mag sich mit solchen Angelegenheiten nicht beschäftigen. Das ist der Grund, aus dem ich nun hier sitze und Sie belästige. Es tut mir leid. Wo ich mich doch eigentlich bloß in aller Freundschaft von Ihnen verabschieden und Ihnen dringend ans Herz legen wollte, sich auf keinen Fall etwas anmerken zu lassen, falls man Sie in den nächsten Tagen nach mir fragen sollte. Sie kriegen sonst nur unnötige Scherereien. Bleiben Sie sich treu: Sie kennen mich nicht und haben mich noch nie gesehen. Schauen Sie meinen Leichnam im Fall, dass man Sie zu einer Identifizierung bittet, mit ihrem abwesenden Blick an und schütteln Sie den Kopf. Sie haben viele Gäste und können sich nicht jeden merken. Ob ich jemals bei Ihnen ein Bier getrunken habe oder nicht, daran können Sie sich nicht erinnern. In diesem Punkt halte ich es mit der Frau, die mir vorausgegangen ist: Ich ertrage die Vorstellung nicht, jemandem, der sich im Leben mir gegenüber anständig verhalten hat, als Leiche Arbeit zu machen. Deswegen bin ich unter anderem ja auch nach Harenberg gekommen: um hier als Unbekannter sterben zu können. Es war schön, Sie kennengelernt zu haben. Sie haben sich mir gegenüber immer korrekt verhalten. Dafür danke ich Ihnen. Bleiben Sie behütet.«

Da Rosaura bis am nächsten Abend niemand eingefallen war, der ihn hätte abhängen können, stellte er sich in seinem dreiteiligen Anzug mit den zu langen Hosenbeinen erst einmal neben sie hinter den Tresen und begann, die Biergläser auszuspülen, die da standen, um auf diese Weise den Fünfhunderter abzuverdienen, den sie ihm geliehen hatte. Sie fand das zwar überflüssig, aber dachte, je nun, wenn er das Bedürfnis hat, sich nützlich zu machen …

Und so lebten sie hin (oder vielleicht eher: »… Genug sind wir durchs Erdental / mit ihm gewandert, und wir melden / am Ende glücklich: Wir sind da / es ist geschafft, hurra, hurra!«).

Die Arbeit des Autors wurde vom Argauer Kuratorium
und durch den Deutschen Literaturfonds e. V. gefördert.

Bibliografische Information der Deutschen Nationalbibliothek
Die Deutsche Nationalbibliothek verzeichnet diese Publikation in
der Deutschen Nationalbibliografie; detaillierte bibliografische
Daten sind im Internet über http://dnb.d-nb.de abrufbar.

www.wallstein-verlag.de
Vom Verlag gesetzt aus der Stempel Garamond
Umschlaggestaltung: Susanne Gerhards, Düsseldorf,
nach einer Vorlage von Florian Merkel

Druck und Verarbeitung: Friedrich Pustet, Regensburg
ISBN 978-3-8353-1111-4

Jörg Albrecht
Beim Anblick des Bildes vom Wolf
Roman
262 S., geb., Schutzumschlag
ISBN 978-3-8353-1049-0

Ein Freundeskreis Anfang dreißig, zehn Jahre nach dem Jahrtausendwechsel: Thies, seine Exfreundin Wanda, Jasper und die Zwillinge Jonte und Pelle. Sie leben als free lancer in einer großen Stadt, die von Werbung, Gentrifizierung und der Kreativwirtschaft bestimmt wird. Immer knapp bei Kasse nehmen sie jeden Auftrag an, auch wenn sie kaum daran verdienen – denn: Sichtbarkeit ist alles!

»In Zeiten, in denen Kreativwirtschaft selbstverständlich KreatIVwirtschaft geschrieben werden muss, jobbt der Nachwuchslektor nebenbei als Barmann und knutscht samstags seine Fallmanagerin; Albrecht wagt die Frage, was denn das für ein Leben ist. Sein Vollmondgeheul gegen Kapitalismus-Exzesse, gegen eine deregulierte Sex- und Spaßgesellschaft klingt schräg-schaurig, doch erstrahlt im Mondenschein mancher Satz umso klarer: ›Wie kommen wir eigentlich davon los, nur glücklich zu sein, wenn wir arbeiten?‹« *Britta Heidemann, DerWesten*

»Im schnellen Takt der Großstadt komponiert der Autor einen vielstimmigen und gelegentlich auch dissonanten Satz auf das Lebensgefühl einer bestimmten Szene, konterkariert dies aber auch mit Erfahrungen von Migrantenkindern seiner Generation, die seine Probleme für den reinen Luxus halten (…). Was den Roman im Chor der jungen Literatur zu etwas Besonderem macht: eine beinah melancholisch eingefärbte Suche nach dem Politischen.« *Detlef Grumbach, Saarländischer Rundfunk*